莎士比亚

经典戏剧全集 Ⅲ

The Complete Works of
Shakespeare's Classical Dramas

【英】威廉·莎士比亚／著

朱生豪／译

北方文艺出版社

目 录

皆大欢喜　　　001

第十二夜　　　095

终成眷属　　　185

一报还一报　　281

皆大欢喜

剧中人物

公爵　在放逐中
弗莱德里克　其弟，篡位者

阿米恩斯 ⎫
杰奎斯　 ⎭ 流亡公爵的从臣

勒·波　弗莱德里克的侍臣
查尔斯　拳师

奥列佛 ⎫
贾奎斯 ⎬ 罗兰·德·鲍埃爵士的儿子
奥兰多 ⎭

亚当　 ⎫
丹尼斯 ⎭ 奥列佛的仆人

试金石　小丑
奥列佛·马坦克斯特师傅　牧师

柯林　　 ⎫
西尔维斯 ⎭ 牧人

威廉　乡人，恋奥德蕾

扮许门者

罗瑟琳　流亡公爵的女儿

西莉娅　弗莱德里克的女儿

菲苾　牧女

奥德蕾　村姑

众臣、侍童、林居人及侍从等

地　点

奥列佛宅旁庭园；篡位者的宫廷；亚登森林

第一幕

第一场　奥列佛宅旁园中

奥兰多及亚当上。

奥兰多　亚当,我记得遗嘱上留给我的只是区区一千块钱,而且正像你所说的,还要我大哥把我好生教养,否则他就不能得到我父亲的祝福:我的不幸就这样开始了。他把我的二哥贾奎斯送进学校,据说成绩很好;可是我呢,他却叫我像个村汉似的住在家里,或者再说得确切一点,把我当作牛马似的关在家里:你说像我这种身份的良家子弟,就可以像一条牛那样养着的吗?他的马匹也还比我养得好些;因为除了食料充足之外,还要对它们加以训练,因此用重金雇下了骑师;可是我,他的兄弟,却不曾在他手下得到一点好处,除了让我白白地傻长,这是我跟他那些粪堆上的畜生一样要感激他的。他除了给我大量的乌有之外,还要剥夺去我固有的一点点天分;他叫我和佣工在一起过活,不把我当兄弟看待,尽他一切力量用这种教育来摧毁我的高贵的素质。这是使我伤心的缘故,亚当;我觉得在我身体之内的我的父亲的精神已经因为受不住这种奴隶的生活而反抗起来了。我一定不能再忍受下去，虽然我还不曾想到怎样避免它的妥当的方法。

亚当　大爷，您的哥哥从那边来了。

奥兰多　走旁边去，亚当，你就会听到他将怎样欺侮我。

　　　　奥列佛上。

奥列佛　嘿，少爷！你来做什么？

奥兰多　不做什么；我不曾学习过做什么。

奥列佛　那么你在作践些什么呢，少爷？

奥兰多　哼，大爷，我在帮您的忙，把一个上帝造下来的、您的可怜的没有用处的兄弟用游荡来作践着哩。

奥列佛　那么你给我做事去，别站在这儿吧，少爷。

奥兰多　我要去看守您的猪，跟它们一起吃糠吗？我浪费了什么了，才要受这种惩罚？

奥列佛　你知道你在什么地方吗，少爷？

奥兰多　噢，大爷，我知道得很清楚；我是在这儿您的园子里。

奥列佛　你知道你是当着谁说话吗，少爷？

奥兰多　我知道我面前这个人是谁，比他知道我要清楚得多。我知道你是我的大哥；但是说起优良的血统，你也应该知道我是谁。按着世间的常礼，你的身份比我高些，因为你是长子；可是同样的礼法却不能取去我的血统，即使我们之间还有二十个兄弟。我的血液里有着跟你一样多的我们父亲的素质；虽然我承认你既出生在先，就更该得到家长应得的尊敬。

奥列佛　什么，孩子！

奥兰多　算了吧，算了吧，大哥，你不用这样卖老啊。

奥列佛　你要向我动起手来了吗，混蛋？

奥兰多　我不是混蛋；我是罗兰·德·鲍埃爵士的小儿子，他是我的父亲；谁敢说这样一位父亲会生下混蛋儿子来的，才是个大混蛋。你倘不是我的哥哥，我这手一定不放松你的喉咙，直等我那另一只手拔出了你的舌头为止，因为你说了这样的话。你骂的是你自己。

亚当　（上前）好爷爷们，别生气；看在去世老爷的脸上，大家和和气气的吧！

奥列佛　放开我！

奥兰多　等我高兴放你的时候再放你；你一定要听我说话，父亲在遗嘱上吩咐你好好教育我；你却把我培育成一个农夫，不让我具有或学习任何上流人士的本领。父亲的精神在我心中炽烈燃烧，我再也忍受不下去了。你得允许我去学习那种适合上流人身份的技艺；否则把父亲在遗嘱里指定给我的那笔小小数目的钱给我，也好让我去自寻生路。

奥列佛　等到那笔钱用完了你便怎样？去做叫花子吗？哼，少爷，给我进去吧，别再跟我找麻烦了；你可以得到你所要的一部分。请你走吧。

奥兰多　我不愿过分冒犯你，除了为我自身的利益。

奥列佛　你跟着他去吧，你这老狗！

亚当　"老狗"便是您给我的谢意吗？一点不错，我服侍你已经服侍得牙齿都落光了。上帝和我的老爷同在！他是绝不会说出这种话来的。（奥兰多、亚当下。）

奥列佛　竟有这种事吗？你不服我管了吗？我要把你的傲气去掉，还不给你那一千块钱。喂，丹尼斯！

　　　　丹尼斯上。

丹尼斯　大爷叫我吗？

奥列佛　公爵手下那个拳师查尔斯不是在这儿要跟我说话吗？

丹尼斯　禀大爷，他就在门口，要求见您哪。

奥列佛　叫他进来。（丹尼斯下）这是一个妙计；明天就是摔角的日子。

　　查尔斯上。

查尔斯　早安，大爷！

奥列佛　查尔斯好朋友，新朝廷里有些什么新消息？

查尔斯　朝廷里没有什么新消息，大爷，只有一些老消息：那就是说老公爵给他的弟弟新公爵放逐了；三四个忠心的大臣自愿跟着他出亡，他们的地产收入都给新公爵没收了去，因此他巴不得他们一个个滚蛋。

奥列佛　你知道公爵的女儿罗瑟琳是不是也跟她的父亲一起放逐了？

查尔斯　啊，不；因为新公爵的女儿，她的族妹，自小便跟她在一个摇篮里长大，非常爱她，一定要跟她一同出亡，否则便要寻死；所以她现在仍旧在宫里，她的叔父把她像自家女儿一样看待着；从来不曾有两位小姐像她们这样要好的了。

奥列佛　老公爵预备住在什么地方呢？

查尔斯　据说他已经住在亚登森林了，有好多人跟着他；他们在那边度着昔日英国罗宾汉那样的生活。据说每天有许多年轻贵人投奔到他那儿去，逍遥地把时间消磨过去，像是置身在古昔的黄金时代里一样。

奥列佛　喂，你明天要在新公爵面前表演摔角吗？

查尔斯　正是，大爷；我来就是要通知您一件事情。我得到了一个风声，大爷，说您的令弟奥兰多想要假扮了明天来跟我交手。明天这一场摔角，大爷，是与我的名誉有关的；谁想不断一根骨头而安然逃出，必须好好留点儿神才行。令弟年纪太轻，顾念着咱们的交情，我本来不愿对他施加毒手，可是如果他一定要参加，为了我自己的名誉起见，我也别无办法。为此看在咱们的交情分上，我特地来通报您一声：您或者劝他打断了这个念头；或者请您不用为了他所将要遭到的羞辱而生气，这全然是他自取其咎，并非我的本意。

奥列佛　查尔斯，多谢你对我的好意，我一定会重重报答你的。我自己也已经注意到舍弟的意思，曾经用婉言劝阻过他；可是他执意不改。我告诉你，查尔斯，他是在全法国顶无理可喻的一个兄弟，野心勃勃，一见人家有什么好处，心里总是不服，而且老是在阴谋设计陷害我，他的同胞的兄长。一切悉听你的尊意吧；我巴不得你把他的头颈和手指一起捩断了呢。你得留心一些；要是你略为削了他一点面子，或者他不能大大地削你的面子，他就会用毒药毒死你，用奸谋陷害你，非把你的性命用卑鄙的手段除掉了不肯甘休。不瞒你说，我一说起也忍不住要流泪，在现在世界上没有比他更奸恶的年轻人了。因为他是我自己的兄弟，我不好怎样说他；假如我把他的真相完全告诉了你，那我一定要惭愧得痛哭流涕，你也要脸色发白，大吃一惊的。

查尔斯　我真幸运上您这儿来。假如他明天来，我一定要给他一顿教训；倘若不叫他瘸了腿，我以后再不跟人家摔角赌锦标了。好，上帝保佑您大爷！（下。）

奥列佛　再见，好查尔斯。——现在我要去挑拨这位好勇斗狠的家伙了。我希望他送了命。我自己也不明白我为什么要那么恨他；说起来他很善良，从来不曾受过教育，然而却很有学问，充满了高贵的思想，无论哪一等人都爱戴他；真的，大家都是这样喜欢他，尤其是我自己手下的人，以至于我倒给人家轻视起来。可是情形不会长久下去的；这个拳师可以给我解决一切。现在我只消把那孩子激动前去就是了；我就去。（下。）

第二场　公爵宫门前草地

  罗瑟琳及西莉娅上。

西莉娅　罗瑟琳，我的好姊姊，请你快活些吧。

罗瑟琳　亲爱的西莉娅，我已经强作欢容，你还要我再快活一些吗？除非你能够教我怎样忘掉一个放逐的父亲，否则你总不能叫我想起无论怎样有趣的事情的。

西莉娅　我看出你爱我的程度比不上我爱你那样深。要是我的伯父，你的放逐的父亲，放逐了你的叔父，我的父亲，只要你仍旧跟我在一起，我可以爱你的父亲就像我自己的父亲一样。假如你爱我也像我爱你一样真纯，那么你也一定会这样的。

罗瑟琳　好，我愿意忘记我自己的处境，为了你而高兴起来。

西莉娅　你知道我父亲只有我一个孩子，看来也不见得会再有了，等他去世之后，你便可以承继他；因为凡是他用暴力从你父亲手里夺来的东西，我都要怀着爱心归还给你。凭着我的名誉起誓，我一定会这样；要是我背了誓，让我变成个妖怪。所以，我的好罗瑟琳，我的亲爱的罗瑟琳，快活起来吧。

罗瑟琳　妹妹，从此以后我要高兴起来，想出一些消遣的法子。让我看；你想来一下子恋爱怎样？

西莉娅　好的，不妨作为消遣，可是不要认真爱起人来；而且玩笑也不要开得过度，羞答答地脸红了一下子就算了，不要弄到丢了脸摆不脱身。

罗瑟琳　那么我们作什么消遣呢？

西莉娅　让我们坐下来嘲笑那位好管家太太命运之神，叫她羞得离开了纺车,免得她的赏赐老是不公平。①

罗瑟琳　我希望我们能够这样做,因为她的恩典完全是滥给的。这位慷慨的瞎眼婆子在给女人赏赐的时候尤其是乱来。

西莉娅　一点不错,因为她给了美貌,就不给贞洁;给了贞洁,就只给丑陋的相貌。

罗瑟琳　不,现在你把命运的职务拉扯到造物身上去了;命运管理着人间的赏罚,可是管不了天生的相貌。

　　　　试金石上。

西莉娅　管不了吗?造物生下了一个美貌的人儿来,命运不会把她推到火里去从而毁坏她的容颜吗?造物虽然给我们智慧,可以把命运取笑,可是命运不已经差这个傻瓜来打断我们的谈话了吗?

罗瑟琳　真的,那么命运太对不起造物了,她会叫一个天生的傻瓜来打断天生的智慧。

西莉娅　也许这也不干命运的事,而是造物的意思,因为看到我们天生的智慧太迟钝了,不配议论神明,所以才叫这傻瓜来做我们的砺石;因为傻瓜的愚蠢往往是聪明人的砺石。喂,聪明人!你到哪儿去?

试金石　小姐,快到您父亲那儿去。

西莉娅　你做起差人来了吗?

试金石　不,我以名誉为誓,我是奉命来请您去的。

罗瑟琳　傻瓜,你从哪儿学来的这一句誓?

试金石　从一个骑士那儿学来,他以名誉为誓说煎饼很好,又以名誉为誓说芥末不行;可是我知道煎饼不行,芥末很好;然

---

① 希腊神话,命运女神于纺车上织人类的命运;因命运赏罚毫无定准,故下文云"瞎眼婆子"。

而那骑士却也不曾发假誓。

西莉娅　你怎样用你那一大堆的学问证明他不曾发假誓呢?

罗瑟琳　哦，对了，请把你的聪明施展出来吧。

试金石　您两人都站出来；摸摸你们的下巴，以你们的胡须为誓说我是个坏蛋。

西莉娅　以我们的胡须为誓，要是我们有胡须的话，你是个坏蛋。

试金石　以我的坏蛋的身份为誓，要是我有坏蛋的身份的话，那么我便是个坏蛋。可是假如你们用你们所没有的东西起誓，你们便不算是发的假誓。这个骑士用他的名誉起誓，因为他从来不曾有过什么名誉，所以他也不算是发假誓；即使他曾经有过名誉，也早已在他看见这些煎饼和芥末之前发誓发掉了。

西莉娅　请问你说的是谁?

试金石　是您的父亲老弗莱德里克所喜欢的一个人。

西莉娅　我的父亲欢喜他，他也就够有名誉的了。够了，别再说起他；你总有一天会因为把人讥诮而吃鞭子的。

试金石　这就可发一叹了，聪明人可以做傻事，傻子却不准说聪明话。

西莉娅　真的，你说的对；自从把傻子的一点点小聪明禁止发表之后，聪明人的一点点小小的傻气却大大地显起身手来了。——勒·波先生来啦。

罗瑟琳　含着满嘴的新闻。

西莉娅　他会把他的新闻向我们倾吐出来，就像鸽子哺雏一样。

罗瑟琳　那么我们要塞满一肚子的新闻了。

西莉娅　那再好没有，塞得胖胖的，更好卖啦。

　　　　勒·波上。

西莉娅　您好，勒·波先生。有什么新闻?

勒·波　好郡主，您错过一场很好的玩意儿了。

西莉娅　玩意儿！什么花色的?

勒·波　什么花色的，小姐！我怎么回答您呢?

罗瑟琳　凭着您的聪明和您的机缘吧。

试金石　或者按照着命运女神的旨意。

西莉娅　说得好，极堆砌之能事了。

试金石　本来吗，如果我说的话不够味儿——

罗瑟琳　你的口臭病大概就好了。

勒·波　两位小姐，你们叫我莫名其妙。我是要来告诉你们有一场很好的摔角，你们错过机会了。

罗瑟琳　可是把那场摔角的情形讲给我们听吧。

勒·波　我可以把开场的情形告诉你们；假如两位小姐听着乐意，收场的情形你们可以自己看一个明白，精彩的部分还不曾开始呢；他们就要到这儿来表演了。

西莉娅　好，就把那个已经陈死了的开场说来听听。

勒·波　有一个老人带着他的三个儿子到来——

西莉娅　我可以把这开头接上一个老故事去。

勒·波　三个漂亮的青年，长得一表人才——

罗瑟琳　头颈里挂着招贴，"特此布告，俾众周知。"

勒·波　老大跟公爵的拳师查尔斯摔角，查尔斯一下子就把他摔倒了，打断了三根肋骨，生命已无希望；老二老三也都这样给他对付过去。他们都躺在那边；那个可怜的老头子，他们的父亲，在为他们痛哭，惹得旁观的人都陪他落泪。

罗瑟琳　哎哟！

试金石　但是，先生，您说小姐们错过了的玩意儿是什么呢？

勒·波　那，就是我说过的这件事啊。

试金石　所以人们每天都可以增进一些见识。我今天才第一次听见折断肋骨是小姐们的玩意儿。

西莉娅　我也是第一次呢。

罗瑟琳　可是还有谁想要听自己胁下清脆动人的一声吗？还有谁喜欢让他的肋骨给人敲断吗？妹妹，我们要不要去看他们摔角？

勒·波　要是你们不走开去，那么不看也得看；因为这儿正是指定摔角的地方，他们就要来表演了。

西莉娅　真的，他们从那边来了；让我们不要走开，看一下子吧。

　　　　喇叭奏花腔。弗莱德里克公爵、众臣、奥兰多、查尔斯及侍从等上。

弗莱德里克　来吧；那年轻人既然不肯听劝，就让他吃些苦楚，也是他自不量力的报应。

罗瑟琳　那边就是那个人吗？

勒·波　就是他，小姐。

西莉娅　唉！他太年轻啦；可是瞧他的神气倒好像很有得胜的希望。

弗莱德里克　啊，吾儿和侄女！你们也溜到这儿来看摔角吗？

罗瑟琳　是的，殿下，请您准许我们。

弗莱德里克　我可以断定你们一定不会感到有趣的，两方的实力太不平均了。我因为可怜这个挑战的人年纪轻轻，想把他劝阻了，可是他不肯听劝。小姐们，你们去对他说说，看能不能说服他。

西莉娅　叫他过来，勒·波先生。

弗莱德里克　好吧，我就走开去。（退至一旁。）

勒·波　挑战的先生，两位郡主有请。

奥兰多　敢不从命。

罗瑟琳　年轻人，你向拳师查尔斯挑战了吗？

奥兰多　不,美貌的郡主,他才是向众人挑战的人;我不过像别人一样来到这儿,想要跟他较量较量我的青春的力量。

西莉娅　年轻的先生,照您的年纪而论,您的胆量是太大了。您已经看见了这个人的无情的蛮力;要是您能够用您的眼睛瞧见您自己的形状,或者用您的理智判断您自己的能力,那么您对于这回冒险所怀的戒惧,一定会劝您另外找一件比较适宜于您的事情来做。为了您自己的缘故,我们请求您顾虑您自身的安全,放弃了这种尝试吧。

罗瑟琳　是的,年轻的先生,您的名誉不会因此受到损失;我们可以去请求公爵停止这场摔角。

奥兰多　我要请你们原谅,我觉得我自己十分有罪,胆敢拒绝这么两位美貌出众的小姐的要求。可是让你们的美目和好意伴送着我去作这场决斗吧。假如我打败了,那不过是一个从来不曾给人看重过的人丢了脸;假如我死了,也不过死了一个自己愿意寻死的人。我不会辜负我的朋友们,因为没有人会哀悼我;我不会对世间有什么损害,因为我在世上一无所有;我不过在世间占了一个位置,也许死后可以让更好的人来补充。

罗瑟琳　我但愿我所有的一点点微弱的气力也加在您身上。

西莉娅　我也愿意把我的气力再加在她的气力上面。

罗瑟琳　再会。求上天但愿我错看了您!

西莉娅　愿您的希望成全!

查尔斯　来,这个想要来送死的哥儿在什么地方?

奥兰多　已经预备好了,朋友;可是他却没有那样的野心。

弗莱德里克　你们斗一个回合就够了。

查尔斯　殿下,既然这头一个回合您已经竭力敦劝他不要参加,我包您不会再有第二个回合。

奥兰多　你要在以后嘲笑我,可不必事先就嘲笑起来。来啊。

罗瑟琳　赫拉克勒斯默佑着你,年轻人!

西莉娅　我希望我有隐身术,去拉住那强徒的腿。(查尔斯、奥兰多二人摔角。)

罗瑟琳　啊,出色的青年!

西莉娅　假如我的眼睛里会打雷,我知道谁是要被打倒的。(查尔斯被摔倒;欢呼声。)

弗莱德里克　算了,算了。

奥兰多　请殿下准许我再试;我的一口气还不曾透完哩。

弗莱德里克　你怎样啦,查尔斯?

勒·波　他说不出话来了,殿下。

弗莱德里克　把他抬出去。你叫什么名字,年轻人?(查尔斯被抬下。)

奥兰多　禀殿下,我是奥兰多,罗兰·德·鲍埃的幼子。

弗莱德里克　我希望你是别人的儿子。世间都以为你的父亲是个好人,但他却是我的永远的仇敌;假如你是别族的子孙,你今天的行事一定可以使我更喜欢你一些。再见吧;你是个勇敢的青年,我愿你向我说起的是另外一个父亲。(弗莱德里克、勒·波及随从下。)

西莉娅　姊姊,假如我在我父亲的地位,我会做这种事吗?

奥兰多　我以做罗兰爵士的儿子为荣,即使只是他的幼子;我不愿改变我的地位,过继给弗莱德里克做后嗣。

罗瑟琳　我的父亲宠爱罗兰爵士,就像他的灵魂一样;全世界都抱着和我父亲同样的意见。要是我本来就已经知道这位青年便是他的儿子,我一定含着眼泪谏劝他不要作这种冒险。

西莉娅　好姊姊,让我们到他跟前去鼓励鼓励他。我父亲的无礼猜忌的脾气,使我十分痛心。——先生,您很值得尊敬;您的本事确是出人意料，如果您对意中人再能真诚，那么您的情人一定是很有福气的。

罗瑟琳　先生，（自颈上取下项链赠奥兰多）为了我的缘故，请戴上这个吧；我是个失爱于运命的人，心有余而力不足，不过略表微忱而已。我们去吧，妹妹。

西莉娅　好。再见，好先生。

奥兰多　我不能说一句谢谢您吗？我的心神都已摔倒，站在这儿的只是一个人形的枪桙，一块没有生命的木石。

罗瑟琳　他在叫我们回去。我的矜傲早随着我的运命一起丢光了；我且去问他有什么话说。您叫我们吗，先生？先生，您摔角摔得很好；给您征服了的，不单是您的敌人。

西莉娅　去吧，姊姊。

罗瑟琳　你先走，我跟着你。再会。（罗瑟琳、西莉娅下。）

奥兰多　什么一种情感重压住我的舌头？虽然她想跟我交谈，我却想不出话来对她说。可怜的奥兰多啊，你给征服了！取胜了你的，不是查尔斯，却是比他更柔弱的人儿。

　　　　勒•波重上。

勒•波　先生，我为着好意劝您还是离开这地方吧。虽然您很值得恭维、赞扬和敬爱，但是公爵的脾气太坏，他会把您一切的行事都误会的。公爵的心性有点捉摸不定；他的为人怎样我不便说，还是您自己去忖度忖度吧。

奥兰多　谢谢您，先生。我还要请您告诉我，这两位小姐中间哪一位是在场的公爵的女儿？

勒•波　要是我们照行为举止上看起来，两个可说都不是他的女儿；但是那位矮小一点的是他的女儿。另外一位便是放逐在外的公爵所生，被她这位篡位的叔父留在这儿陪伴他的女儿；她们两人的相爱是远过于同胞姊妹的。但是我可以告诉您，新近公爵对于他这位温柔的侄女有点不乐意；毫无理由，只是因为人民都称赞她的品德，为了她那位好父亲的缘故而同情她；我可以断定他对于这位小姐的恶意不久就会突然显露出来的。再会吧，先生；我希望在另外一个较好的世界里可以再跟您多多结识。

奥兰多　我非常感荷您的好意；再会。（勒·波下）才穿过浓烟，又钻进烈火；一边是专制的公爵，一边是暴虐的哥哥。可是天仙一样的罗瑟琳啊！（下。）

第三场　宫中一室

西莉娅及罗瑟琳上。

西莉娅　喂，姊姊！喂，罗瑟琳！爱神哪！没有一句话吗？

罗瑟琳　连可以丢给一条狗的一句话也没有。

西莉娅　不，你的话是太宝贵了，怎么可以丢给贱狗呢？丢给我几句吧。来，讲一些道理来叫我浑身瘫痪。

罗瑟琳　那么姊妹两人都害了病了：一个是给道理害得浑身瘫痪，一个是因为想不出什么道理来而发了疯。

西莉娅　但这是不是全然为了你的父亲？

罗瑟琳　不，一部分是为了我的孩子的父亲。唉，这个平凡的世间是多么充满荆棘呀！

西莉娅　姊姊，这不过是些有刺的果壳，为了取笑玩玩而丢在你身上的；要是我们不在道上走，我们的裙子就要给它们抓住。

罗瑟琳　在衣裳上的，我可以把它们抖去；但是这些刺是在我的心里呢。

西莉娅　你咳嗽一声就咳出来了。

罗瑟琳　要是我咳嗽一声,他就会应声而来,那么我倒会试一下的。

西莉娅　算了算了;使劲地把你的爱情克服下来吧。

罗瑟琳　唉!我的爱情比我气力大得多哩!

西莉娅　啊,那么我替你祝福吧!将来总有一天,你就是倒了也会使劲的。但是把笑话搁在一旁,让我们正正经经地谈谈。你真的会突然这样猛烈地爱上老罗兰爵士的小儿子吗?

罗瑟琳　我的父亲和他的父亲非常要好呢。

西莉娅　因此你也必须和他的儿子非常要好吗?照这样说起来,那么我的父亲非常恨他的父亲,因此我也应当恨他了;可是我却不恨奥兰多。

罗瑟琳　不,看在我的面上,不要恨他。

西莉娅　为什么不呢?他不是值得恨的吗?

罗瑟琳　因为他是值得爱的,所以让我爱他;因为我爱他,所以你也要爱他。瞧,公爵来了。

西莉娅　他满眼都是怒气。

　　　　弗莱德里克公爵率从臣上。

弗莱德里克　姑娘,为了你的安全,你得赶快收拾起来,离开我们的宫廷。

罗瑟琳　我吗,叔父?

弗莱德里克　你,侄女。在这十天之内,要是发现你在离我们宫廷二十英里之内,就得把你处死。

罗瑟琳　请殿下开示我,我犯了什么罪过。要是我有自知之明,要是我并没有做梦,也不曾发疯——我相信我没有——那么,亲爱的叔父,我从来不曾起过半分触犯您老人家的念头。

弗莱德里克　一切叛徒都是这样的;要是他们凭着口头的话便可以免罪,那么他们都是再清白没有的了。可是我不能信任你,这一句话就够了。

罗瑟琳　但是您的不信任不能便使我变成叛徒；请告诉我您有什么证据？

弗莱德里克　你是你父亲的女儿；还用得着说别的话吗？

罗瑟琳　当您殿下夺去了我父亲的公国的时候，我就是他的女儿；当您殿下把他放逐的时候，我也还是他的女儿。叛逆并不是遗传的，殿下；即使我们受到亲友的牵连，那与我又有什么相干？我的父亲并不是个叛徒呀。所以，殿下，别看错了我，把我的穷迫看作了奸慝。

西莉娅　好殿下，听我说。

弗莱德里克　嗯，西莉娅，我让她留在这儿，只是为了你的缘故，否则她早已跟她的父亲流浪去了。

西莉娅　那时我没有请您让她留下；那是您自己的主意，因为您自己觉得不好意思。那时我还太小，不曾知道她的好处；但现在我知道她了。要是她是个叛逆，那么我也是。我们一直都睡在一起，同时起床，一块儿读书，同游同食，无论到什么地方去，都像朱诺的一双天鹅，永远成着对，拆不开来。

弗莱德里克　她这人太阴险，你敌不过她；她的和气、她的沉默和她的忍耐，都能感动人心，叫人民可怜她。你是个傻子，她已经夺去了你的名誉；她去了之后，你就可以显得格外光彩而贤德了。所以闭住你的嘴；我对她所下的判决是确定而无可挽回的，她必须被放逐。

西莉娅　那么您把这句判决也加在我身上吧，殿下；我没有她做伴便活不下去。

弗莱德里克　你是个傻子。侄女，你得准备起来，假如误了期限，凭着我的名誉和我的言出如山的命令，要把你处死。（偕从臣下。）

西莉娅　唉，我的可怜的罗瑟琳！你到哪儿去呢？你肯不肯换一个父亲？我把我的父亲给了你吧。请你不要比我更伤心。

罗瑟琳　我比你有更多的伤心的理由。

西莉娅　你没有，姊姊。请你高兴一点；你知道不知道，公爵把他的女儿也放逐了？

罗瑟琳　他没有。

西莉娅　没有？那么罗瑟琳还没有那种爱情，使你明白你我两人有如一体。我们难道要拆散吗？我们难道要分手吗，亲爱的姑娘？不，让我的父亲另外找一个后嗣吧。你应该跟我商量我们应当怎样飞走，到哪儿去，带些什么东西。不要因为环境的变迁而独自伤心，让我分担一些你的心事吧。我对着因为同情我们而惨白的天空起誓，无论你怎样说，我都要跟你一起走。

罗瑟琳　但是我们到哪儿去呢？

西莉娅　到亚登森林找我的伯父去。

罗瑟琳　唉，像我们这样的姑娘家，走这么远路，该是多么危险！美貌比金银更容易引起盗心呢。

西莉娅　我可以穿了破旧的衣裳，用些黄泥涂在脸上，你也这样；我们便可以通行过去，不会遭人家算计了。

罗瑟琳　我的身材特别高，完全打扮得像个男人岂不更好？腰间插一把出色的匕首，手里拿一柄刺野猪的长矛；心里尽管隐藏着女人家的胆怯，俺要在外表上装出一副雄赳赳气昂昂的样子来，正像那些冒充好汉的懦夫一般。

西莉娅　你做了男人之后，我叫你什么名字呢？

罗瑟琳　我要取一个和乔武的侍童一样的名字，所以你叫我盖尼米德吧。但是你叫什么呢？

西莉娅　我要取一个可以表示我的境况的名字；我不再叫西莉娅，就叫爱莲娜①吧。

---

① 爱莲娜原文 Aliena，暗示 alienated（远隔）之意。

罗瑟琳　但是妹妹，我们设法去把你父亲宫廷里的小丑偷来好不好？他在我们的旅途中不是很可以给我们解闷吗？

西莉娅　他一定肯跟着我走遍广大的世界；让我独自去对他说吧。我们且去把珠宝钱物收拾起来。我出走之后，他们一定要追寻，我们该想出一个顶适当的时间和顶安全的方法来避过他们。现在我们是满心的欢畅，去找寻自由，不是流亡。（同下。）

第二幕

第一场　亚登森林

老公爵、阿米恩斯及众臣做林居人装束上。

公爵　我的流放生涯中的同伴和弟兄们，我们不是已经习惯了这种生活，觉得它比虚饰的浮华有趣得多吗？这些树林不比猜忌的朝廷更为安全吗？我们在这儿所感觉到的，只是时序的改变，那是上帝加于亚当的惩罚①；冬天的寒风张舞着冰雪的爪牙，发出暴声的呼啸，即使当它砭刺着我的身体，使我冷得发抖的时候，我也会微笑着说，"这不是谄媚啊；它们就像是忠臣一样，谆谆提醒我所处的地位。"逆运也有它的好处，就像丑陋而有毒的蟾蜍，它的头上却顶着一颗珍贵的宝石。我们的这种生活，虽然远离尘嚣，却可以听树木的谈话，溪中的流水便是大好的文章，一石之微，也暗寓着教训；每一件事物中间，都可以找到些益处来。我不愿改变这种生活。

阿米恩斯　殿下真是幸福，能把运命的顽逆说成这样恬静而可爱。

---

①　亚当未逐出乐园之前，四季常春。

公爵　来，我们打鹿去吧；可是我心里却有些不忍，这种可怜的花斑的蠢物，本来是这荒凉的城市中的居民，现在却要在它们自己的家园中让它们的后腿领略箭镞的滋味。

臣甲　不错，那忧愁的杰奎斯很为此伤心，发誓说在这件事上跟您那篡位的兄弟相比，您还是个更大的篡位者；今天阿米恩斯大人跟我两人悄悄地躲在背后，瞧他躺在一株橡树底下，那古老的树根露出在沿着林旁潺潺流去的溪水上面，有一只可怜的失群的牡鹿中了猎人的箭受伤，奔到那边去喘气；真的，殿下，这头不幸的畜生发出了那样的呻吟，真要把它的皮囊都胀破了，一颗颗又大又圆的泪珠怪可怜地争先恐后流到它的无辜的鼻子上；忧愁的杰奎斯瞧着这头可怜的毛畜这样站在急流的小溪边，用眼泪添注在溪水里。

公爵　但是杰奎斯怎样说呢？他见了此情此景，不又要讲起一番道理来了吗？

臣甲　啊，是的，他作了一千种的譬喻。起初他看见那鹿把眼泪浪费地流下了水流之中，便说，"可怜的鹿，他就像世人立遗嘱一样，把你所有的一切给了那已经有得太多的人。"于是，看它孤苦伶仃，被它那些皮毛柔滑的朋友所遗弃，便说，"不错，人倒了霉，朋友也不会来睬你了。"不久又有一群吃得饱饱的、无忧无虑的鹿跳过它的身边，也不停下来向它打个招呼；"嗯，"杰奎斯说，"奔过去吧，你们这批肥胖而富于脂肪的市民们；世事无非如此，那个可怜的破产的家伙，瞧他作什么呢？"他这样用最恶毒的话来辱骂着乡村、城市和宫廷的一切，甚至于骂着我们的这种生活；发誓说我们只是些篡位者、暴君或者比这更坏的人物，到这些畜生的天然的居处来惊扰它们，杀害它们。

公爵　你们就在他做这种思索的时候离开了他吗？

臣甲　是的，殿下，就在他为了这头啜泣的鹿而流泪发议论的时候。

公爵　带我到那地方去，我喜欢趁他发愁的时候去见他，因为那时他最富于见识。

臣甲　我就领您去见他。（同下。）

第二场　宫中一室

　　　　弗莱德里克公爵、众臣及侍从上。

弗莱德里克　难道没有一个人看见她们吗？决不会的；一定在我的宫廷里有奸人知情串通。

臣甲　我不曾听见谁说曾经看见她。她寝室里的侍女们都看她上了床；可是一早就看见床上没有她们的郡主了。

臣乙　殿下，那个常常逗您发笑的下贱小丑也失踪了。郡主的侍女希丝比利娅供认她曾经偷听到郡主跟她的姊姊常常称赞最近在摔角赛中打败了强有力的查尔斯的那个汉子的技艺和人品；她说她相信不论她们到哪里去，那个少年一定是跟她们在一起的。

弗莱德里克　差人到他哥哥家里去，把那家伙抓来；要是他不在，就带他的哥哥来见我，我要叫他去找他。马上去，这两个逃走的傻子一定要用心搜寻探访，非把她们寻回来不可。（众下。）

第三场　奥列佛家门前

　　　　奥兰多及亚当自相对方向上。

奥兰多　那边是谁？

亚当　啊！我的少爷吗？啊，我的善良的少爷！我的好少爷！啊，您叫人想起了老罗兰爵爷！唉，您为什么到这里来呢？您为什么这样好呢？为什么人家要爱您呢？为什么您是这样仁慈、这样健壮、这样勇敢呢？为什么您这么傻，要去把那乖僻的公爵手下那个大力士的拳师打败呢？您的声誉是来得太快了。您不知道吗，少爷，有些人常会因为他们太好了，反而害了自己？您也正是这样；您的好处，好少爷，就是陷害您自身的圣洁的叛徒。唉，这算是一个什么世界，怀德的人会因为他们的德行反遭毒手！

奥兰多　啊，怎么一回事？

亚当　唉，不幸的青年！不要走进这扇门来；在这屋子里潜伏着您一切美德的敌人呢。您的哥哥——不，不是哥哥，然而却是您父亲的儿子——不，他也不能称为他的儿子——他听见了人家称赞您的话，预备在今夜放火烧去您所住的屋子；要是这计划不成功，他还会想出别的法子来除掉您。他的阴谋给我偷听到了。这儿不是安身之处，这屋子不过是一所屠场，您要回避，您要警戒，别走进去。

奥兰多　什么，亚当，你要我到哪儿去？

亚当　随您到哪儿去都好，只要不在这儿。

奥兰多　什么，你要我去做个要饭的吗？还是在大路上用下贱无耻的剑做一个强盗？我只好走这种路，否则我就不知道怎么办；可是不论怎样，我也不愿这样干；我宁愿忍受一个不念手足之情的凶狠的哥哥的恶意。

亚当　可是不要这样。我在您父亲手下侍候了这许多年，曾经辛辛苦苦把工钱省下了五百块；我把那笔钱存下，本来是预备等我没有气力做不动事的时候做养老之本，人老了，不中用了，是会给人踢在角落里的。您把这钱拿了去吧；上帝既然给食物与乌鸦，也不会忘记把麻雀喂饱的，我这一把年纪，就悉听他的慈悲吧！钱就在这儿，我把它全都给了您吧。让我做您的仆人。我虽然瞧上去这么老，可是我的气力还不错；因为我在年轻时候从不曾灌下过一滴猛烈的酒，也不曾鲁莽地贪欲伤身，所以我的老年好比生气勃勃的冬天，虽然结着严霜，却并不惨淡。让我跟着您去；我可以像一个年轻人一样，为您照料一切。

奥兰多　啊，好老人家！在你身上多么明白地表现出来古时那种义胆侠肠，不是为着报酬，只是为了尽职而流着血汗！你是太不合时了；现在的人们努力工作，只是为着希望高升，等到目的一达到，便耽于安逸；你却不是这样。但是，可怜的老人家，你虽然这样辛辛苦苦地费尽培植的功夫，给你培植的却是一株不成材的树木，开不出一朵花来酬答你的殷勤。可是赶路吧，我们要在一块儿走；在我们没有把你年轻时的积蓄花完之前，一定要找到一处小小的安身的地方。

亚当　少爷，走吧；我愿意忠心地跟着您，直至喘尽最后一口气。从十七岁起我到这儿来，到现在快八十了，却要离开我的老地方。许多人们在十七岁的时候都去追求幸运，但八十岁的人是不济的了；可是我只要能够有个好死，对得住我的主人，那么命运对我也不算无恩。（同下。）

第四场　亚登森林

　　罗瑟琳男装、西莉娅做牧羊女装束及试金石上。

罗瑟琳　天哪！我的精神多么疲乏啊。
试金石　假如我的两腿不疲乏，我可不管我的精神。

罗瑟琳　我简直想丢了我这身男装的脸，而像一个女人一样哭起来；可是我必须安慰安慰这位小娘子，穿褐衫短裤的，总该向穿裙子的显出一点勇气来才是。好，打起精神来吧，好爱莲娜。

西莉娅　请你担待担待我吧；我再也走不动了。

试金石　我可以担待你，可是不要叫我担你；但是即使我担你，也不会背上十字架，因为我想你钱包里没有那种带十字架的金币。

罗瑟琳　好，这儿就是亚登森林了。

试金石　哦，现在我到了亚登了。我真是个大傻瓜！在家里要舒服得多哩；可是旅行人只好知足一点。

罗瑟琳　对了，好试金石。你们瞧，谁来了；一个年轻人和一个老头子在一本正经地讲话。

　　　　柯林及西尔维斯上。

柯林　你那样不过叫她永远把你笑骂而已。

西尔维斯　啊，柯林，你要是知道我是多么爱她！

柯林　我有点猜得出来，因为我也曾经恋爱过呢。

西尔维斯　不，柯林，你现在老了，也就不能猜想了；虽然在你年轻的时候，你也像那些半夜三更在枕上翻来覆去的情人一样真心。可是假如你的爱情也跟我的差不多——我想一定没有人会有我那样的爱情——那么你为了你的痴心梦想，一定做出过不知多少可笑的事情呢！

柯林　我做过一千种的傻事，现在都已忘记了。

西尔维斯　噢！那么你就是不曾诚心爱过。假如你记不得你为了爱情而做出来的一件最琐细的傻事，你就不算真的恋爱过。假如你不曾像我现在这样坐着絮絮讲你的姑娘的好处，使听的人不耐烦，你就不算真的恋爱过。假如你不曾突然离开你

的同伴，像我的热情现在驱使着我一样，你也不算真的恋爱过。啊，菲苾！菲苾！菲苾！（下。）

罗瑟琳　唉，可怜的牧人！我在诊断你的痛处的时候，却不幸地找到我自己的创伤了。

试金石　我也是这样。我记得我在恋爱的时候，曾经把一柄剑在石头上摔断，叫夜里来和琴·史美尔幽会的那个家伙留心着我；我记得我曾经吻过她的洗衣棒，也吻过被她那双皲裂的玉手挤过的母牛乳头；我记得我曾经把一颗豌豆荚权当作她而向她求婚，我剥出了两颗豆子，又把它们放进去，边流泪边说，"为了我的缘故，请您留着做个纪念吧。"我们这种多情种子都会做出一些古怪事儿来；但是我们既然都是凡人，一着了情魔是免不得要大发其痴劲的。

罗瑟琳　你的话聪明得出于你自己意料之外。

试金石　哦，我总不知道自己的聪明，除非有一天我给它绊了一交，跌断了我的腿骨。

罗瑟琳　天神，天神！这个牧人的痴心，很有几分像我自己的情形。

试金石　也有点像我的情形；可是在我似乎有点儿陈腐了。

西莉娅　请你们随便哪一位去问问那边的人，肯不肯让我们用金子向他买一点吃的东西；我简直晕得要死了。

试金石　喂，你这蠢货！

罗瑟琳　别响，傻子；他并不是你的一家人。

柯林　谁叫？

试金石　比你好一点的人，朋友。

柯林　要是他们不比我好一点，那可寒酸得太不成话啦。

罗瑟琳　对你说，别响。——您晚安，朋友。

柯林　晚安，好先生；各位晚安。

罗瑟琳　牧人，假如人情或是金银可以在这种荒野里换到一点款待的话，请你带我们到一处可以休息一下吃些东西的地方去好不好？这一位小姑娘赶路疲乏，快要晕过去了。

柯林　好先生，我可怜她，不是为我自己打算，只是为了她的缘故，但愿我有能力帮助她；可是我只是给别人看羊，羊儿虽然归我饲养，羊毛却不归我剪。我的东家很小气，从不会修修福做点儿好事；而且他的草屋、他的羊群、他的牧场，现在都要出卖了。现在因为他不在家，我们的牧舍里没有一点可以给你们吃的东西；但是别管它有些什么，请你们来瞧瞧，我是极其欢迎你们的。

罗瑟琳　他的羊群和牧场预备卖给谁呢？

柯林　就是刚才你们看见的那个年轻汉子，他是从来不想要买什么东西的。

罗瑟琳　要是没有什么不对的地方，我请你把那草屋牧场和羊群都买下了，我们给你出钱。

西莉娅　我们还要加你的工钱。我欢喜这地方，很愿意在这儿消度我的时光。

柯林　这桩买卖一定可以成交。跟我来；要是你们打听过后，对于这块地皮、这种收益和这样的生活觉得中意，我愿意做你们十分忠心的仆人，马上用你们的钱去把它买来。（同下。）

第五场　林中的另一部分

阿米恩斯、杰奎斯及余人等上。

阿米恩斯　（唱）

　　　　绿树高张翠幕，

　　　　谁来偕我偃卧，

> 翻将欢乐心声,
>
> 学唱枝头鸟鸣:
>
> 盍来此? 盍来此? 盍来此?
>
> 目之所接,
>
> 精神契一,
>
> 唯忧雨雪之将至。

杰奎斯 再来一个,再来一个,请你再唱下去。

阿米恩斯 那会叫您发起愁来的,杰奎斯先生。

杰奎斯 再好没有。请你再唱下去!我可以从一曲歌中抽出愁绪来,就像黄鼠狼吮啜鸡蛋一样。请你再唱下去吧!

阿米恩斯 我的喉咙很粗,我知道一定不能讨您的欢喜。

杰奎斯 我不要你讨我的欢喜;我只要你唱。来,再唱一阕;你是不是把它们叫作一阕一阕的?

阿米恩斯 您高兴怎样叫就怎样叫吧,杰奎斯先生。

杰奎斯 不,我倒不去管它们叫什么名字;它们又不借我的钱。你唱起来吧!

阿米恩斯 既蒙敦促,我就勉为其难了。

杰奎斯 那么好,要是我会感谢什么人,我一定会感谢你;可是人家所说的恭维就像是两只狗猿碰了头,倘使有人诚心感谢我,我就觉得好像我给了他一个铜子,所以他像一个叫花似的向我道谢。来,唱起来吧;你们不唱的都不要作声。

阿米恩斯 好,我就唱完这支歌。列位,铺起食桌来吧;公爵就要到这株树下来喝酒了。他已经找了您整整一天啦。

杰奎斯 我已经躲避了他整整一天啦。他太喜欢辩论了,我不高兴跟他在一起;我想到的事情像他一样多,可是谢谢天,我却不像他那样会说嘴。来,唱吧。

阿米恩斯 (唱,众和)

> 孰能敝屣尊荣，
> 来沐丽日光风，
> 觅食自求果腹，
> 一饱欣然意足：
> 盍来此？盍来此？盍来此？
> 目之所接，
> 精神契一，
> 唯忧雨雪之将至。

杰奎斯　昨天我曾经按着这调子不加雕饰顺口吟成一节，倒要献丑献丑。

阿米恩斯　我可以把它唱出来。

杰奎斯　是这样的：
> 倘有痴愚之徒，
> 忽然变成蠢驴，
> 趁着心性癫狂，
> 撇却财富安康，
> 特达米，特达米，特达米，
> 何为来此？
> 举目一视，
> 唯见傻瓜之遍地。

阿米恩斯　"特达米"是什么意思？

杰奎斯　这是希腊文里召唤傻子们排起圆圈来的一种咒语。——假如睡得成觉的话，我要睡觉去；假如睡不成，我就要把埃及地方一切头胎生的痛骂一顿①。

阿米恩斯　我可要找公爵去；他的点心已经预备好了。（各下。）

---

① 《旧约·出埃及记》载上帝降罚埃及，凡埃及一切头胎生的皆遭瘟死；此处杰奎斯暗讽老公爵。

第六场　林中的另一部分

　　　　　奥兰多及亚当上。

亚当　好少爷，我再也走不动了；唉！我要饿死了。让我在这儿躺下挺尸吧。再会了，好心的少爷！

奥兰多　啊，怎么啦，亚当！你再没有勇气了吗？再活一些时候；提起一点精神来，高兴点儿。要是这座古怪的林中有什么野东西，那么我倘不是给它吃了，一定会把它杀了来给你吃的。你并不是真就要死了，不过是在胡思乱想而已。为了我的缘故，提起精神来吧；向死神抗拒一会儿，我去一去就回来看你，要是我找不到什么可以给你吃的东西，我一定答应你死去；可是假如你在我没有回来之前便死去，那你就是看不起我的辛苦了。说得好！你瞧上去有点振作了。我立刻就来。可是你躺在寒风里呢；来，我把你背到有遮荫的地方去。只要这块荒地里有活东西，你一定不会因为没有饭吃而饿死。振作起来吧，好亚当。（同下。）

第七场　林中的另一部分

　　　　　食桌铺就。老公爵、阿米恩斯及流亡诸臣上。

公爵　我想他一定已经变成一头畜生了，因为我到处找不到他的人影。

臣甲　殿下，他刚刚走开去；方才他还在这儿很高兴地听人家唱歌。

公爵　要是浑身都不和谐的他，居然也会变得爱好起音乐来，那么天体上不久就要大起骚乱了。去找他来，对他说我要跟他谈谈。

臣甲　他自己来了，省了我一番跋涉。

　　　　杰奎斯上。

公爵　啊，怎么啦，先生！这算什么，您的可怜的朋友们一定要千求万唤才把您请来吗？啊，您的神气很高兴哩！

杰奎斯　一个傻子，一个傻子！我在林中遇见一个傻子，一个身穿彩衣的傻子；唉，苦恼的世界！我确实遇见了一个傻子，正如我是靠着食物而活命一样确实；他躺着晒太阳，用头头是道的话辱骂着命运女神，然而他仍然不过是个身穿彩衣的傻子。"早安，傻子，"我说。"不，先生，"他说，"等到老天保佑我发了财，您再叫我傻子吧。"于是他从袋里掏出一只表来，用没有光彩的眼睛瞧着它，很聪明地说，"现在是十点钟了；我们可以从这里看出世界是怎样在变迁着：一小时之前还不过是九点钟，而再过一小时便是十一点钟了；照这样一小时一小时过去，我们越长越老，越老越不中用，这上面真是大有感慨可发。"我听了这个穿彩衣的傻子对时间发挥的这一段玄理，我的胸头就像公鸡一样叫起来了，纳罕着傻子居然会有这样深刻的思想；我笑了个不停，在他的表上整整笑去了一个小时。啊，高贵的傻子！可敬的傻子！彩衣是最好的装束。

公爵　这是个怎么样的傻子？

杰奎斯　啊，可敬的傻子！他曾经出入宫廷；他说凡是年轻貌美的小姐们，都是有自知之明的。他的头脑就像航海回来剩下的饼干那样干燥，其中的每一个角落却塞满了人生的经验，他都用杂乱的话儿随口说了出来。啊，我但愿我也是个傻子！我想要穿一件花花的外套。

公爵　你可以有一件。

杰奎斯　这是我唯一的要求；只要殿下明鉴，除掉一切成见，别把我当聪明人看待；同时要准许我有像风那样广大的自由，高兴吹着谁便吹着谁：傻子们是有这种权利的，那些最被我的傻话所挖苦的人也最应该笑。殿下，为什么他们必须这样呢？这理由正和到教区礼拜堂去的路一样清楚：被一个傻子用俏皮话讥刺了的人，即使刺痛了，假如不装出一副若无其事的样子来，那么就显出聪明人的傻气，可以被傻子不经意一箭就刺穿，未免太傻了。给我穿一件彩衣，准许我说我心里的话；我一定会痛痛快快地把这染病的世界的丑恶的身体清洗个干净，假如他们肯耐心接受我的药方。

公爵　算了吧！我知道你会做出些什么来。

杰奎斯　我可以拿一根筹码打赌，我做的事会不好吗？

公爵　最坏不过的罪恶，就是指斥他人的罪恶：因为你自己也曾经是一个放纵你的兽欲的浪子；你要把你那身因为你的荒唐而长起来的臃肿的脓疮、溃烂的恶病，向全世界播散。

杰奎斯　什么，呼斥人间的奢侈，难道便是对于个人的攻击吗？奢侈的习俗不是像海潮一样浩瀚地流着，直到力竭而消退吗？假如我说城里的那些小户人家的妇女穿扮得像王公大人的女眷一样，我指明是哪一个女人吗？谁能挺身出来说我说的是她，假如她的邻居也是和她一个样子？一个操着最微贱行业的人，假如心想我讥讽了他，说他的好衣服不是我出的钱，那不是恰恰把他的愚蠢合上了我说的话吗？照此看来，又有什么关系呢？指给我看我的话伤害了他什么地方：要是说的对，那是他自取其咎；假如他问心无愧，那么我的责骂就像是一头野鸭飞过，不干谁的事。——可是谁来了？

　　　　奥兰多拔剑上。

奥兰多　停住，不准吃！

杰奎斯　嘿，我还不曾吃过呢。

奥兰多　而且也不会再给你吃,除非让饿肚子的人先吃过了。

杰奎斯　这头公鸡是哪儿来的?

公爵　朋友,你是因为落难而变得这样强横吗?还是因为生来就是瞧不起礼貌的粗汉子,一点儿不懂得规矩?

奥兰多　你第一下就猜中我了,困苦逼迫着我,使我不得不把温文的礼貌抛在一旁;可是我却是在都市生长,受过一点儿教养的。但是我吩咐你们停住;在我的事情没有办完之前,谁碰一碰这些果子,就得死。

杰奎斯　你要是无理可喻,那么我准得死。

公爵　你要什么?假如你不用暴力,客客气气地向我们说,我们一定会更客客气气地对待你的。

奥兰多　我快饿死了;给我吃。

公爵　请坐请坐,随意吃吧。

奥兰多　你说得这样客气吗?请你原谅我,我以为这儿的一切都是野蛮的,因此才装出这副暴横的威胁神气来。可是不论你们是些什么人,在这儿人踪不到的荒野里,躺在凄凉的树荫下,不理会时间的消逝;假如你们曾经见过较好的日子,假如你们曾经到过鸣钟召集礼拜的地方,假如你们曾经参加过上流人的宴会,假如你们曾经揩过你们眼皮上的泪水,懂得怜悯和被怜悯的,那么让我的温文的态度格外感动你们:我抱着这样的希望,惭愧地藏好我的剑。

公爵　我们确曾见过好日子,曾经被神圣的钟声召集到教堂里去,参加过上流人的宴会,从我们的眼上揩去过被神圣的怜悯所感动而流下的眼泪;所以你不妨和和气气地坐下来,凡是我们可以帮忙满足你需要的地方,一定愿意效劳。

奥兰多　那么请你们暂时不要把东西吃掉,我就去像一只母鹿一样找寻我的小鹿,把食物喂给他吃。有一位可怜的老人家,全然出于好心，跟着我一跷一拐地走了许多疲乏的路，双重的劳瘁——他的高龄和饥饿——累倒了他；除非等他饱餐了之后，我决不接触一口食物。

公爵　快去找他，我们绝对不把东西吃掉，等着你回来。

奥兰多　谢谢；愿您好心有好报！（下。）

公爵　你们可以看到不幸的不只是我们；这个广大的宇宙的舞台上，还有比我们所演出的更悲惨的场景呢。

杰奎斯　全世界是一个舞台，所有的男男女女不过是一些演员；他们都有下场的时候，也都有上场的时候。一个人的一生中扮演着好几个角色，他的表演可以分为七个时期。最初是婴孩，在保姆的怀中啼哭呕吐。然后是背着书包、满脸红光的学童，像蜗牛一样慢腾腾地拖着脚步，不情愿地呜咽着上学堂。然后是情人，像炉灶一样叹着气，写了一首悲哀的诗歌咏着他恋人的眉毛。然后是一个军人，满口发着古怪的誓，胡须长得像豹子一样，爱惜着名誉，动不动就要打架，在炮口上寻求着泡沫一样的荣名。然后是法官，胖胖圆圆的肚子塞满了阉鸡，凛然的眼光，整洁的胡须，满嘴都是格言和老生常谈；他这样扮了他的一个角色。第六个时期变成了精瘦的趿着拖鞋的龙钟老叟，鼻子上架着眼镜，腰边悬着钱袋；他那年轻时候节省下来的长袜子套在他皱瘪的小腿上显得宽大异常；他那朗朗的男子的口音又变成了孩子似的尖声，像是吹着风笛和哨子。终结着这段古怪的多事的历史的最后一场，是孩提时代的再现，全然的遗忘，没有牙齿，没有眼睛，没有口味，没有一切。

　　　奥兰多背亚当重上。

公爵　欢迎！放下你背上那位可敬的老人家，让他吃东西吧。

奥兰多　我代他向您竭诚道谢。

亚当　您真该代我道谢；我简直不能为自己向您开口道谢呢。

公爵　欢迎，请用吧；我还不会马上就来打扰你，问你的遭遇。
　　　给我们奏些音乐；贤卿，你唱吧。

阿米恩斯　（唱）

　　　　不惧冬风凛冽，
　　　　风威远难逮及
　　　　人世之寡情；
　　　　其为气也虽厉，
　　　　其牙尚非甚锐，
　　　　风体本无形。
　　　　噫嘻乎！且向冬青歌一曲：
　　　　友交皆虚妄，恩爱痴人逐。
　　　　噫嘻乎冬青！
　　　　可乐唯此生。

　　　　不愁冱天冰雪，
　　　　其寒尚难逮及
　　　　受施而忘恩；
　　　　风皱满池碧水，
　　　　利刺尚难逮比
　　　　捐旧之友人。
　　　　噫嘻乎！且向冬青歌一曲：
　　　　友交皆虚妄，恩爱痴人逐。
　　　　噫嘻乎冬青！
　　　　可乐唯此生。

公爵　照你刚才悄声儿老老实实告诉我的，你说你是好罗兰爵士
　　　的儿子，我看你的相貌也真的十分像他；如果不是假的，那

么我真心欢迎你到这儿来。我便是敬爱你父亲的那个公爵。关于你其他的遭遇,到我的洞里来告诉我吧。好老人家,我们欢迎你像欢迎你的主人一样。搀扶着他。把你的手给我,让我明白你们一切的经过。(众下。)

第三幕

第一场　宫中一室

弗莱德里克公爵、奥列佛、众臣及侍从等上。

弗莱德里克　以后没有见过他！哼，哼，不见得吧。倘不是因为仁慈在我的心里占了上风，有着你在眼前，我尽可以不必找一个不在的人出气的。可是你留心着吧，不论你的兄弟在什么地方，都得去给我找来；点起灯笼去寻访吧；在一年之内，要把他不论死活找到，否则你不用再在我们的领土上过活了。你的土地和一切你自命为属于你的东西，值得没收的我们都要没收，除非等你能够凭着你兄弟的招供洗刷去我们对你的怀疑。

奥列佛　求殿下明鉴！我从来就不曾喜欢过我的兄弟。

弗莱德里克　这可见你更是个坏人。好，把他赶出去；吩咐该管官吏把他的房屋土地没收。赶快把这事办好，叫他滚蛋。（众下。）

第二场　亚登森林

奥兰多携纸上。

奥兰多　悬在这里吧,我的诗,证明我的爱情;
你三重王冠的夜间的女王①,请临视,
从苍白的昊天,用你那贞洁的眼睛,
那支配我生命的,你那猎伴②的名字。
啊,罗瑟琳!这些树林将是我的书册,
我要在一片片树皮上镂刻下相思,
好让每一个来到此间的林中游客,
任何处见得到颂赞她美德的言辞。
走,走,奥兰多;去在每株树上刻着伊,
那美好的、幽娴的、无可比拟的人儿。(下。)

柯林及试金石上。

柯林　您喜欢不喜欢这种牧人的生活,试金石先生?

试金石　说老实话,牧人,按着这种生活的本身说起来,倒是一种很好的生活;可是按着这是一种牧人的生活说起来,那就毫不足取了。照它的清静而论,我很喜欢这种生活;可是照它的寂寞而论,实在是一种很坏的生活。看到这种生活是在田间,很使我满意;可是看到它不是在宫廷里,那简直很无聊。

---

①　三重王冠的女王指黛安娜女神,因为她在天上为琉娜(Luna),在地上为狄安娜,在幽冥为普洛塞庇那(Proserpina)。

②　狄安娜又为司狩猎的女神,又为处女的保护神,故奥兰多以罗瑟琳为她的猎伴。

你瞧，这是一种很经济的生活，因此倒怪合我的脾胃；可是它未免太寒碜了，因此我过不来。你懂不懂得一点哲学，牧人？

柯林　我只知道这一点儿：一个人越是害病，他越是不舒服；钱财、资本和知足，是人们缺少不来的三位好朋友；雨湿淋衣，火旺烧柴；好牧场产肥羊，天黑是因为没有了太阳；生来愚笨怪祖父，学而不慧师之惰。

试金石　这样一个人是天生的哲学家了。有没有到过宫廷里，牧人？

柯林　没有，不瞒您说。

试金石　那么你这人就该死了。

柯林　我希望不至于吧？

试金石　真的，你这人该死，就像一个煎得不好一面焦的鸡蛋。

柯林　因为没有到过宫廷里吗？请问您的理由。

试金石　喏，要是你从来没有到过宫廷里，你就不曾见过好礼貌；要是你从来没有见过好礼貌，你的举止一定很坏；坏人就是有罪的人，有罪的人就该死。你的情形很危险呢，牧人。

柯林　一点不，试金石。在宫廷里算作好礼貌的，在乡野里就会变成可笑，正像乡下人的行为一到了宫廷里就显得寒碜一样。您对我说过你们在宫廷里只要见人打招呼就要吻手；要是宫廷里的老爷们都是牧人，那么这种礼貌就要嫌太腌臜了。

试金石　有什么证据？简单地说；来，说出理由来。

柯林　喏，我们的手常常要去碰着母羊；它们的毛，您知道，是很油腻的。

试金石　嘿，廷臣们的手上不是也要出汗的吗？羊身上的脂肪比起人身上的汗腻来，不是一样干净的吗？浅薄！浅薄！说出一个好一点的理由来，说吧。

柯林　而且，我们的手很粗糙。

试金石　那么你们的嘴唇格外容易感到它们。还是浅薄！再说一个充分一点的理由，说吧。

柯林　我们的手在给羊们包扎伤处的时候总是涂满了焦油；您要我们跟焦油接吻吗？宫廷里的老爷们手上都是涂着麝香的。

试金石　浅薄不堪的家伙！把你跟一块好肉比起来，你简直是一块给蛆虫吃的臭肉！用心听聪明人的教训吧：麝香是一只猫身上流出来的腥臊东西，它的来源比焦油脏得多呢。把你的理由修正修正吧，牧人。

柯林　您太会讲话了，我说不过您；我不说了。

试金石　你就甘心该死吗？上帝保佑你，浅薄的人！上帝把你好好针砭一下！你太不懂世事了。

柯林　先生，我是一个道地的做活的；我用自己的力量换饭吃换衣服穿；不跟别人结怨，也不妒羡别人的福气；瞧着人家得意我也高兴，自己倒了霉就自宽自解；我的最大的骄傲就是瞧我的母羊吃草，我的羔羊啜奶。

试金石　这又是你的一桩因为傻气而造下的孽：你把母羊和公羊拉拢在一起，靠着它们的配对来维持你的生活；给挂铃的羊当龟奴，替一头歪脖子的老王八公羊把才一岁的雌儿骗诱失身，也不想到合配不合配；要是你不会因此而下地狱，那么魔鬼也没有人给他牧羊了。我想不出你有什么豁免的希望。

柯林　盖尼米德大官人来了，他是我的新主妇的哥哥。

　　　　　罗瑟琳读一张字纸上。

罗瑟琳

　　　　从东印度到西印度找遍奇珍，
　　　　没有一颗珠玉比得上罗瑟琳。
　　　　她的名声随着好风播满诸城，

　　　　　整个世界都在仰慕着罗瑟琳。
　　　　　画工描摹下一幅幅倩影真真,
　　　　　都要黯然无色一见了罗瑟琳。
　　　　　任何的脸貌都不用铭记在心,
　　　　　单单牢记住了美丽的罗瑟琳。
试金石　我可以给您这样凑韵下去凑它整整的八年,吃饭和睡觉的时间除外。这好像是一连串上市去卖奶油的好大娘。
罗瑟琳　啐,傻子!
试金石　试一下看:
　　　　　要是公鹿找不到母鹿很伤心,
　　　　　不妨叫它前去寻找那罗瑟琳。
　　　　　倘说是没有一只猫儿不叫春,
　　　　　心同此情有谁能责怪罗瑟琳?
　　　　　冬天的衣裳棉花应该衬得温,
　　　　　免得冻坏了娇怯怯的罗瑟琳。
　　　　　割下的田禾必须捆得端端整,
　　　　　一车的禾捆上装着个罗瑟琳。
　　　　　最甜蜜的果子皮儿酸痛了唇,
　　　　　这种果子的名字便是罗瑟琳。
　　　　　有谁想找到玫瑰花开香喷喷,
　　　　　就会找到爱的棘刺和罗瑟琳。
　　　这简直是胡扯的歪诗;您怎么也会给这种东西沾上了呢?
罗瑟琳　别多嘴,你这蠢傻瓜!我在一株树上找到它们的。
试金石　真的,这株树生的果子太坏。
罗瑟琳　那我就把它和你接种在一起,把它和爱乱缠的枸杞接种在一起;这样它就是地里最早的果子了;因为你没等半熟就会烂掉的,这正是爱乱缠的枸杞的特点。

　　　　　西莉娅读一张字纸上。

罗瑟琳　静些!我的妹妹读着些什么来了;站旁边去。
西莉娅

　　　为什么这里是一片荒碛?
　　　因为没有人居住吗?不然,
　　　我要叫每株树长起喉舌,
　　　吐露出温文典雅的语言:
　　　或是慨叹着生命一何短,
　　　匆匆跑完了游子的行程,
　　　只需把手掌轻轻翻个转,
　　　便早已终结人们的一生;
　　　或是感怀着旧盟今已冷,
　　　同心的契友忘却了故交;
　　　但我要把最好树枝选定,
　　　缀附在每行诗句的终梢,
　　　罗瑟琳三个字小名美妙,
　　　向普世的读者遍告周知。
　　　莫看她苗条的一身娇小,
　　　宇宙间的精华尽萃于兹;
　　　造物当时曾向自然诏示,
　　　吩咐把所有的绝世姿才,
　　　向纤纤一躯中合炉熔制,
　　　累天工费去不少的安排:
　　　负心的海伦醉人的脸蛋,
　　　克莉奥佩特拉威仪丰容。

>阿塔兰忒①的柳腰儿款摆,
>
>鲁克丽西娅②的节操贞松:
>
>劳动起玉殿上诸天仙众,
>
>造成这十全十美罗瑟琳;
>
>荟萃了各式的妍媚万种,
>
>选出一副俊脸目秀精神。
>
>上天给她这般恩赐优渥,
>
>我命该终身做她的臣仆。

罗瑟琳　啊,最温柔的宣教师!您的恋爱的说教是多么噜苏得叫您的教民听了厌烦,可是您却也不喊一声,"请耐心一点,好人们。"

西莉娅　啊!朋友们,退后去!牧人,稍为走开一点;跟他去,小子。

试金石　来,牧人,让我们堂堂退却:大小箱笼都不带,只带一个头陀袋。(柯林、试金石下。)

西莉娅　你有没有听见这种诗句?

罗瑟琳　啊,是的,我都听见了。真是大块文章;有些诗句里多出好几步,拖都拖不动。

西莉娅　那没关系,步子可以拖着诗走。

罗瑟琳　不错,但是这些步子自己就不是四平八稳的,没有诗韵的帮助,简直寸步难行;所以只能勉强塞在那里。

西莉娅　但是你听见你的名字被人家悬挂起来,还刻在这种树上,不觉得奇怪吗?

罗瑟琳　人家说一件奇事过了九天便不足为奇;在你没有来之前,我已经过了第七天了。瞧,这是我在一株棕榈树上找到的。

---

① 阿塔兰忒(Atalanta),希腊传说中善疾走的美女。

② 鲁克丽西娅(Lucretia),莎士比亚叙事诗《鲁克丽丝受辱记》中的主角。

自从毕达哥拉斯的时候以来,我从不曾被人这样用诗句咒过;那时我是一只爱尔兰的老鼠①,现在简直记也记不起来了。

西莉娅　你想这是谁干的?

罗瑟琳　是个男人吗?

西莉娅　而且有一根链条,是你从前带过的,套在他的颈上。你脸红了吗?

罗瑟琳　请你告诉我是谁?

西莉娅　主啊!主啊!朋友们见面真不容易;可是两座高山也许会给地震搬了家而碰起头来。

罗瑟琳　哎,但是究竟是谁呀?

西莉娅　真的猜不出来吗?

罗瑟琳　哎,我使劲地央求你告诉我他是谁。

西莉娅　奇怪啊!奇怪啊!奇怪到无可再奇怪的奇怪!奇怪而又奇怪!说不出来的奇怪!

罗瑟琳　我要脸红起来了!你以为我打扮得像个男人,就会在精神上也穿起男装来吗?你再耽延一刻不再说出来,就要累我在汪洋大海里做茫茫的探索了。请你快快告诉我他是谁,不要吞吞吐吐。我倒希望你是个口吃的,那么你也许会把这个保守着秘密的名字不期然而然地打你嘴里吐出来,就像酒从狭口的瓶里倒出来一样,不是一点都倒不出,就是一下子出来了许多。求求你拔去你嘴里的塞子,让我饮着你的消息吧。

西莉娅　那么你要把那人儿一口气吞下肚子里去是不是?

罗瑟琳　他是上帝造下来的吗?是个什么样子的人?他的头戴上一顶帽子显不显得寒碜?他的下巴留着一把胡须像不像个样儿?

西莉娅　不,他只有一点点儿胡须。

---

① 念咒驱除老鼠为爱尔兰人一种迷信习俗。

罗瑟琳　哦，要是这家伙知道好歹，上帝会再给他一些的。要是你立刻就告诉我他的下巴是怎么一个样子，我愿意等候他长起须来。

西莉娅　他就是年轻的奥兰多，一下子把那拳师的脚跟和你的心一起绊跌了个筋斗的。

罗瑟琳　哎，取笑人的让魔鬼抓了去；像一个老老实实的好姑娘似的，规规矩矩说吧。

西莉娅　真的，姊姊，是他。

罗瑟琳　奥兰多？

西莉娅　奥兰多。

罗瑟琳　哎哟！我这一身大衫短裤该怎么办呢？你看见他的时候他在做些什么？他说些什么？他瞧上去怎样？他穿着些什么？他为什么到这儿来？他问起我吗？他住在哪儿？他怎样跟你分别的？你什么时候再去看他？用一个字回答我。

西莉娅　你一定先要给我向卡冈都亚①借一张嘴来才行；像我们这时代的人，一张嘴里是装不下这么大的一个字的。要是一句句都用"是"和"不"回答起来，也比考问教理还麻烦呢。

罗瑟琳　可是他知道我在这林子里，打扮做男人的样子吗？他是不是跟摔角的那天一样有精神？

西莉娅　回答情人的问题，就像数微尘的粒数一般为难。你好好听我讲我怎样找到他的情形，静静地体味着吧。我看见他在一株树底下，像一颗落下来的橡果。

罗瑟琳　树上会落下这样果子来，那真可以说是神树了。

西莉娅　好小姐，听我说。

---

①　卡冈都亚（Gargantua），法国拉伯雷（Rabelais）《巨人传》中的饕餮巨人。

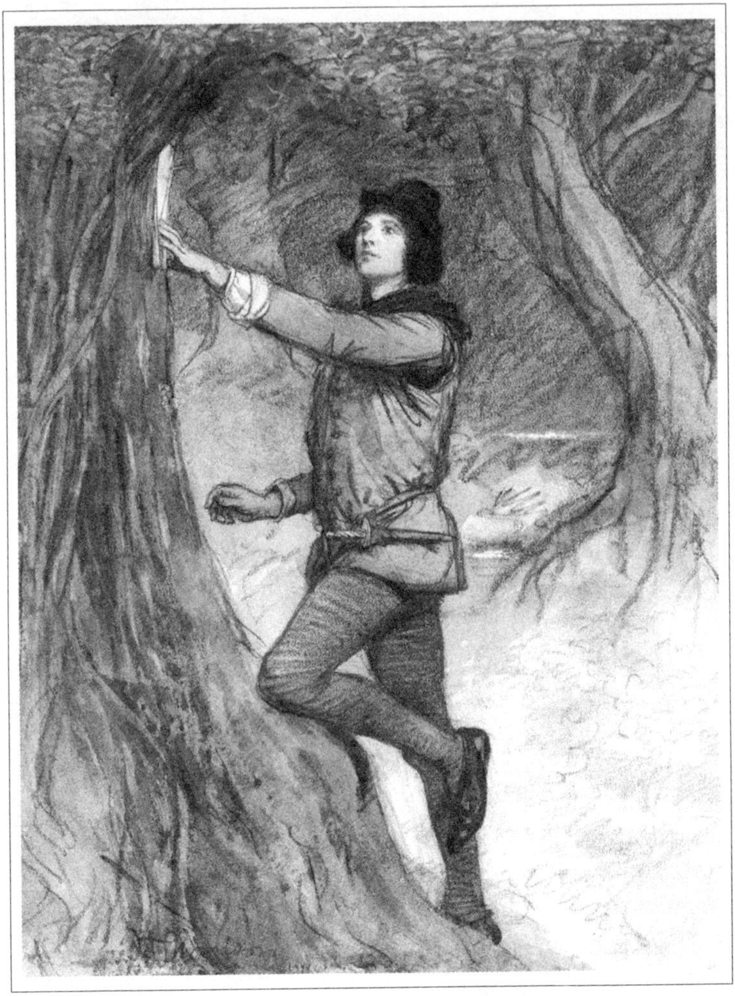

罗瑟琳　讲下去。

西莉娅　他直挺挺地躺在那儿，像一个受伤的骑士。

罗瑟琳　虽然这种样子有点可怜相，可是地上躺着这样一个人，倒也是很合适的。

西莉娅　喊你的舌头停步吧；它简直随处乱跳。——他打扮得像个猎人。

罗瑟琳　哎哟，糟了！他要来猎取我的心了。

西莉娅　我唱歌的时候不要别人和着唱；你缠得我弄错拍子了。

罗瑟琳　你不知道我是个女人吗？我心里想到什么，便要说出口来。好人儿，说下去吧。

西莉娅　你已经打断了我的话头。且慢！他不是来了吗？

罗瑟琳　是他；我们躲在一旁瞧着他吧。

　　　　奥兰多及杰奎斯上。

杰奎斯　多谢相陪；可是说老实话，我倒是喜欢一个人清静些。

奥兰多　我也是这样；可是为了礼貌的关系，我多谢您的做伴。

杰奎斯　上帝和您同在！让我们越少见面越好。

奥兰多　我希望我们还是不要相识的好。

杰奎斯　请您别再在树皮上写情诗糟蹋树木了。

奥兰多　请您别再用难听的声调念我的诗，把它们糟蹋了。

杰奎斯　您的情人的名字是罗瑟琳吗？

奥兰多　正是。

杰奎斯　我不喜欢她的名字。

奥兰多　她取名的时候，并没有打算要您喜欢。

杰奎斯　她的身材怎样？

奥兰多　恰恰够得到我的心头那样高。

杰奎斯　您怪会说俏皮的回答；您是不是跟金匠们的妻子有点儿交情，因此把戒指上的警句都默记下来了？

奥兰多　不，我都是用彩画的挂帷上的话儿来回答您；您的问题也是从那儿学来的。

杰奎斯　您的口才很敏捷，我想是用阿塔兰忒的脚跟做成的。我们一块儿坐下来好不好？我们两人要把世界痛骂一顿，大发一下牢骚。

奥兰多　我不愿责骂世上的有生之伦，除了我自己；因为我知道自己的错处最明白。

杰奎斯　您的最坏的错处就是要恋爱。

奥兰多　我不愿把这个错处来换取您的最好的美德。您真叫我腻烦。

杰奎斯　说老实话，我遇见您的时候，本来是在找一个傻子。

奥兰多　他掉在溪水里淹死了，您向水里一望，就可以瞧见他。

杰奎斯　我只瞧见我自己的影子。

奥兰多　那我以为倘不是个傻子，定然是个废物。

杰奎斯　我不想再跟您在一起了。再见，多情的公子。

奥兰多　我巴不得您走。再会，忧愁的先生。（杰奎斯下。）

罗瑟琳　我要像一个无礼的小厮一样去向他说话，跟他捣捣乱。——听见我的话吗，树林里的人？

奥兰多　很好，你有什么话说？

罗瑟琳　请问现在是几点钟？

奥兰多　你应该问我现在是什么时辰；树林里哪来的钟？

罗瑟琳　那么树林里也不会有真心的情人了；否则每分钟的叹气，每点钟的呻吟，该会像时钟一样计算出时间的懒懒的脚步来的。

奥兰多　为什么不说时间的快步呢？那样说不对吗？

罗瑟琳　不对，先生。时间对于各种人有各种的步法。我可以告诉你时间对于谁是走慢步的，对于谁是跨着细步走的，对于谁是奔着走的，对于谁是立定不动的。

奥兰多　请问他对于谁是跨着细步走的?

罗瑟琳　呃,对于一个订了婚还没有成礼的姑娘,时间是跨着细步有气无力地走着的;即使这中间只有一星期,也似乎有七年那样难过。

奥兰多　对于谁时间是走着慢步的?

罗瑟琳　对于一个不懂拉丁文的牧师,或是一个不害痛风的富翁:一个因为不能读书而睡得很酣畅,一个因为没有痛苦而活得很高兴;一个可以不必辛辛苦苦地钻研,一个不知道有贫穷的艰困。对于这种人,时间是走着慢步的。

奥兰多　对于谁他是奔着走的?

罗瑟琳　对于一个上绞架的贼子;因为虽然他尽力放慢脚步,他还是觉得到得太快了。

奥兰多　对于谁他是静止不动的?

罗瑟琳　对于在休假中的律师,因为他们在前后开庭的时期之间,完全昏睡过去,不觉到时间的移动。

奥兰多　可爱的少年,你住在哪儿?

罗瑟琳　跟这位牧羊姑娘,我的妹妹,伴在这儿的树林边,正像裙子上的花边一样。

奥兰多　你是本地人吗?

罗瑟琳　跟那头你看见的兔子一样,它的住处就是它生长的地方。

奥兰多　住在这种穷乡僻壤,你的谈吐却很高雅。

罗瑟琳　好多人都曾经这样说我;其实是因为我有一个修行的老伯父,他本来是在城市里生长的,是他教导我讲话;他曾经在宫廷里闹过恋爱,因此很懂得交际的门槛。我曾经听他发过许多反对恋爱的议论;多谢上帝我不是个女人,不会犯到他所归咎于一般女性的那许多心性轻浮的罪恶。

奥兰多　你记不记得他所说的女人的罪恶当中主要的几桩?

罗瑟琳　没有什么主要不主要的；跟两个铜子相比一样，全差不多；每一件过失似乎都十分严重，可是立刻又有一件出来可以赛过它。

奥兰多　请你说几件看。

罗瑟琳　不，我的药是只给病人吃的。这座树林里常常有一个人来往，在我们的嫩树皮上刻满了"罗瑟琳"的名字，把树木糟蹋得不成样子；山楂树上挂起了诗篇，荆棘枝上吊悬着哀歌，说来说去都是把罗瑟琳的名字捧作神明。要是我碰见了那个卖弄风情的家伙，我一定要好好给他一番教训，因为他似乎害着相思病。

奥兰多　我就是那个给爱情折磨的他。请你告诉我你有什么医治的方法。

罗瑟琳　我伯父所说的那种记号在你身上全找不出来，他曾经告诉我怎样可以看出来一个人是在恋爱着；我可以断定你一定不是那个草扎的笼中的囚人。

奥兰多　什么是他所说的那种记号呢？

罗瑟琳　一张瘦瘦的脸庞，你没有；一双眼圈发黑的凹陷的眼睛，你没有；一副懒得跟人家交谈的神气，你没有；一脸忘记了修薙的胡子，你没有；——可是那我可以原谅你，因为你的胡子本来就像小兄弟的产业一样少得可怜。而且你的袜子上应当是不套袜带的，你的帽子上应当是不结帽纽的，你的袖口的纽扣应当是脱开的，你的鞋子上的带子应当是松散的，你身上的每一处都要表示出一种不经心的疏懒。可是你却不是这样一个人；你把自己打扮得这么齐整，瞧你倒有点顾影自怜，全不像在爱着什么人。

奥兰多　美貌的少年，我希望我能使你相信我是在恋爱。

罗瑟琳　我相信！你还是叫你的爱人相信吧。我可以断定，她即使容易相信你，她嘴里也是不肯承认的；这也是女人们不老实的一点。可是说老实话，你真的便是把恭维着罗瑟琳的诗句悬挂在树上的那家伙吗？

奥兰多　少年，我凭着罗瑟琳的玉手向你起誓，我就是他，那个不幸的他。

罗瑟琳　可是你真的像你诗上所说的那样热恋着吗？

奥兰多　什么也不能表达我的爱情的深切。

罗瑟琳　爱情不过是一种疯狂；我对你说，有了爱情的人，是应该像对待一个疯子一样，把他关在黑屋子里用鞭子抽一顿的。那么为什么他们不用这种处罚的方法来医治爱情呢？因为那种疯病是极其平常的，就是拿鞭子的人也在恋爱哩。可是我有医治它的法子。

奥兰多　你曾经医治过什么人吗？

罗瑟琳　是的，医治过一个；法子是这样的：他假想我是他的爱人，他的情妇，我叫他每天都来向我求爱；那时我是一个善变的少年，便一会儿伤心，一会儿温存，一会儿翻脸，一会儿思慕，一会儿欢喜；骄傲、古怪、刁钻、浅薄、轻浮，有时满眼的泪，有时满脸的笑。什么情感都来一点儿，但没有一种是真切的，就像大多数的孩子们和女人们一样；有时欢喜他，有时讨厌他，有时讨好他，有时冷淡他，有时为他哭泣，有时把他唾弃：我这样把我这位求爱者从疯狂的爱逼到真个疯狂起来，以至于抛弃人世，做起隐士来了。我用这种方法治好了他，我也可以用这种方法把你的心肝洗得干干净净，像一颗没有毛病的羊心一样，再没有一点爱情的痕迹。

奥兰多　我不愿意治好，少年。

罗瑟琳　我可以把你治好，假如你把我叫作罗瑟琳，每天到我的草屋里来向我求爱。

奥兰多　凭着我的恋爱的真诚，我愿意。告诉我你住在什么地方。
罗瑟琳　跟我去，我可以指点给你看；一路上你也要告诉我你住在林中的什么地方。去吗？
奥兰多　很好，好孩子。
罗瑟琳　不，你一定要叫我罗瑟琳。来，妹妹，我们去吧。（同下。）

第三场　林中的另一部分

试金石及奥德蕾上；杰奎斯随后。

试金石　快来，好奥德蕾；我去把你的山羊赶来。怎样，奥德蕾？我还不曾是你的好人儿吗？我这副粗鲁的神气你中意吗？
奥德蕾　您的神气！天老爷保佑我们！什么神气？
试金石　我陪着你和你的山羊在这里，就像那最会梦想的诗人奥维德在一群哥特人中间一样。
杰奎斯　（旁白）唉，学问装在这么一副躯壳里，比乔武住在草棚里更坏！
试金石　要是一个人写的诗不能叫人懂，他的才情不能叫人理解，那比之小客栈里开出一张大账单来还要命。真的，我希望神们把你变得诗意一点。
奥德蕾　我不懂得什么叫作"诗意一点"。那是一句好话，一件好事情吗？那是诚实的吗？
试金石　老实说，不，因为最真实的诗是最虚妄的；情人们都富于诗意，他们在诗里发的誓，可以说都是情人们的假话。
奥德蕾　那么您愿意天爷爷们把我变得诗意一点吗？
试金石　是的，不错；因为你发誓说你是贞洁的，假如你是个诗人，我就可以希望你说的是假话了。

奥德蕾　您不愿意我贞洁吗？

试金石　对了，除非你生得难看；因为贞洁跟美貌碰在一起，就像在糖里再加蜜。

杰奎斯　（旁白）好一个有见识的傻瓜！

奥德蕾　好，我生得不好看，因此我求求天爷爷们让我贞洁吧。

试金石　真的，把贞洁丢给一个丑陋的懒女人，就像把一块好肉盛在龌龊的盆子里。

奥德蕾　我不是个懒女人，虽然我谢谢天爷爷们我是丑陋的。

试金石　好吧，感谢天爷爷们把丑陋赏给了你！懒惰也许会跟着来的。可是不管这些，我一定要跟你结婚；为了这事我已经去见过邻村的牧师奥列佛·马坦克斯特师傅，他已经答应在这儿树林里会我，给我们配对。

杰奎斯　（旁白）我倒要瞧瞧这场热闹。

奥德蕾　好，天爷爷们保佑我们快活吧！

试金石　阿门！倘使是一个胆小的人，也许不敢贸然从事；因为这儿没有庙宇，只有树林，没有宾众，只有一些出角的畜生；但这有什么要紧呢？放出勇气来！角虽然讨厌，却也是少不来的。人家说，"许多人有数不清的家私；"对了，许多人也有数不清的好角儿。好在那是他老婆陪嫁来的妆奁，不是他自己弄到手的。出角吗？有什么要紧？只有苦人儿才出角吗？不，不，最高贵的鹿和最寒碜的鹿长的角儿一样大呢。那么单身汉便算是好福气吗？不，城市总比乡村好些，已婚者隆起的额角，也要比未婚者平坦的额角体面得多；懂得几手击剑法的，总比一点不会的好些，因此有角也总比没角强。奥列佛师傅来啦。

　　　　奥列佛·马坦克斯特师傅上。

试金石　奥列佛·马坦克斯特师傅，您来得巧极了。您还是就在这树下替我们把事情办了呢，还是让我们跟您到您的教堂里去？

马坦克斯特　这儿没有人可以把这女人做主嫁出去吗？

试金石　我不要别人把她布施给我。

马坦克斯特　真的，她一定要有人做主许嫁，否则这种婚姻便不合法。

杰奎斯　（上前）进行下去，进行下去；我可以把她许嫁。

试金石　晚安，某某先生；您好，先生？欢迎欢迎！上次多蒙照顾，不胜感激。我很高兴看见您。我现在有一点点儿小事，先生。哎，请戴上帽子。

杰奎斯　你要结婚了吗，傻瓜？

试金石　先生，牛有轭，马有勒，猎鹰腿上挂金铃，人非木石岂无情？鸽子也要亲个嘴儿；女大当嫁，男大当婚。

杰奎斯　像你这样有教养的人，却愿意在一棵树底下像叫花子那样成亲吗？到教堂里去，找一位可以告诉你们婚姻的意义的好牧师。要是让这个家伙把你们像钉墙板似的钉在一起，你们中间总有一个人会像没有晒干的木板一样干缩起来，越变越弯的。

试金石　（旁白）我倒以为让他给我主婚比别人好一点，因为瞧他的样子是不会像像样样地主持婚礼的；假如结婚结得草率一些，以后我可以借口离弃我的妻子。

杰奎斯　你跟我来，让我指教指教你。

试金石　来,好奥德蕾。我们一定得结婚,否则我们只好通奸。再见,好奥列佛师傅，不是

　　亲爱的奥列佛！

　　勇敢的奥列佛！

　　请你不要把我丢弃；

而是

  走开去,奥列佛!

  滚开去,奥列佛!

  我们不要你行婚礼。(杰奎斯、试金石、奥德蕾同下。)

马坦克斯特 不要紧,这一批荒唐的混蛋谁也不能讥笑掉我的饭碗。(下。)

第四场 林中的另一部分

  罗瑟琳及西莉娅上。

罗瑟琳 别跟我讲话;我一定要哭。

西莉娅 你就哭吧;可是你还得想一想男人是不该流眼泪的。

罗瑟琳 但我岂不是有应该哭的理由吗?

西莉娅 理由是再充分也没有的了;所以你哭吧。

罗瑟琳 瞧他的头发的颜色,就可以看出来他是个坏东西。

西莉娅 比犹大的头发颜色略为深些;他的接吻就是犹大一脉相传下来的。

罗瑟琳 凭良心说一句,他的头发颜色很好。

西莉娅 那颜色好极了;栗色是最好的颜色。

罗瑟琳 他的接吻神圣得就像圣餐面包触到唇边一样。

西莉娅 他买来了一对狄安娜用过的嘴唇;一个凛若冰霜的尼姑也不会吻得像他那样虔诚;他的嘴唇里就有着冷冰冰的贞洁。

罗瑟琳 可是他为什么发誓说今天早上要来,却偏偏不来呢?

西莉娅 不用说,他这人没有半分真心。

罗瑟琳 你是这样想吗?

西莉娅 是的。我想他不是个扒手,也不是个盗马贼;可是要说起他的爱情的真不真来，那么我想他就像一只盖好了的空杯子，或是一枚蛀空了的硬壳果一样空心。

罗瑟琳　他的恋爱不是真心吗？

西莉娅　他在恋爱的时候，他是真心的；可是我以为他并不在恋爱。

罗瑟琳　你不是听见他发誓说他的的确确在恋爱吗？

西莉娅　从前说是，现在却不一定是；而且情人们发的誓，是和堂倌嘴里的话一样靠不住的，他们都是惯报虚账的家伙。他在这儿树林子里跟公爵你的父亲在一块儿呢。

罗瑟琳　昨天我碰见公爵，跟他谈了好久。他问我的父母是怎样的人；我对他说，我的父母跟他一样高贵；他大笑着让我走了。可是我们现在有像奥兰多这么一个人，还要谈父亲做什么呢？

西莉娅　啊，好一个出色的人！他写得一手好诗，讲得一口漂亮话，发着动听的誓，再堂而皇之地毁了誓，同时碎了他情人的心；正如一个拙劣的枪手，骑在马上一面歪，像一头好鹅一样把他的枪杆折断了。但是年轻人凭着血气和痴劲做出来的事，总是很出色的。——谁来了？

　　　　柯林上。

柯林　姑娘和大官人，你们不是常常问起那个害相思病的牧人，那天你们不是看见他和我坐在草地上，称赞着他的情人，那个盛气凌人的牧羊女吗？

西莉娅　嗯，他怎样啦？

柯林　要是你们想看一本认真扮演的好戏，一面是因为情痴而容颜惨白，一面是因为傲慢而满脸绯红；只要稍走几步路，我可以领你们去，看一个痛快。

罗瑟琳　啊！来，让我们去吧。在恋爱中的人，欢喜看人家相恋。带我们去看；我将要在他们的戏文里当一名重要的角色。

　　　　（同下。）

第五场　林中的另一部分

　　西尔维斯及菲苾上。

西尔维斯　亲爱的菲苾,不要讥笑我;请不要,菲苾!您可以说您不爱我,但不要说得那样狠。习惯于杀人的硬心肠的刽子手,在把斧头向低俯的颈项上劈下的时候也要先说一声对不起;难道您会比这种靠着流血为生的人心肠更硬吗?

　　罗瑟琳、西莉娅及柯林自后上。

菲苾　我不愿做你的刽子手;我逃避你,因为我不愿伤害你。你对我说我的眼睛会杀人;这种话当然说得很好听,很动人;眼睛本来是最柔弱的东西,一见了些微尘就会胆小得关起门来,居然也会给人叫作暴君、屠夫和凶手!现在我使劲地抡起白眼瞧着你;假如我的眼睛能够伤人,那么让它们把你杀死了吧:现在你可以假装晕过去了啊;嘿,现在你可以倒下去了呀;假如你并不倒下去,哼!羞啊,羞啊,你可别再胡说,说我的眼睛是凶手了。现在你且把我的眼睛加在你身上的伤痕拿出来看。单单用一枚针儿划了一下,也会有一点疤痕;握着一根灯芯草,你的手掌上也会有一刻儿留着痕迹;可是我的眼光现在向你投射,却不曾伤了你:我相信眼睛里是绝没有可以伤人的力量的。

西尔维斯　啊,亲爱的菲苾,要是有一天——也许那一天就近在眼前——您在谁个清秀的脸庞上看出了爱情的力量,那时您就会感觉到爱情的利箭所加在您心上的无形的创伤了。

菲苾　可是在那一天没有到来之前,你不要走近我吧。如其有那一天，那么你可以用你的讥笑来凌虐我，却不用可怜我；因为不到那时候，我总不会可怜你的。

罗瑟琳　（上前）为什么呢，请问？谁是你的母亲，生下了你来，把这个不幸的人这般侮辱，如此欺凌？你生得不漂亮——老实说，我看你还是晚上不用点蜡烛就钻到被窝里去的好——难道就该这样骄傲而无情吗？——怎么，这是什么意思？你望着我做什么？我瞧你不过是一件天生的粗货罢了。他妈的！我想她要打算迷住我哩。不，老实说，骄傲的姑娘，你别做梦吧！凭着你的墨水一样的眉毛，你的乌丝一样的头发，你的黑玻璃球一样的眼睛，或是你的乳脂一样的脸庞，可不能叫我为你倾倒呀。——你这蠢牧人儿，干吗你要追随着她，像是挟着雾雨而俱来的南风？你是比她漂亮一千倍的男人；都是因为有了你们这种傻瓜，世上才有那许多难看的孩子。叫她得意的是你的恭维，不是她的镜子；听了你的话，她便觉得她自己比她本来的容貌美得多了。——可是，姑娘，你自己得放明白些；跪下来，斋戒谢天，赐给你这么好的一个爱人。我得向你耳边讲句体己的话，有买主的时候赶快卖去了吧；你不是到处都有销路的。求求这位大哥恕了你；爱他；接受他的好意。生得丑再要瞧人不起，那才是奇丑无比了。——好，牧人，你拿了她去。再见吧。

菲苾　可爱的青年，请您把我骂一整年吧。我宁愿听您的骂，不要听这人的恭维。

罗瑟琳　他爱上了她的丑样子，她爱上了我的怒气。倘使真有这种事，那么她一扮起了怒容来答复你，我便会把刻薄的话儿去治她。——你为什么这样瞧着我？

菲苾　我对您没有怀着恶意呀。

罗瑟琳　请你不要爱我吧，我这人是比醉后发的誓更靠不住的；

而且我又不喜欢你。要是你要知道我家在何处,请到这儿附近的那簇橄榄树的地方来寻访好了。——我们去吧,妹妹。——牧人,着力追求她。——来,妹妹。——牧女,待他好一点儿,别那么骄傲;整个世界上生眼睛的人,都不会像他那样把你当作天仙的。——来,瞧我们的羊群去。(罗瑟琳、西莉娅、柯林同下。)

菲苾　过去的诗人,现在我明白了你的话果然是真:"谁个情人不是一见就钟情?"①

西尔维斯　亲爱的菲苾——

菲苾　啊!你怎么说,西尔维斯?

西尔维斯　亲爱的菲苾,可怜我吧!

菲苾　唉,我为你伤心呢,温柔的西尔维斯。

西尔维斯　同情之后,必有安慰;要是您见我因为爱情而伤心而同情我,那么只要把您的爱给我,您就可以不用再同情,我也无须再伤心了。

菲苾　你已经得到我的爱了;咱们不是像邻居那么要好着吗?

西尔维斯　我要的是您。

菲苾　啊,那就是贪心了。西尔维斯,从前我讨厌你;可是现在我也不是对你有什么爱情;不过你既然讲爱情讲得那么好,我本来是讨厌跟你在一起的,现在我可以忍受你了。我还有事儿要差遣你呢;可是除了你自己因为供我差遣而感到的欣喜以外,可不用希望我还会用什么来答谢你。

西尔维斯　我的爱情是这样圣洁而完整,我又是这样不蒙眷顾,因此只要能够拾些人家收获过后留下来的残穗,我也以为是一次最丰富的收成了;随时略为给我一个不经意的微笑,我

---

① 此句为马洛所作叙事诗《希罗与里昂德》中之语。

就可以靠着它活命。

菲苾　你认识刚才对我讲话的那个少年吗？

西尔维斯　不大熟悉，但我常常遇见他；他已经把本来属于那个老头儿的草屋和地产都买下来了。

菲苾　不要以为我爱他，虽然我问起他。他只是个淘气的孩子；可是倒很会讲话；但是空话我理它作甚？然而说话的人要是能够讨听话的人欢喜，那么空话也是很好的。他是个标致的青年；不算顶标致。当然他是太骄傲了；然而他的骄傲很配他。他长起来倒是一个漂亮的汉子，顶好的地方就是他的脸色；他的舌头刚刚得罪了人，用眼睛一瞟就补偿过来了。他的个儿不很高；然而照他的年纪说起来也就够高。他的腿不过如此；但也还好。他的嘴唇红得很美，比他那张白脸上掺和着的红色更烂熟更浓艳；一个是大红，一个是粉红。西尔维斯，有些女人假如也像我一样向他这么评头品足起来，一定会马上爱上他的；可是我呢，我不爱他，也不恨他；然而我有应该格外恨他的理由。凭什么他要骂我呢？他说我的眼珠黑，我的头发黑；现在我记起来了，他嘲笑着我呢。我不懂怎么我不还骂他；但那没有关系，不声不响并不就是善罢甘休。我要写一封辱骂的信给他，你可以给我带去；你肯不肯，西尔维斯？

西尔维斯　菲苾，那是我再愿意不过的了。

菲苾　我就写去；这件事情盘绕在我的心头，我要简简单单地把他挖苦一下。跟我去，西尔维斯。（同下。）

第四幕

第一场　亚登森林

　　罗瑟琳、西莉娅及杰奎斯上。

杰奎斯　可爱的少年,请你许我跟你结识结识。
罗瑟琳　他们说你是个多愁的人。
杰奎斯　是的,我喜欢发愁不喜欢笑。
罗瑟琳　这两件事各趋极端,都会叫人讨厌,比之醉汉更容易招一般人的指摘。
杰奎斯　发发愁不说话,有什么不好?
罗瑟琳　那么何不做一根木头呢?
杰奎斯　我没有学者的忧愁,那是好胜;也没有音乐家的忧愁,那是幻想;也没有侍臣的忧愁,那是骄傲;也没有军人的忧愁,那是野心;也没有律师的忧愁,那是狡猾;也没有女人的忧愁,那是挑剔;也没有情人的忧愁,那是集上面一切之大成;我的忧愁全然是我独有的,它是由各种成分组成的,是从许多事物中提炼出来的,是我旅行中所得到的各种观感,因为不断沉思,终于把我笼罩在一种十分古怪的悲哀之中。

罗瑟琳　是一个旅行家吗？噢，那你就有应该悲哀的理由了。我想你多半是卖去了自己的田地去看别人的田地；看见的这么多，自己却一无所有；眼睛是看饱了，两手却是空空的。

杰奎斯　是的，我已经得到了我的经验。

罗瑟琳　而你的经验使你悲哀。我宁愿叫一个傻瓜来逗我发笑，不愿叫经验来使我悲哀；而且还要到各处旅行去找它！

　　　　奥兰多上。

奥兰多　早安，亲爱的罗瑟琳！

杰奎斯　要是你要念起诗来，那么我可要少陪了。（下。）

罗瑟琳　再会，旅行家先生。你该打起些南腔北调，穿了些奇装异服，瞧不起本国的一切好处，厌恶你的故乡，简直要怨恨上帝干吗不给你生一副外国人的相貌；否则我可不能相信你曾经在威尼斯荡过艇子。——啊，怎么，奥兰多！你这些时都在哪儿？你算是一个情人！要是你再对我来这么一套，你可再不用来见我了。

奥兰多　我的好罗瑟琳，我来得不过迟了一小时还不满。

罗瑟琳　误了一小时的情人的约会！谁要是把一分钟分作了一千分，而在恋爱上误了一千分之一分钟的几分之一的约会，这种人人家也许会说丘匹德曾经拍过他的肩膀，可是我敢说他的心是不曾中过爱神之箭的。

奥兰多　原谅我吧，亲爱的罗瑟琳！

罗瑟琳　哼，要是你再这样慢腾腾的，以后不用再来见我了；我宁愿让一条蜗牛向我献殷勤的。

奥兰多　一条蜗牛！

罗瑟琳　对了，一条蜗牛；因为他虽然走得慢，可是却把他的屋子顶在头上，我想这是一份比你所能给予一个女人的更好的家产；而且他还随身带着他的命运哩。

奥兰多　那是什么？

罗瑟琳　嘿，角儿呢；那正是你所要谢谢你的妻子的，可是他却自己随身带了它做武器，免得人家说他妻子的坏话。

奥兰多　贤德的女子不会叫她丈夫当王八；我的罗瑟琳是贤德的。

罗瑟琳　而我是你的罗瑟琳吗？

西莉娅　他欢喜这样叫你；可是他有一个长得比你漂亮的罗瑟琳哩。

罗瑟琳　来，向我求婚，向我求婚；我现在很高兴；多半会答应你。假如我真是你的罗瑟琳，你现在要向我说些什么话？

奥兰多　我要在没有说话之前先接个吻。

罗瑟琳　不，你最好先说话，等到所有的话都说完了，想不出什么来的时候，你就可以趁此接吻。善于演说的人，当他们一时无话可说之际，他们会吐一口痰；情人们呢，上帝保佑我们！倘使缺少了说话的资料，接吻是最便当的补救办法。

奥兰多　假如她不肯让我吻她呢？

罗瑟琳　那么她就使得你向她请求，这样又有了新的话题了。

奥兰多　谁见了他的心爱的情人而会说不出话来呢？

罗瑟琳　哼，假如我是你的情人，你就会说不出话来。不然的话，我就会认为自己是德有余而才不足了。

奥兰多　怎么，我会闷头不语吗？

罗瑟琳　可以伸头，却说不出话。我不是你的罗瑟琳吗？

奥兰多　我很愿意把你当作罗瑟琳，因为这样我就可以讲着她了。

罗瑟琳　好，我代表她说我不愿接受你。

奥兰多　那么我代表我自己说我要死去。

罗瑟琳　不，真的，还是请个人代死吧。这个可怜的世界差不多有六千年的岁数了，可是从来不曾有过一个人亲自殉情而死。特洛伊罗斯是被一个希腊人的棍棒砸出了脑浆的；可是在这以前他就已经寻过死，而他是一个模范的情人。即使希罗当了尼姑，里昂德也会活下去活了好多年的，倘不是因为一个酷热的仲夏之夜；因为，好孩子，他本来只是要到赫勒斯滂海峡里去洗个澡的，可是在水中害起抽筋来，因而淹死了；那时代的愚蠢的史家却说他是为了塞斯托斯的希罗而死。这些全都是谎；人们一代一代地死去，他们的尸体都给蛆虫吃了，可是决不会为爱情而死的。

奥兰多 我不愿我的真正的罗瑟琳也作这样的想法；因为我可以发誓说她只要皱一皱眉头就会把我杀死。

罗瑟琳 我凭着此手发誓，那是连一只苍蝇也杀不死的。但是来吧，现在我要做你的一个乖乖的罗瑟琳；你向我要求什么，我一定允许你。

奥兰多 那么爱我吧，罗瑟琳！

罗瑟琳 好，我就爱你，星期五、星期六以及一切的日子。

奥兰多 你肯接受我吗？

罗瑟琳 肯的，我肯接受像你这样二十个男人。

奥兰多 你怎么说？

罗瑟琳 你不是个好人吗？

奥兰多 我希望是的。

罗瑟琳 那么好的东西会嫌太多吗？——来，妹妹，你要扮作牧师，给我们主婚。——把你的手给我，奥兰多。你怎么说，妹妹？

奥兰多 请你给我们主婚。

西莉娅 我不会说。

罗瑟琳 你应当这样开始："奥兰多，你愿不愿——"

西莉娅 好吧。——奥兰多，你愿不愿娶这个罗瑟琳为妻？

奥兰多 我愿意。

罗瑟琳 嗯，但是什么时候才娶呢？

奥兰多　当然就在现在哪；只要她能替我们完成婚礼。

罗瑟琳　那么你必须说，"罗瑟琳，我娶你为妻。"

奥兰多　罗瑟琳，我娶你为妻。

罗瑟琳　我本来可以问你凭着什么来娶我的；可是奥兰多，我愿意接受你做我的丈夫。——这丫头等不到牧师问起，就冲口说出来了；真的，女人的思想总是比行动跑得更快。

奥兰多　一切的思想都是这样；它们是生着翅膀的。

罗瑟琳　现在你告诉我你占有了她之后，打算保留多久？

奥兰多　永久再加上一天。

罗瑟琳　说一天，不用说永久。不，不，奥兰多，男人们在未婚的时候是四月天，结婚的时候是十二月天；姑娘们做姑娘的时候是五月天，一做了妻子，季候便改变了。我要比一头巴巴里雄鸽对待它的雌鸽格外多疑地对待你；我要比下雨前的鹦鹉格外吵闹，比猢狲格外弃旧怜新，比猴子格外反复无常；我要在你高兴的时候像喷泉上的狄安娜女神雕像一样无端哭泣；我要在你想睡的时候像土狼一样纵声大笑。

奥兰多　但是我的罗瑟琳会做出这种事来吗？

罗瑟琳　我可以发誓她会像我一样做出来的。

奥兰多　啊！但是她是个聪明人哩。

罗瑟琳　她倘不聪明，怎么有本领做这等事？越是聪明，越是淘气。假如用一扇门把一个女人的才情关起来，它会从窗子里钻出来的；关了窗，它会从钥匙孔里钻出来的；塞住了钥匙孔，它会跟着一道烟从烟囱里飞出来的。

奥兰多　男人娶到了这种有才情的老婆，就难免要感慨"才情才情，看你横行到什么地方"了。

罗瑟琳　不，你可以把那句骂人的话留起来，等你瞧见你妻子的才情爬上了你邻人的床上去的时候再说。

奥兰多　那时这位多才的妻子又将用怎样的才情来辩解呢？

罗瑟琳　呃，她会说她是到那儿找你去的。你捉住她，她总有话好说，除非你把她的舌头割掉。唉！要是一个女人不会把她的错处推到她男人的身上去，那种女人千万不要让她抚养她自己的孩子，因为她会把他抚养成一个傻子的。

奥兰多　罗瑟琳，这两小时我要离开你。

罗瑟琳　唉！爱人，我两小时都缺不了你哪。

奥兰多　我一定要陪公爵吃饭去；到两点钟我就会回来。

罗瑟琳　好，你去吧，你去吧！我知道你会变成怎样的人。我的朋友们这样对我说过，我也这样相信着，你是用你那种花言巧语来把我骗上手的。不过又是一个给人丢弃的罢了；好，死就死吧！你说是两点钟吗？

奥兰多　是的，亲爱的罗瑟琳。

罗瑟琳　凭着良心，一本正经，上帝保佑我，我可以向你起一切无关紧要的誓，要是你失了一点点儿的约，或是比约定的时间来迟了一分钟，我就要把你当作在一大堆无义的人们中间一个最可怜的背信者、最空心的情人，最不配被你叫作罗瑟琳的那人所爱的。所以，留心我的责骂，守你的约吧。

奥兰多　我一定恪遵，就像你真是我的罗瑟琳一样。好，再见。

罗瑟琳　好，时间是审判一切这一类罪人的老法官，让他来审判吧。再见。（奥兰多下。）

西莉娅　你在你那种情话中间简直是侮辱我们女性。我们一定要把你的衫裤揭到你的头上，让全世界的人看看鸟儿怎样作践了她自己的巢。

罗瑟琳　啊，小妹妹，小妹妹，我的可爱的小妹妹，你要是知道我是爱得多么深！可是我的爱是无从测计深度的，因为它有一个渊深莫测的底，像葡萄牙海湾一样。

西莉娅　或者不如说是没有底的吧；你刚把你的爱倒进去，它就漏了出来。

罗瑟琳　不，维纳斯的那个坏蛋私生子[1]，那个因为忧郁而感孕，因为冲动而受胎，因为疯狂而诞生的；那个瞎眼的坏孩子，因为自己没有眼睛而把每个人的眼睛都欺蒙了的；让他来判断我是爱得多么深吧。我告诉你，爱莲娜，我不看见奥兰多便活不下去。我要找一处树荫，去到那儿长吁短叹地等着他回来。

西莉娅　我要去睡一个觉儿。（同下。）

第二场　林中的另一部分

杰奎斯、众臣及林居人等上。

杰奎斯　是谁把鹿杀死的？

臣甲　先生，是我。

杰奎斯　让我们引他去见公爵，像一个罗马的凯旋将军一样；顶好把鹿角插在他头上，表示胜利的光荣。林居人，你们没有个应景的歌儿吗？

林居人　有的，先生。

杰奎斯　那么唱起来吧；不要管它调子怎样，只要可以热闹热闹就是了。

林居人　（唱）

　　　　杀鹿的人好幸福，
　　　　穿它的皮顶它角。

---

[1] 指丘匹德。

唱个歌儿送送他。（众和）

顶了鹿角莫讥笑，

古时便已当冠帽；

你的祖父戴过它，

你的阿爹顶过它：

鹿角鹿角壮而美，

你们取笑真不对。（众下。）

第三场　林中的另一部分

罗瑟琳及西莉娅上。

罗瑟琳　你现在怎么说？不是过了两点钟了吗？这儿哪见有什么奥兰多！

西莉娅　我对你说，他怀着纯洁的爱情和忧虑的头脑，带了弓箭出去睡觉去了。瞧，谁来了。

西尔维斯上。

西尔维斯　我奉命来见您，美貌的少年；我的温柔的菲苾要我把这信送给您。（将信交罗瑟琳）里面说的什么话我不知道；但是照她写这封信的时候那发怒的神气看来，多半是一些气恼的话。原谅我，我只是个不知情的送信人。

罗瑟琳　（阅信）最有耐性的人见了这封信也要暴跳如雷；是可忍，孰不可忍？她说我不漂亮；说我没有礼貌；说我骄傲；说即使男人像凤凰那样稀罕，她也不会爱我。天哪！我并不曾要追求她的爱，她为什么写这种话给我呢？好，牧人，好，这封信是你捣的鬼。

西尔维斯　不，我发誓我不知道里面写些什么；这封信是菲苾写的。

罗瑟琳　算了吧,算了吧,你是个傻瓜,为了爱情颠倒到这等地步。我看见过她的手,她的手就像一块牛皮那样粗糙,一块沙石那样颜色;我以为她戴着一副旧手套,哪知道原来就是她的手;她有一双作粗活的手;但这可不用管它。我说她从来不曾想到过写这封信;这是男人出的花样,是一个男人的笔迹。

西尔维斯　真的,那是她的笔迹。

罗瑟琳　嘿,这是粗暴的凶狠的口气,全然是挑战的口气;嘿,她就像土耳其人向基督徒那样向我挑战呢。女人家的温柔的头脑里,决不会想出这种恣睢暴戾的念头来;这种狠恶的字句,含着比字面更狠恶的用意。你要不要听听这封信?

西尔维斯　假如您愿意,请您念给我听听吧。因为我还不曾听到过它呢;虽然关于菲苾的凶狠的话,倒已经听了不少了。

罗瑟琳　她要向我撒野呢。听那只雌老虎怎样写法:(读)

　　　你是不是天神的化身,

　　　来燃烧一个少女的心?

女人会这样骂人吗?

西尔维斯　您把这种话叫作骂人吗?

罗瑟琳　(读)

　　　撤下了你神圣的殿堂,

　　　虐弄一个痴心的姑娘?

你听见过这种骂人的话吗?

　　　人们的眼睛向我求爱,

　　　从不曾给我丝毫损害。

意思说我是个畜生。

　　　你一双美目中的轻蔑,

　　　尚能勾起我这般情热;

唉！假如你能青眼相加，

我更将怎样意乱如麻！

你一边骂，我一边爱你；

你倘求我，我何事不依？

代我传达情意的来使，

并不知道我这段心事；

让他带下了你的回报，

告诉我你的青春年少，

肯不肯接受我的奉献，

把我的一切听你调遣；

否则就请把拒绝明言，

我准备一死了却情缘。

西尔维斯 您把这叫作骂吗？

西莉娅 唉，可怜的牧人！

罗瑟琳 你可怜他吗？不，他是不值得怜悯的。你会爱这种女人吗？嘿，利用你作工具，那样玩弄你！怎么受得住！好，你到她那儿去吧，因为我知道爱情已经把你变成一条驯服的蛇了；你去对她说：要是她爱我，我吩咐她爱你；要是她不肯爱你，那么我决不要她，除非你代她恳求。假如你是个真心的恋人，去吧，别说一句话；瞧又有人来了。（西尔维斯下。）

奥列佛上。

奥列佛 早安，两位。请问你们知不知道在这座树林的边界有一所用橄榄树围绕着的羊栏？

西莉娅 在这儿的西面，附近的山谷之下，从那微语喃喃的泉水旁边那一列柳树的地方向右出发，便可以到那边去。但现在那边只有一所空屋，没有人在里面。

奥列佛　假如听了人家嘴里的叙述便可以用眼睛认识出来，那么你们的模样正是我所听到说起的，穿着这样的衣服，这样的年纪："那少年生得很俊，脸孔像个女人，行为举动像是老大姊似的；那女人是矮矮的，比她的哥哥黝黑些。"你们正就是我所要寻访的那屋子的主人吗？

西莉娅　既蒙下问，那么我们说我们正是那屋子的主人，也不算是自己的夸口了。

奥列佛　奥兰多要我向你们两位致意；这一方染着血迹的手帕，他叫我送给他称为他的罗瑟琳的那位少年。您就是他吗？

罗瑟琳　正是；这是什么意思呢？

奥列佛　说起来徒增我的惭愧，假如你们要知道我是谁，这一方手帕怎样、为什么、在哪里沾上这些血迹。

西莉娅　请您说吧。

奥列佛　年轻的奥兰多上次跟你们分别的时候，曾经答应过在一小时之内回来；他正在林中行走，品味着爱情的甜蜜和苦涩，瞧，什么事发生了！他把眼睛向旁边一望，你瞧，他看见了些什么东西：在一株满覆着苍苔的秃顶的老橡树之下，有一个不幸的衣衫褴褛须发蓬松的人仰面睡着；一条金绿的蛇缠在他的头上，正预备把它的头敏捷地伸进他的张开的嘴里去，可是突然看见了奥兰多，它便松了开来，蜿蜒地溜进林莽中去了；在那林荫下有一头乳房干瘪的母狮，头贴着地蹲伏着，像猫一样注视这睡着的人的动静，因为那畜生有一种高贵的素性，不会去侵犯瞧上去似乎已经死了的东西。奥兰多一见了这情形，便走到那人的面前，一看却是他的兄长，他的大哥。

西莉娅　啊！我听见他说起过那个哥哥；他说他是一个再忍心害理不过的。

奥列佛　他很可以那样说，因为我知道他确是忍心害理的。

罗瑟琳　但是我们说奥兰多吧；他把他丢下在那儿，让他给那饿狮吃了吗？

奥列佛　他两次转身想去；可是善心比复仇更高贵，天性克服了他的私怨，使他去和那母狮格斗，很快地那狮子便在他手下丧命了。我听见了搏击的声音，就从苦恼的瞌睡中醒过来了。

西莉娅　你就是他的哥哥吗？

罗瑟琳　他救的便是你吗？

西莉娅　老是设计谋害他的便是你吗？

奥列佛　那是从前的我，不是现在的我。我现在感到很幸福，已经变了个新的人了，因此我可以不惭愧地告诉你们我从前的为人。

罗瑟琳　可是那块血渍的手帕是怎样来的？

奥列佛　别性急。那时我们两人述叙着彼此的经历，以及我到这荒野里来的原委；一面说一面自然流露的眼泪流个不住。简单地说，他把我领去见那善良的公爵，公爵赏给我新衣服穿，款待着我，吩咐我的弟弟照应我；于是他立刻带我到他的洞里去，脱下衣服来，一看臂上给母狮抓去了一块肉，血不停地流着，那时他便晕了过去，嘴里还念着罗瑟琳的名字。简单地说，我把他救醒转来，裹好了他的伤口；略过些时，他精神恢复了，便叫我这个陌生人到这儿来把这件事通知你们，请你们原谅他的失约。这一方手帕在他的血里浸过，他要我交给他戏称为罗瑟琳的那位青年牧人。（罗瑟琳晕去。）

西莉娅　呀，怎么啦，盖尼米德！亲爱的盖尼米德！

奥列佛　有好多人一见了血便要发晕。

西莉娅　还有其他的缘故哩。哥哥！盖尼米德！

奥列佛　瞧，他醒过来了。

罗瑟琳　我要回家去。

西莉娅　我们可以陪着你去。——请您扶着他的臂膀好不好？

奥列佛　提起精神来，孩子。你算是个男人吗？你太没有男人气了。

罗瑟琳　一点不错，我承认。啊，好小子！人家会觉得我假装得很像哩。请您告诉令弟我假装得多么像。嗳唷！

奥列佛　这不是假装；你的脸色已经有了太清楚的证明，这是出于真情的。

罗瑟琳　告诉您吧，真的是假装的。

奥列佛　好吧，那么振作起来，假装个男人样子吧。

罗瑟琳　我正在假装着呢；可是凭良心说，我理该是个女人。

西莉娅　来，你瞧上去脸色越变越白了；回家去吧。好先生，陪我们去吧。

奥列佛　好的，因为我必须把你怎样原谅舍弟的回音带回去呢，罗瑟琳。

罗瑟琳　我会想出些什么来的。但是我请您就把我的假装的样子告诉他吧。我们走吧。（同下。）

第五幕

第一场　亚登森林

　　　　　试金石及奥德蕾上。

试金石　咱们总会找到一个时间的，奥德蕾；耐心点儿吧，温柔的奥德蕾。

奥德蕾　那位老先生虽然这么说，其实这个牧师也很好呀。

试金石　顶坏不过的奥列佛师傅，奥德蕾；顶不好的马坦克斯特。但是，奥德蕾，林子里有一个年轻人要向你求婚呢。

奥德蕾　嗯，我知道他是谁；他跟我全没有关涉。你说起的那个人来了。

　　　　　威廉上。

试金石　看见一个村汉在我是家常便饭。凭良心说话，我们这辈聪明人真是作孽不浅；我们总是忍不住要寻寻人家的开心。

威廉　晚安，奥德蕾。

奥德蕾　你晚安哪，威廉。

威廉　晚安，先生。

试金石　晚安,好朋友。把帽子戴上了，把帽子戴上了；请不用客气，把帽子戴上了。你多大年纪了,朋友?

威廉 二十五了,先生。

试金石 正是妙龄。你名叫威廉吗?

威廉 威廉,先生。

试金石 一个好名字。是生在这林子里的吗?

威廉 是的,先生,我感谢上帝。

试金石 "感谢上帝";很好的回答。很有钱吗?

威廉 呃,先生,不过如此。

试金石 "不过如此",很好很好,好得很;可是也不算怎么好,不过如此而已。你聪明吗?

威廉 呃,先生,我还算聪明。

试金石 啊,你说得很好。我现在记起一句话来了,"傻子自以为聪明,但聪明人知道他自己是个傻子。"异教的哲学家想要吃一颗葡萄的时候,便张开嘴唇来,把它放进嘴里去;那意思是表示葡萄是生下来给人吃,嘴唇是生下来要张开的。你爱这姑娘吗?

威廉 是的,先生。

试金石 把你的手给我。你有学问吗?

威廉 没有,先生。

试金石 那么让我教训你:有者有也;修辞学上有这么一个譬喻,把酒从杯子里倒在碗里,一只满了,那一只便要落空。写文章的人大家都承认"彼"即是他;好,你不是彼,因为我是他。

威廉 哪一个他,先生?

试金石 先生,就是要跟这个女人结婚的他。所以,你这村夫,莫——那在俗话里就是不要——与此妇——那在土话里就是和这个女人——交游——那在普通话里就是来往;合拢来说,莫与此妇交游,否则,村夫,你就要毁灭;或者让你容易明白些，你就要死；那就是说，我要杀死你，把你干掉，叫你活不成，让你当奴才。我要用毒药毒死你，一顿棒儿打死你，或者用钢刀搠死你；我要跟你打架；我要想出计策来打倒你；我要用一百五十种法子杀死你；所以赶快发着抖滚吧。

奥德蕾　你快去吧，好威廉。

威廉　上帝保佑您快活，先生。（下。）

　　　　柯林上。

柯林　我们的大官人和小娘子找着你哪；来，走啊！走啊！

试金石　走，奥德蕾！走，奥德蕾！我就来，我就来。（同下。）

第二场　林中的另一部分

　　　　奥兰多及奥列佛上。

奥兰多　你跟她相识得这么浅便会喜欢起她来了吗？一看见了她，便会爱起她来了吗？一爱了她，便会求起婚来了吗？一求了婚，她便会答应了你吗？你一定要得到她吗？

奥列佛　这件事进行的匆促，她的贫穷，相识的不久，我突然的求婚和她突然的允许——这些你都不用怀疑；只要你承认我是爱着爱莲娜的，承认她是爱着我的，允许我们两人的结合，这样你也会有好处；因为我愿意把我父亲老罗兰爵士的房屋和一切收入都让给你，我自己在这里终生做一个牧人。

奥兰多　你可以得到我的允许。你们的婚礼就在明天举行吧；我可以去把公爵和他的一切乐天的从者都请了来。你去吩咐爱莲娜预备一切。瞧，我的罗瑟琳来了。

　　　　罗瑟琳上。

罗瑟琳　上帝保佑你，哥哥。

奥列佛　也保佑你,好妹妹。(下。)

罗瑟琳　啊!我的亲爱的奥兰多,我瞧见你把你的心裹在绷带里,我是多么难过呀。

奥兰多　那是我的臂膀。

罗瑟琳　我以为是你的心给狮子抓伤了。

奥兰多　它的确是受了伤了,但却是给一位姑娘的眼睛伤害了的。

罗瑟琳　你的哥哥有没有告诉你当他把你的手帕给我看的时候,我假装晕去了的情形?

奥兰多　是的,而且还有更奇怪的事情呢。

罗瑟琳　噢!我知道你说的是什么。哦,那倒是真的;从来不曾有过这么快的事情,除了两头公羊的打架和恺撒那句"我来,我看见,我征服"的傲语。令兄和舍妹刚见了面,便大家瞧起来了;一瞧便相爱了;一相爱便叹气了;一叹气便彼此问为的是什么;一知道了为的是什么,便要想补救的办法:这样一步一步地踏到了结婚的阶段,不久他们便要成其好事了,否则他们等不到结婚便要放肆起来的。他们简直爱得慌了,一定要在一块儿;用棒儿也打不散他们。

奥兰多　他们明天便要成婚,我就要去请公爵参加婚礼。但是,唉!从别人的眼中看见幸福,多么令人烦闷。明天我越是想到我的哥哥满足了心愿多么快活,我便将越是伤心。

罗瑟琳　难道我明天不能仍旧充作你的罗瑟琳了吗?

奥兰多　我不能老是靠着幻想而生存了。

罗瑟琳　那么我不再用空话来叫你心烦了。告诉了你吧,现在我不是说着玩儿,我知道你是一个有见识的上等人;我并不是因为希望你赞美我的本领而恭维你,也不是图自己的名气,只是想得到你一定程度的信任,那是为了你的好处,不是为了给我自己增光。假如你肯相信,那么我告诉你,我会行奇迹。从三岁时候起我就和一个术士结识,他的法术非常高深,可是并不作恶害人。要是你爱罗瑟琳真是爱得那么深,就像你瞧上去的那样,那么你哥哥和爱莲娜结婚的时候,你就可以和她结婚。我知道她现在的处境是多么不幸;只要你没有什么不方便,我一定能够明天叫她亲身出现在你的面前,一点没有危险。

奥兰多　你说的是真话吗?

罗瑟琳　我以生命为誓,我说的是真话;虽然我说我是个术士,可是我很重视我的生命呢。所以你得穿上你最好的衣服,邀请你的朋友们来;只要你愿意在明天结婚,你一定可以结婚;和罗瑟琳结婚,要是你愿意。瞧,我的一个爱人和她的一个爱人来了。

　　　　西尔维斯及菲苾上。

菲苾　少年人,你很对我不起,把我写给你的信宣布了出来。

罗瑟琳　要是我把它宣布了,我也不管;我存心要对你傲慢不客气。你背后跟着一个忠心的牧人;瞧着他吧,爱他吧,他崇拜着你哩。

菲苾　好牧人,告诉这个少年人恋爱是怎样的。

西尔维斯　它是充满了叹息和眼泪的;我正是这样爱着菲苾。

菲苾　我也是这样爱着盖尼米德。

奥兰多　我也是这样爱着罗瑟琳。

罗瑟琳　我可是一个女人也不爱。

西尔维斯　它是全然的忠心和服务;我正是这样爱着菲苾。

菲苾　我也是这样爱着盖尼米德。

奥兰多　我也是这样爱着罗瑟琳。

罗瑟琳　我可是一个女人也不爱。

西尔维斯　它是全然的空想,全然的热情,全然的愿望,全然的崇拜、恭顺和尊敬；全然的谦卑，全然的忍耐和焦心；全然的纯洁，全然的磨炼，全然的服从；我正是这样爱着菲苾。

菲苾　我也是这样爱着盖尼米德。

奥兰多　我也是这样爱着罗瑟琳。

罗瑟琳　我可是一个女人也不爱。

菲苾　（向罗瑟琳）假如真是这样，那么你为什么责备我爱你呢？

西尔维斯　（向菲苾）假如真是这样，那么你为什么责备我爱你呢？

奥兰多　假如真是这样，那么你为什么责备我爱你呢？

罗瑟琳　你在向谁说话，"你为什么责备我爱你呢？"

奥兰多　向那不在这里、也听不见我的说话的她。

罗瑟琳　请你们别再说下去了吧；这简直像是一群爱尔兰的狼向着月亮嗥叫。（向西尔维斯）要是我能够，我一定帮助你。（向菲苾）要是我有可能，我一定会爱你。明天大家来和我相会。（向菲苾）假如我会跟女人结婚，我一定跟你结婚；我要在明天结婚了。（向奥兰多）假如我会使男人满足，我一定使你满足；你要在明天结婚了。（向西尔维斯）假如使你喜欢的东西能使你满意，我一定使你满意；你要在明天结婚了。（向奥兰多）你既然爱罗瑟琳，请你赴约。（向西尔维斯）你既然爱菲苾，请你赴约。我既然不爱什么女人，我也赴约。现在再见吧；我已经盼咐过你们了。

西尔维斯　只要我活着，我一定不失约。

菲苾　我也不失约。

奥兰多　我也不失约。（各下。）

第三场　林中的另一部分

　　　　试金石及奥德蕾上。
试金石　明天是快乐的好日子，奥德蕾；明天我们要结婚了。
奥德蕾　我满心盼望着呢；我希望盼望出嫁并不是一个不正当的愿望。老公爵的两个童儿来了。
　　　　二童上。
童甲　遇见得巧啊，好先生。
试金石　巧得很，巧得很。来，请坐，请坐，唱个歌儿。
童乙　遵命遵命。居中坐下吧。
童甲　一副坏喉咙未唱之前，总少不了来些老套子，例如咳嗽吐痰或是说嗓子有点儿嘎了之类；我们还是免了这些，马上唱起来怎样？
童乙　好的，好的；两人齐声同唱，就像两个吉卜赛人骑在一匹马上。

　　　　　歌

　　　一对情人并着肩，
　　　嗳唷嗳唷嗳嗳唷，
　　　走过了青青稻麦田，
　　　春天是最好的结婚天，
　　　听嘤嘤歌唱枝头鸟，
　　　姐郎们最爱春光好。

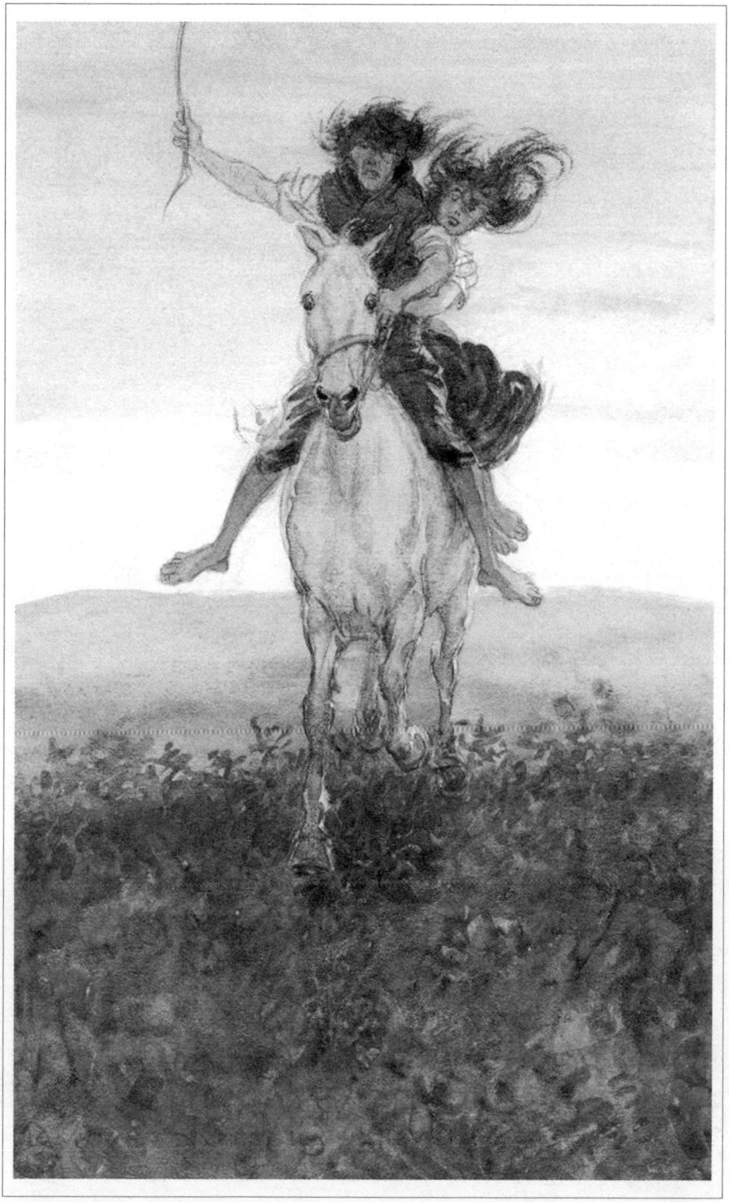

小麦青青大麦鲜,

嗳唷嗳唷嗳嗳唷,

乡女村男交颈儿眠,

春天是最好的结婚天,

听嘤嘤歌唱枝头鸟,

姐郎们最爱春光好。

新歌一曲意缠绵,

嗳唷嗳唷嗳嗳唷,

人生美满像好花妍,

春天是最好的结婚天,

听嘤嘤歌唱枝头鸟,

姐郎们最爱春光好。

劝君莫负艳阳天,

嗳唷嗳唷嗳嗳唷,

恩爱欢娱要趁少年

春天是最好的结婚天,

听嘤嘤歌唱枝头鸟,

姐郎们最爱春光好。

试金石 老实说,年轻的先生们,这首歌词固然没有多大意思,那调子却也很不入调。

童甲 您弄错了,先生;我们是照着板眼唱的,一拍也没有漏过。

试金石 凭良心说,我来听这么一首傻气的歌儿,真算是白糟蹋了时间。上帝和你们同在;上帝把你们的喉咙补补好吧!来,奥德蕾。(各下。)

第四场　林中的另一部分

　　　　老公爵、阿米恩斯、杰奎斯、奥兰多、奥列佛及西莉娅同上。

公爵　奥兰多，你相信那孩子果真有他所说的那种本领吗？

奥兰多　我有时相信，有时不相信；就像那些因恐结果无望而心中惴惴的人，一面希望一面担着心事。

　　　　罗瑟琳、西尔维斯及菲苾上。

罗瑟琳　再请耐心听我说一遍我们所约定的条件。（向公爵）您不是说，假如我把您的罗瑟琳带了来，您愿意把她赏给这位奥兰多做妻子吗？

公爵　即使再要我把几个王国作为陪嫁，我也愿意。

罗瑟琳　（向奥兰多）您不是说，假如我带了她来，您愿意娶她吗？

奥兰多　即使我是统治万国的君王，我也愿意。

罗瑟琳　（向菲苾）您不是说，假如我愿意，您便愿意嫁我吗？

菲苾　即使我在一小时后就要一命丧亡，我也愿意。

罗瑟琳　但是假如您不愿意嫁我，您不是要嫁给这位忠心无比的牧人吗？

菲苾　是这样约定着。

罗瑟琳　（向西尔维斯）您不是说，假如菲苾愿意，您便愿意娶她吗？

西尔维斯　即使娶了她等于送死，我也愿意。

罗瑟琳　我答应要把这一切事情安排得好好的。公爵，请您守约许嫁您的女儿；奥兰多，请您守约娶他的女儿；菲苾，请您守约嫁我，假如不肯嫁我，便得嫁给这位牧人；西尔维斯，请您守约娶她，假如她不肯嫁我；现在我就去给你们解释这些疑惑。（罗瑟琳、西莉娅下。）

公爵 这个牧童使我记起了我的女儿的相貌，有几分活像是她。

奥兰多 殿下，我初次见他的时候，也以为他是郡主的兄弟呢；但是，殿下，这孩子是在林中生长的，他的伯父曾经教过他一些魔术的原理，据说他那伯父是一个隐居在这儿林中的大术士。

　　　试金石及奥德蕾上。

杰奎斯 一定又有一次洪水来啦，这一对一对都要准备躲到方舟里去。又来了一对奇怪的畜生，傻瓜是他们公认的名字。

试金石 列位，这厢有礼了！

杰奎斯 殿下，请您欢迎他。这就是我在林中常常遇见的那位傻头傻脑的先生；据他说他还出入过宫廷呢。

试金石 要是有人不相信，尽管把我质问好了。我曾经跳过高雅的舞；我曾经恭维过一位贵妇；我曾经向我的朋友耍过手腕，跟我的仇家们装亲热；我曾经毁了三个裁缝，闹过四回口角，有一次几乎打出手。

杰奎斯 那是怎样闹起来的呢？

试金石 呃，我们碰见了，一查这场争吵是根据着第七个原因。

杰奎斯 怎么叫第七个原因？——殿下，请您喜欢这个家伙。

公爵 我很喜欢他。

试金石 上帝保佑您，殿下；我希望您喜欢我。殿下，我挤在这一对对乡村的姐儿郎儿中间到这里来，也是想来宣了誓然后毁誓，让婚姻把我们结合，再让血气把我们拆开。她是个寒碜的姑娘，殿下，样子又难看；可是，殿下，她是我自个儿的：我有一个坏脾气，殿下，人家不要的我偏要。宝贵的贞洁，殿下，就像是住在破屋子里的守财奴，又像是丑蚌壳里的明珠。

公爵　我说，他倒很伶俐机警呢。

试金石　傻瓜们信口开河，逗人一乐，总是这样。

杰奎斯　但是且说那第七个原因；你怎么知道这场争吵是根据着第七个原因呢？

试金石　因为那是根据着一句经过七次演变后的谎话。——把你的身体站端正些，奥德蕾。——是这样的，先生：我不喜欢某位廷臣的胡须的式样；他回我说假如我说他的胡须的式样不好，他却自以为很好：这叫作"有礼的驳斥"。假如我再去对他说那式样不好，他就回我说他自己喜欢要这样：这叫作"谦恭的讥刺"。要是再说那式样不好，他便蔑视我的意见：这叫作"粗暴的答复"。要是再说那式样不好，他就回答说我讲得不对：这叫作"大胆的谴责"。要是再说那式样不好，他就要说我说谎：这叫作"挑衅的反攻"。于是就到了"委婉的说谎"和"公然的说谎"。

杰奎斯　你说了几次他的胡须式样不好呢？

试金石　我只敢说到"委婉的说谎"为止，他也不敢给我"公然的说谎"；因此我们较了较剑，便走开了。

杰奎斯　你能不能把一句谎话的各种程度按着次序说出来？

试金石　先生啊，我们争吵都是根据着书本的，就像你们有讲礼貌的书一样。我可以把各种程度列举出来。第一，有礼的驳斥；第二，谦恭的讥刺；第三，粗暴的答复；第四，大胆的谴责；第五，挑衅的反攻；第六，委婉的说谎；第七，公然的说谎。除了"公然的说谎"之外，其余的都可以避免；但是"公然的说谎"只要用了"假如"两个字，也就可以一天云散。我知道有一场七个法官都处断不了的争吵；当两造相遇时，其中的一个单单想起了"假如"两字，例如"假如你是这样说的，那么我便是这样说的"，于是两人便彼此握手，结为兄弟了。

"假如"是唯一的和事佬；"假如"之为用大矣哉！

杰奎斯　殿下，这不是一个很难得的人吗？他什么都懂，然而仍然是一个傻瓜。

公爵　他把他的傻气当作了藏身的烟幕，在它的荫蔽之下放出他的机智来。

　　　　许门领罗瑟琳穿女装及西莉娅上。柔和的音乐。

许门　天上有喜气融融，

　　　人间万事尽亨通，

　　　和合无嫌猜。

　　　公爵，接受你女儿，

　　　许门一路带着伊，

　　　远从天上来；

　　　请你为她作主张，

　　　嫁给她心上情郎。

罗瑟琳　（向公爵）我把我自己交给您，因为我是您的。（向奥兰多）我把我自己交给您，因为我是您的。

公爵　要是眼前所见的并不是虚假，那么你是我的女儿了。

奥兰多　要是眼前所见的并不是虚假，那么你是我的罗瑟琳了。

菲苾　要是眼前的情形是真，那么永别了，我的爱人！

罗瑟琳　（向公爵）要是您不是我的父亲，那么我不要有什么父亲。

　　　（向奥兰多）要是您不是我的丈夫，那么我不要有什么丈夫。

　　　（向菲苾）要是我不跟你结婚，那么我再不跟别的女人结婚。

许门　请不要喧闹纷纷！

　　　这种种古怪事情，

　　　都得让许门断清。

　　　这里有四对恋人，

　　　说的话儿倘应心，

该携手共缔鸳盟。
　　你俩患难不相弃，（向奥兰多、罗瑟琳）
　　你们俩同心永系；（向奥列佛、西莉娅）
　　你和他宜室宜家，（向菲苾）
　　再莫恋镜里空花；
　　你两人形影相从，（向试金石、奥德蕾）
　　像风雪跟着严冬。
　　等一曲婚歌奏起，
　　尽你们寻根觅柢，
　　莫惊讶咄咄怪事，
　　细想想原来如此。

　　　　　　歌

　　　　人间添美眷，
　　　　天后爱团圆；
　　　　席上同心侣，
　　　　枕边并蒂莲。
　　　　不有许门力，
　　　　何缘众庶生？
　　　　同声齐赞颂，
　　　　许门最堪称！

公爵　啊，我的亲爱的侄女！我欢迎你，就像你是我自己的女儿。
菲苾　（向西尔维斯）我不愿食言，现在你已经是我的；你的忠心使我爱上了你。

　　　　贾奎斯上。

贾奎斯　请听我说一两句话；我是老罗兰爵士的第二个儿子，特意带了消息到这群贤毕集的地方来。弗莱德里克公爵因为听见每天有才智之士投奔到这林中，故此兴起大军，亲自统率，预备前来捉拿他的兄长，把他杀死除害。他到了这座树林的边界，遇见了一位高年的修道士，交谈之下，悔悟前非，便即停止进兵；同时看破红尘，把他的权位归还给他的被放逐的兄长，一同流亡在外的诸人的土地，也都各还原主。这不是假话，我可以用生命作担保。

公爵　欢迎，年轻人！你给你的兄弟们送了很好的新婚贺礼来了：一个是他的被扣押的土地；一个是一座绝大的公国，享有着绝对的主权。先让我们在这林中把我们正在进行中的好事办了；然后，在这幸运的一群中，每一个曾经跟着我忍受过艰辛的日子的人，都要按着各人的地位，分享我的恢复了的荣华。现在我们且把这种新近得来的尊荣暂时搁在脑后，举行起我们乡村的狂欢来吧。奏起来，音乐！你们各位新娘新郎，大家欢天喜地的，跳起舞来呀！

杰奎斯　先生，恕我冒昧。要是我没有听错，好像您说的是那公爵已经潜心修道，抛弃富贵的宫廷了？

贾奎斯　是的。

杰奎斯　我就找他去；从这种悟道者的地方，很可以得到一些绝妙的教训。（向公爵）我让你去享受你那从前的光荣吧；那是你的忍耐和德行的酬报。（向奥兰多）你去享受你那用忠心赢得的爱情吧。（向奥列佛）你去享有你的土地、爱人和权势吧。（向西尔维斯）你去享用你那用千辛万苦换来的老婆吧。（向试金石）至于你呢，我让你去口角吧；因为在你的爱情的旅程上，你只带了两个月的粮草。好，大家各人去找各人的快乐；跳舞可不是我的份。

公爵　别走，杰奎斯，别走！

杰奎斯　我不想看你们的作乐；你们要有什么见教，我就在被你们遗弃了的山窟中恭候。（下。）

公爵　进行下去吧，开始我们的嘉礼；我们相信始终都会很顺利。

（跳舞。众下。）

收场白

罗瑟琳　叫娘儿们来念收场白，似乎不大合适；可是那也不见得比叫老爷子来念开场白更不成样子些。要是好酒无须招牌，那么好戏也不必有收场白；可是好酒要用好招牌，好戏倘再加上一段好收场白，岂不更好？那么我现在的情形是怎样的呢？既然不会念一段好收场白，又不能用一出好戏来讨好你们！我并不穿着得像个叫花一样，因此我不能向你们求乞；我的唯一的法子是恳请。我要先向女人们恳请。女人们啊！为着你们对于男子的爱情，请你们尽量地喜欢这本戏。男人们啊！为着你们对于女子的爱情——瞧你们那副痴笑的神气，我就知道你们没有一个讨厌她们的——请你们学着女人们的样子，也来喜欢这本戏。假如我是一个女人①，你们中间只要谁的胡子生得叫我满意，脸蛋长得讨我欢喜，而且气息也不叫我恶心，我都愿意给他一吻。为了我这种慷慨的奉献，我相信凡是生得一副好胡子、长得一张好脸蛋或是有一口好气息的诸君，当我屈膝致敬的时候，都会向我道别。（下。）

---

① 伊丽莎白时代舞台上女角皆用男童扮演。

第十二夜

剧中人物

奥西诺　伊利里亚公爵
西巴斯辛　薇奥拉之兄
安东尼奥　船长，西巴斯辛之友
另一船长　薇奥拉之友

凡伦丁 ⎫
丘里奥 ⎭ 公爵侍臣

托比·培尔契爵士　奥丽维娅的叔父
安德鲁·艾古契克爵士
马伏里奥　奥丽维娅的管家

费边
费斯特　小丑 ⎭ 奥丽维娅之仆

奥丽维娅　富有的伯爵小姐

薇奥拉　热恋公爵者

玛利娅　奥丽维娅的侍女

群臣、牧师、水手、警吏、乐工及其他侍从等

地　点

伊利里亚某城及其附近海滨

第一幕

第一场　公爵府中一室

　　公爵、丘里奥、众臣同上；乐工随侍。

公爵　假如音乐是爱情的食粮，那么奏下去吧；尽量地奏下去，好让爱情因过饱噎塞而死。又奏起这个调子来了！它有一种渐渐消沉下去的节奏。啊！它经过我的耳畔，就像微风吹拂一丛紫罗兰，发出轻柔的声音，一面把花香偷走，一面又把花香分送。够了！别再奏下去了！它现在已经不像原来那样甜蜜了。爱情的精灵呀！你是多么敏感而活泼；虽然你有海一样的容量，可是无论怎样高贵超越的事物，一进了你的范围，便会在顷刻间失去了它的价值。爱情是这样充满了意象，在一切事物中是最富于幻想的。

丘里奥　殿下，您要不要去打猎？

公爵　什么，丘里奥？

丘里奥　去打鹿。

公爵　啊，一点不错，我的心就像是一头鹿。唉！当我第一眼瞧见奥丽维娅的时候，我觉得好像空气给她澄清了。那时我就变成了一头鹿；从此我的情欲像凶暴残酷的猎犬一样，永远追逐着我。

　　　　凡伦丁上。

公爵　怎样！她那边有什么消息？

凡伦丁　启禀殿下，他们不让我进去，只从她的侍女嘴里传来了这一个答复：除非再过七个寒暑，就是青天也不能窥见她的全貌；她要像一个尼姑一样，蒙着面幕而行，每天用辛酸的眼泪浇洒她的卧室：这一切都是为着纪念对于一个死去的哥哥的爱，她要把对哥哥的爱永远活生生地保留在她悲伤的记忆里。

公爵　唉！她有这么一颗优美的心，对于她的哥哥也会挚爱到这等地步。假如爱神那支有力的金箭把她心里一切其他的感情一齐射死；假如只有一个唯一的君王占据着她的心肝头脑——这些尊严的御座，这些珍美的财宝——那时她将要怎样恋爱着啊！

　　　　给我引道到芬芳的花丛；
　　　　相思在花荫下格外情浓。（同下。）

第二场　海滨

　　　　薇奥拉、船长及水手等上。

薇奥拉　朋友们，这儿是什么国土？

船长　这儿是伊利里亚，姑娘。

薇奥拉　我在伊利里亚干什么呢？我的哥哥已经到极乐世界里去了。也许他侥幸没有淹死。水手们，你们以为怎样？

船长　您也是侥幸才保全了性命的。

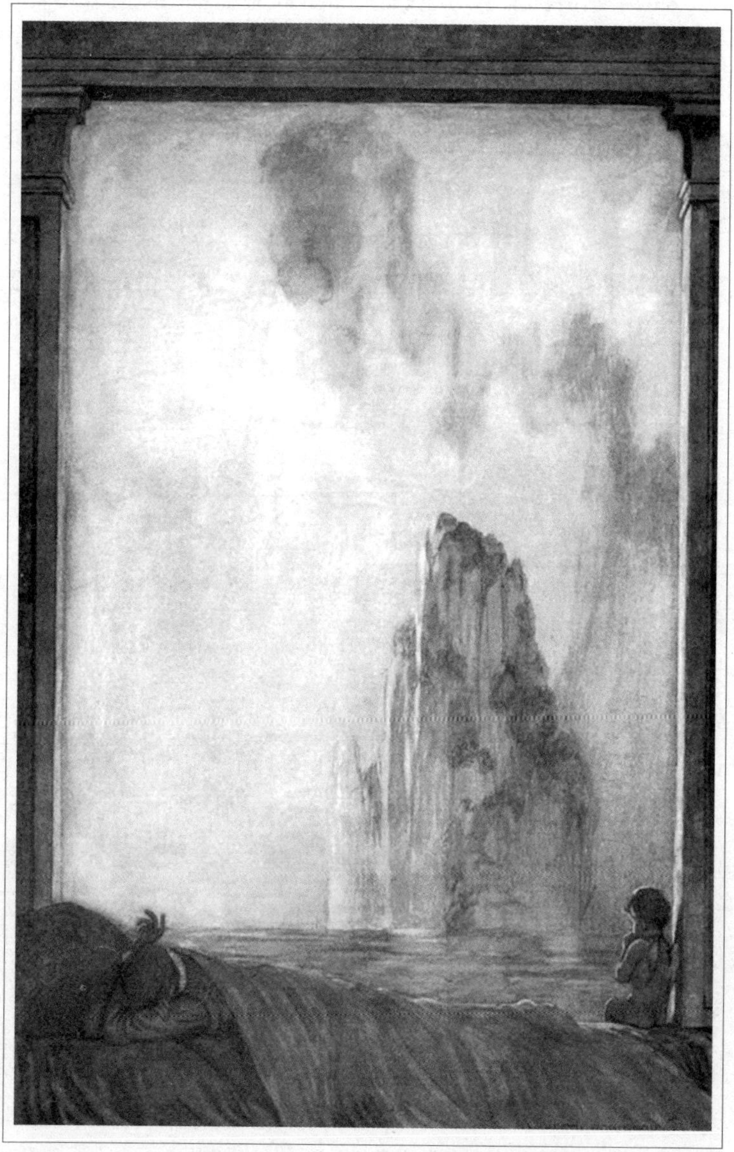

薇奥拉　唉，我的可怜的哥哥！但愿他也侥幸无恙！

船长　不错，姑娘，您可以用侥幸的希望来宽慰您自己。我告诉您，我们的船撞破了之后，您和那几个跟您一同脱险的人紧攀着我们那只给风涛所颠摇的小船，那时我瞧见您的哥哥很有急智地把他自己捆在一根浮在海面的桅樯上，勇敢和希望教给了他这个计策；我见他像阿里翁①骑在海豚背上似的浮沉在波浪之间，直到我的眼睛望不见他。

薇奥拉　你的话使我很高兴，请收下这点钱，聊表谢意。由于我自己脱险，使我抱着他也能够同样脱险的希望；你的话更把我的希望证实了几分。你知道这国土吗？

船长　是的，姑娘，很熟悉；因为我就是在离这儿不到三小时旅程的地方生长的。

薇奥拉　谁统治着这地方？

船长　一位名实相符的高贵的公爵。

薇奥拉　他叫什么名字？

船长　奥西诺。

薇奥拉　奥西诺！我曾经听见我父亲说起过他；那时他还没有娶亲。

船长　现在他还是这样，至少在最近我还不曾听见他娶亲的消息；因为只一个月之前我从这儿出发，那时刚刚有一种新鲜的风传——您知道大人物的一举一动，都会被一般人纷纷议论着的——说他在向美貌的奥丽维娅求爱。

薇奥拉　她是谁呀？

船长　她是一位品德高尚的姑娘；她的父亲是位伯爵，约莫在一

---

①　阿里翁（Arion），希腊诗人和音乐家，传说他在某次乘船自西西里至科林多，途中为水手所迫害，于是跃入海中，被海豚背至岸上，只因深感其音乐的魅力。

年前死去，把她交给他的儿子，她的哥哥照顾，可是他不久又死了。他们说为了对于她哥哥的深切的友爱，她已经发誓不再跟男人们在一起或是见他们的面。

薇奥拉　唉！要是我能够侍候这位小姐，就可以不用在时机没有成熟之前泄露我的身份了。

船长　那很难办到，因为她不肯接纳无论哪一种请求，就是公爵的请求她也是拒绝的。

薇奥拉　船长，你瞧上去是个好人；虽然造物常常用一层美丽的墙来围蔽住内中的污秽，但是我可以相信你的心地跟你的外表一样好。请你替我保守秘密，不要把我的真相泄露出去，我以后会重谢你的；你得帮助我假扮起来，好让我达到我的目的。我要去侍候这位公爵，你可以把我送给他作为一个净了身的侍童；也许你会得到些好处的，因为我会唱歌，用各种的音乐向他说话，使他重用我。

　　以后有什么事以后再说；

　　我会使计谋，你只需静默。

船长　我便当哑巴，你去做近侍；

　　倘多话挖去我的眼珠子。

薇奥拉　谢谢你；领着我去吧。（同下。）

第三场　奥丽维娅宅中一室

托比·培尔契爵士及玛利娅上。

托比　我的侄女见什么鬼把她哥哥的死看得那么重？悲哀是要损寿的呢。

玛利娅　真的，托比老爷，您晚上得早点儿回来；您那侄小姐很反对您深夜不归呢。

托比　哼，让她去今天反对、明天反对，尽管反对下去吧。

玛利娅　哦，但是您总得有个分寸，不要太失身份才是。

托比　身份！我这身衣服难道不合身份吗？穿了这种衣服去喝酒，也很有身份的了；还有这双靴子，要是它们不合身份，就叫它们在靴带上吊死了吧。

玛利娅　您这样酗酒会作践了您自己的，我昨天听见小姐说起过；她还说起您有一晚带到这儿来向她求婚的那个傻骑士。

托比　谁？安德鲁·艾古契克爵士吗？

玛利娅　哦，就是他。

托比　他在伊利里亚也算是一表人才了。

玛利娅　那又有什么相干？

托比　哼，他一年有三千块钱收入呢。

玛利娅　哦，可是一年之内就把这些钱全花光了。他是个大傻瓜，而且是个浪子。

托比　呸！你说出这种话来！他会拉低音提琴；他会不看书本讲三四国文字，一个字都不模糊；他有很好的天分。

玛利娅　是的，傻子都是得天独厚的；因为他除了是个傻瓜之外，又是一个惯会惹是招非的家伙；要是他没有懦夫的天分来缓和一下他那喜欢吵架的脾气，有见识的人都以为他就会有棺材睡的。

托比　我举手发誓，这样说他的人，都是一批坏蛋，信口雌黄的东西。他们是谁啊？

玛利娅　他们又说您每夜跟他在一块儿喝酒。

托比　我们都喝酒祝我的侄女健康呢。只要我的喉咙里有食道，伊利里亚有酒，我便要为她举杯祝饮。谁要是不愿为我的侄女举杯祝饮，喝到像抽陀螺似的天旋地转，他就是个不中用的汉子,是个卑鄙小人。嘿,丫头!放正经些!安德鲁·艾古契克爵士来啦。

  安德鲁·艾古契克爵士上。

安德鲁　托比·培尔契爵士!您好,托比·培尔契爵士!

托比　亲爱的安德鲁爵士!

安德鲁　您好,美貌的小泼妇!

玛利娅　您好,大人。

托比　寒暄几句,安德鲁爵士,寒暄几句。

安德鲁　您说什么?

托比　这是舍侄女的丫鬟。

安德鲁　好寒萱姊姊,我希望咱们多多结识。

玛利娅　我的名字是玛丽,大人。

安德鲁　好玛丽·寒萱姊姊,——

托比　你弄错了,骑士;"寒暄几句"就是跑上去向她应酬一下,招呼一下,客套一下,来一下的意思。

安德鲁　哎哟,当着这些人我可不能跟她打交道。"寒暄"就是这个意思吗?

玛利娅　再见,先生们。

托比　要是你让她这样走了,安德鲁爵士,你以后再不用充汉子了。

安德鲁　要是你这样走了,姑娘,我以后再不用充汉子了。好小姐,你以为你手边是些傻瓜吗?

玛利娅　大人,可是我还不曾跟您握手呢。

安德鲁　那很好办,让我们握手。

玛利娅　好了,大人,思想是无拘无束的。请您把这只手带到卖酒的柜台那里去,让它喝两盅吧。

安德鲁　这怎么讲,好人儿?你在打什么比方?

玛利娅　我是说它怪没劲的。

安德鲁　是啊，我也这样想。不管人家怎么说我蠢，应该好好保养两手的道理我还懂得。可是你说的是什么笑话？

玛利娅　没劲的笑话。

安德鲁　你一肚子都是这种笑话吗？

玛利娅　不错，大人，满手里抓的也都是。得，现在我放开您的手了，我的笑料也都吹了。（下。）

托比　骑士啊！你应该喝杯酒儿。几时我见你这样给人愚弄过？

安德鲁　我想你从来没有见过；除非你见我给酒弄昏了头。有时我觉得我跟一般基督徒和平常人一样笨；可是我是个吃牛肉的老饕，我相信那对于我的聪明很有妨害。

托比　一定一定。

安德鲁　要是我真那样想的话，以后我得戒了。托比爵士，明天我要骑马回家去了。

托比　Pourquoi[①]，我的亲爱的骑士？

安德鲁　什么叫 Pourquoi？好还是不好？我理该把我花在击剑、跳舞和耍熊上面的工夫学几种外国话的。唉！要是我读了文学多么好！

托比　要是你花些工夫在你的鬈发钳[②]上头，你就可以有一头很好的头发了。

安德鲁　怎么，那跟我的头发有什么关系？

托比　很明白，因为你瞧你的头发不用些工夫上去是不会鬈曲起来的。

安德鲁　可是我的头发不也已经够好看了吗？

托比　好得很，它披下来的样子就像纺杆上的麻线一样，我希望

---

① 法文："为什么"之意。

② 原文鬈发钳（tongs）与外国话（tongues）音相近。

106

有哪位奶奶把你夹在大腿里纺它一纺。

安德鲁　真的,我明天要回家去了,托比爵士。你侄女不肯接见我;即使接见我,多半她也不会要我。这儿的公爵也向她求婚呢。

托比　她不要什么公爵不公爵;她不愿嫁给比她身份高、地位高、年龄高、智慧高的人,我听见她这样发过誓。嘿,老兄,还有希望呢。

安德鲁　我再耽搁一个月。我是世上心思最古怪的人;我有时老是喜欢喝酒跳舞。

托比　这种玩意儿你很擅胜场的吗,骑士?

安德鲁　可以比得过伊利里亚无论哪个不比我高明的人;可是我不愿跟老手比。

托比　你跳舞的本领怎样?

安德鲁　不骗你,我会旱地拔葱。

托比　我会葱炒羊肉。

安德鲁　讲到我的倒跳的本事,简直可以比得上伊利里亚的无论什么人。

托比　为什么你要把这种本领藏匿起来呢?为什么这种天才要覆上一块幕布?难道它们也会沾上灰尘,像大姑娘的画像一样吗?为什么不跳着"加里阿"到教堂里去,跳着"科兰多"一路回家?假如是我的话,我要走步路也是"捷格"舞,撒泡尿也是五步舞呢。你是什么意思?这世界上是应该把才能隐藏起来的吗?照你那双出色的好腿看来,我想它们是在一个跳舞的星光底下生下来的。

安德鲁　哦,我这双腿很有气力,穿了火黄色的袜子倒也十分漂亮。我们喝酒去吧?

托比　除了喝酒,咱们还有什么事好做?咱们的命宫不是金牛星吗?

安德鲁　金牛星！金牛星管的是腰和心。

托比　不，老兄，是腿和股。跳个舞给我看。哈哈！跳得高些！哈哈！好极了！（同下。）

第四场　公爵府中一室

　　　　凡伦丁及薇奥拉男装上。

凡伦丁　要是公爵继续这样宠幸你，西萨里奥，你多半就要高升起来了；他认识你还只有三天，你就跟他这样熟了。

薇奥拉　看来你不是怕他的心性捉摸不定，就是怕我会玩忽职守，所以你才怀疑他会不会继续这样宠幸我。先生，他待人是不是有始无终的？

凡伦丁　不，相信我。

薇奥拉　谢谢你。公爵来了。

　　　　公爵、丘里奥及侍从等上。

公爵　喂！有谁看见西萨里奥吗？

薇奥拉　在这儿，殿下，听候您的吩咐。

公爵　你们暂时走开些。西萨里奥，你已经知道了一切，我已经把我秘密的内心中的书册向你展示过了；因此，好孩子，到她那边去，别让他们把你摈之门外，站在她的门口，对他们说，你要站到脚底下生了根，直等她把你延见为止。

薇奥拉　殿下，要是她真像人家所说的那样沉浸在悲哀里，她一定不会允许我进去的。

公爵　你可以跟他们吵闹，不用顾虑一切礼貌的界限，但一定不要毫无结果而归。

薇奥拉　假定我能够和她见面谈话了，殿下，那么又怎样呢？

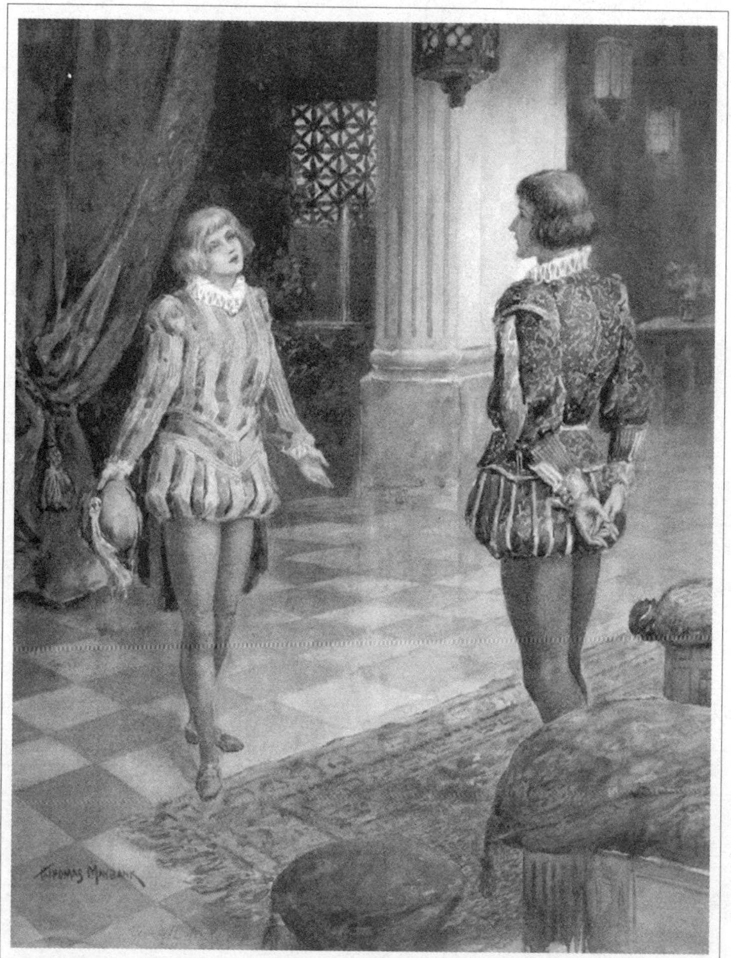

公爵　噢！那么就向她宣布我的恋爱的热情，把我的一片挚诚说给她听，让她吃惊。你表演起我的伤心来一定很出色，你这样的青年一定比那些面孔板板的使者更能引起她的注意。

薇奥拉　我想不见得吧，殿下。

公爵　好孩子，相信我的话；因为像你这样的妙龄，还不能算是个成人：狄安娜的嘴唇也不比你的更柔滑而红润；你的娇细的喉咙像处女一样尖锐而清亮；在各方面你都像个女人。我知道你的性格很容易对付这件事情。四五个人陪着他去；要是你们愿意，就全去也好；因为我欢喜孤寂。你倘能成功，那么你主人的财产你也可以有份。

薇奥拉　我愿意尽力去向您的爱人求婚。（旁白）

　　　　唉，怨只怨多阻碍的前程！

　　　　但我一定要做他的夫人。（各下。）

第五场　奥丽维娅宅中一室

　　　　玛利娅及小丑上。

玛利娅　不，你要是不告诉我你到哪里去来，我便把我的嘴唇抿得紧紧的，连一根毛发也钻不进去，不替你说句好话。小姐因为你不在，要吊死你呢。

小丑　让她吊死我吧；好好地吊死的人，在这世上可以不怕敌人。

玛利娅　把你的话解释解释。

小丑　因为他看不见敌人了。

玛利娅　好一句无聊的回答。让我告诉你"不怕敌人"这句话是怎么来的吧。

小丑　怎么来的，玛利娅姑娘？

玛利娅　是从打仗里来的；下回你再撒赖的时候，就可以放开胆子这样说。

小丑　好吧，上帝给聪明与聪明人；至于傻子们呢，那只好靠他们的本事了。

玛利娅　可是你这么久在外边鬼混，小姐一定要把你吊死的，否则把你赶出去，那不是跟把你吊死一样好吗？

小丑　好好地吊死常常可以防止坏的婚姻；至于赶出去，那在夏天倒还没甚要紧。

玛利娅　那么你已经下了决心了吗？

小丑　不，没有；可是我决定了两端。

玛利娅　假如一端断了，一端还连着；假如两端都断了，你的裤子也落下来了。

小丑　妙，真的很妙。好，去你的吧；要是托比老爷戒了酒，你在伊利里亚的雌儿中间也好算是个门当户对的调皮角色了。

玛利娅　闭嘴，你这坏蛋，别胡说了。小姐来啦；你还是好好地想出个推托来。（下。）

小丑　才情呀，请你帮我好好地装一下傻瓜！那些自负才情的人，实际上往往是些傻瓜；我知道我自己没有才情，因此也许可以算做聪明人。昆那拍勒斯①怎么说的？"与其做愚蠢的智人，不如做聪明的愚人。"

　　　　奥丽维娅偕马伏里奥上。

小丑　上帝祝福你，小姐！

奥丽维娅　把这傻子撵出去！

小丑　喂，你们没听见吗？把这位小姐撵出去。

奥丽维娅　算了吧！你是个干燥无味的傻子，我不要再看见你了；

---

① 似为杜撰的人名。

而且你已经变得不老实起来了。

小丑　我的小姐，这两个毛病用酒和忠告都可以治好。只要给干燥无味的傻子一点酒喝，他就不干燥了。只要劝不老实的人洗心革面，弥补他从前的过失：假如他能够弥补的话，他就不再不老实了；假如他不能弥补，那么叫裁缝把他补一补也就得了。弥补者，弥而补之也：道德的失足无非补上了一块罪恶；罪恶悔改之后，也无非补上了一块道德。假如这种简单的论理可以通得过去，很好；假如通不过去，还有什么办法？当王八是一件倒霉的事，美人好比鲜花，这都是无可怀疑的。小姐吩咐把傻子撵出去；因此我再说一句，把她撵出去吧。

奥丽维娅　尊驾，我吩咐他们把你撵出去呢。

小丑　这就是大错而特错了！小姐，"戴了和尚帽，不定是和尚"；那就好比是说，我身上虽然穿着愚人的彩衣，可是我并不一定连头脑里也穿着它呀。我的好小姐，准许我证明您是个傻子。

奥丽维娅　你能吗？

小丑　再便当也没有了，我的好小姐。

奥丽维娅　那么证明一下看。

小丑　小姐，我必须把您盘问；我的贤淑的小乖乖，回答我。

奥丽维娅　好吧，先生，为了没有别的消遣，我就等候着你的证明吧。

小丑　我的好小姐，你为什么悲伤？

奥丽维娅　好傻子，为了我哥哥的死。

小丑　小姐，我想他的灵魂是在地狱里。

奥丽维娅　傻子，我知道他的灵魂是在天上。

小丑　这就越显得你的傻了，我的小姐；你哥哥的灵魂既然在天上，为什么要悲伤呢？列位，把这傻子撵出去。

奥丽维娅　马伏里奥，你以为这傻子怎样？是不是更有趣了？

马伏里奥　是的，而且会变得越来越有趣，一直到死。老弱会使聪明减退，可是对于傻子却能使他变得格外傻起来。

小丑　大爷，上帝保佑您快快老弱起来，好让您格外傻得厉害！托比老爷可以发誓说我不是狐狸，可是他不愿跟人家打赌两便士说您不是个傻子。

奥丽维娅　你怎么说，马伏里奥？

马伏里奥　我不懂您小姐怎么会喜欢这种没有头脑的混账东西。前天我看见他给一个像石头一样冥顽不灵的下等的傻子算计了去。您瞧，他已经毫无招架之功了；要是您不笑笑给他一点题目，他便要无话可说。我说，听见这种傻子的话也会那么高兴的聪明人们，都不过是些傻子的应声虫罢了。

奥丽维娅　啊！你是太自命不凡了，马伏里奥；你缺少一副健全的胃口。你认为是炮弹的，在宽容慷慨、气度汪洋的人看来，不过是鸟箭。傻子有特许放肆的权利，虽然他满口骂人，人家不会见怪于他；君子出言必有分量，虽然他老是指摘人家的错处，也不能算为谩骂。

小丑　麦鸠利赏给你说谎的本领吧，因为你给傻子说了好话！

　　　玛利娅重上。

玛利娅　小姐，门口有一位年轻的先生很想见您说话。

奥丽维娅　从奥西诺公爵那儿来的吧？

玛利娅　我不知道，小姐；他是一位漂亮的青年，随从很盛。

奥丽维娅　我家里有谁在跟他周旋呢？

玛利娅　是令亲托比老爷，小姐。

奥丽维娅　你去叫他走开；他满口都是些疯话。不害羞的！（玛利娅下）马伏里奥，你给我去；假若是公爵差来的，说我病了，或是不在家，随你怎样说，把他打发走。（马伏里奥下）你瞧，先生，你的打诨已经陈腐起来，人家不喜欢了。

小丑　我的小姐,你帮我说话就像你的大儿子也会是个傻子一般;愿上帝在他的头颅里塞满脑子吧!瞧你的那位有一副最不中用的头脑的令亲来了。

　　　托比·培尔契爵士上。

奥丽维娅　哎哟,又已经半醉了。叔叔,门口是谁?

托比　一个绅士。

奥丽维娅　一个绅士!什么绅士?

托比　有一个绅士在这儿——这种该死的咸鱼!怎样,蠢货!

小丑　好托比爷爷!

奥丽维娅　叔叔,叔叔,你怎么这么早就昏天黑地了?

托比　声天色地!我打倒声天色地!有一个人在门口。

小丑　是呀,他是谁呢?

托比　让他是魔鬼也好,我不管;我说,我心里耿耿三尺有神明。好,都是一样。(下。)

奥丽维娅　傻子,醉汉像个什么东西?

小丑　像个溺死鬼,像个傻瓜,又像个疯子。多喝了一口就会把他变成个傻瓜;再喝一口就发了疯;喝了第三口就把他溺死了。

奥丽维娅　你去找个验尸的来吧,让他来验验我的叔叔;因为他已经喝酒喝到了第三个阶段,他已经溺死了。瞧瞧他去。

小丑　他还不过是发疯呢,我的小姐;傻子该去照顾疯子。(下。)

　　　马伏里奥重上。

马伏里奥　小姐,那个少年发誓说要见您说话。我对他说您有病;他说他知道,因此要来见您说话。我对他说您睡了;他似乎也早已知道了,因此要来见您说话。还有什么话好对他说呢,小姐?什么拒绝都挡他不了。

奥丽维娅　对他说我不要见他说话。

马伏里奥　这也已经对他说过了;他说,他要像州官衙门前竖着的旗杆那样立在您的门前不去，像凳子脚一样直挺挺地站着，非得见您说话不可。

奥丽维娅　他是怎样一个人？

马伏里奥　呃，就像一个人那么的。

奥丽维娅　可是是什么样子的呢？

马伏里奥　很无礼的样子；不管您愿不愿意，他一定要见您说话。

奥丽维娅　他的相貌怎样？多大年纪？

马伏里奥　说是个大人吧，年纪还太轻；说是个孩子吧，又嫌大些：就像是一颗没有成熟的豆荚，或是一只半生的苹果，又像大人又像小孩，所谓介乎两可之间。他长得很漂亮，说话也很刁钻；看他的样子，似乎有些未脱乳臭。

奥丽维娅　叫他进来。把我的侍女唤来。

马伏里奥　姑娘，小姐叫着你呢。（下。）

　　　　　玛利娅重上。

奥丽维娅　把我的面纱拿来；来，罩住我的脸。我们要再听一次奥西诺来使的说话。

　　　　　薇奥拉及侍从等上。

薇奥拉　哪一位是这里府中的贵小姐？

奥丽维娅　有什么话对我说吧；我可以代她答话。你来有什么见教？

薇奥拉　最辉煌的、卓越的、无双的美人！请您指示我这位是不是就是这里府中的小姐，因为我没有见过她。我不大甘心浪掷我的言辞；因为它不但写得非常出色，而且我费了好大的辛苦才把它背熟。两位美人，不要把我取笑；我是个非常敏感的人，一点点轻侮都受不了的。

奥丽维娅　你是从什么地方来的，先生？

薇奥拉　除了我背熟了的以外，我不能说别的话；您那问题是我所不曾预备作答的。温柔的好人儿，好好儿地告诉我您是不是府里的小姐,好让我陈说我的来意。

奥丽维娅　你是个唱戏的吗?

薇奥拉　不,我的深心的人儿;可是我敢当着最有恶意的敌人发誓,我并不是我所扮演的角色。您是这府中的小姐吗?

奥丽维娅　是的,要是我没有篡夺了我自己。

薇奥拉　假如您就是她,那么您的确是篡夺了您自己了;因为您有权力给予别人的,您却没有权力把它藏匿起来。但是这种话跟我来此的使命无关;我要继续着恭维您的言辞,然后告知您我的来意。

奥丽维娅　把重要的话说出来;恭维免了吧。

薇奥拉　唉!我好容易才把它背熟,而且它又是很有诗意的。

奥丽维娅　那么多半是些鬼话,请你留着不用说了吧。我听说你在我门口一味顶撞;让你进来只是为要看看你究竟是个什么人,并不是要听你说话。要是你没有发疯,那么去吧;要是你明白事理,那么说得简单一些:我现在没有那样心思去理会一段没有意思的谈话。

玛利娅　请你动身吧,先生;这儿便是你的路。

薇奥拉　不,好清道夫,我还要在这儿闲荡一会儿呢。亲爱的小姐,请您劝劝您这位"彪形大汉"别那么神气活现。

奥丽维娅　把你的尊意告诉我。

薇奥拉　我是一个使者。

奥丽维娅　你那种礼貌那么可怕,你带来的信息一定是些坏事情。有什么话说出来。

薇奥拉　除了您之外不能让别人听见。我不是来向您宣战,也不是来要求您臣服;我手里握着橄榄枝,我的话里充满了和平,也充满了意义。

奥丽维娅　可是你一开始就不讲礼。你是谁?你要的是什么?

薇奥拉　我的不讲礼是我从你们对我的接待上学来的。我是谁,我要些什么,是个秘密;在您的耳中是神圣,别人听起来就是亵渎。

奥丽维娅　你们都走开吧;我们要听一听这段神圣的话。(玛利娅及侍从等下)现在,先生,请教你的经文?

薇奥拉　最可爱的小姐——

奥丽维娅　倒是一种叫人听了怪舒服的教理,可以大发议论呢。你的经文呢?

薇奥拉　在奥西诺的心头。

奥丽维娅　在他的心头!在他的心头的哪一章?

薇奥拉　照目录上排起来,是他心头的第一章。

奥丽维娅　噢!那我已经读过了,无非是些旁门左道。你没有别的话要说了吗?

薇奥拉　好小姐,让我瞧瞧您的脸。

奥丽维娅　贵主人有什么事要差你来跟我的脸接洽的吗?你现在岔开你的正文了;可是我们不妨拉开幕儿,让你看看这幅图画。(揭除面幕)你瞧,先生,我就是这个样子;它不是画得很好吗?

薇奥拉　要是一切都出于上帝的手,那真是绝妙之笔。

奥丽维娅　它的色彩很耐久,先生,受得起风霜的侵蚀。

薇奥拉　那真是各种色彩精妙地调和而成的美貌;那红红的白白的都是造化亲自用他的可爱的巧手敷上去的。小姐,您是世上最忍心的女人,要是您甘心让这种美埋没在坟墓里,不给世间留下一份副本。

奥丽维娅　啊!先生,我不会那样狠心;我可以列下一张我的美貌的清单,一一开陈清楚,把每一件细目都载在我的遗嘱上,例如:一款,浓淡适中的朱唇两片;一款,灰色的倩眼一双,附眼睑;一款,玉颈一围,柔颐一个,等等。你是奉命到这儿来恭维我的吗?

薇奥拉　我明白您是个什么样的人了。您太骄傲了；可是即使您是个魔鬼，您是美貌的。我的主人爱着您；啊！这么一种爱情，即使您是人间的绝色，也应该酬答他的。

奥丽维娅　他怎样爱着我呢？

薇奥拉　用崇拜，大量的眼泪，震响着爱情的呻吟，吞吐着烈火的叹息。

奥丽维娅　你的主人知道我的意思，我不能爱他；虽然我想他品格很高，知道他很尊贵，很有身份，年轻而纯洁，有很好的名声，慷慨，博学，勇敢，长得又体面；可是我总不能爱他，他老早就已经得到我的回音了。

薇奥拉　要是我也像我主人一样热情地爱着您，也是这样的受苦，这样了无生趣地把生命拖延，我不会懂得您的拒绝是什么意思。

奥丽维娅　啊，你预备怎样呢？

薇奥拉　我要在您的门前用柳枝筑成一所小屋，不时到府中访谒我的灵魂；我要吟咏着被冷淡的忠诚的爱情的篇什，不顾夜多么深我要把它们高声歌唱；我要向着回声的山崖呼喊您的名字，使饶舌的风都叫着"奥丽维娅"。啊！您在天地之间将要得不到安静，除非您怜悯了我！

奥丽维娅　你的口才倒是颇堪造就的。你的家世怎样？

薇奥拉　超过于我目前的境遇，但我是个有身份的士人。

奥丽维娅　回到你主人那里去；我不能爱他，叫他不要再差人来了；除非或者你再来见我，告诉我他对于我的答复觉得怎样。再会！多谢你的辛苦；这几个钱赏给你。

薇奥拉　我不是个要钱的信差，小姐，留着您的钱吧；不曾得到报酬的，是我的主人，不是我。但愿爱神使您所爱的人也是心如铁石，好让您的热情也跟我主人的一样遭到轻蔑！再会，忍心的美人！（下。）

奥丽维娅 "你的家世怎样？""超过于我目前的境遇，但我是个有身份的士人。"我可以发誓你一定是的；你的语调，你的脸，你的肢体、动作、精神，各方面都可以证明你的高贵。——别这么性急。且慢！且慢！除非颠倒了主仆的名分。——什么！这么快便染上那种病了？我觉得好像这个少年的美处在悄悄地蹑步进入我的眼中。好，让它去吧。喂！马伏里奥！

马伏里奥重上。

马伏里奥 有，小姐，听候您的盼咐。

奥丽维娅 去追上那个无礼的使者，公爵差来的人，他不管我要不要，硬把这戒指留下；对他说我不要，请他不要向他的主人献功，让他死不了心，我跟他没有缘分。要是那少年明天还打这儿走过，我可以告诉他为什么。去吧，马伏里奥。

马伏里奥 是，小姐。（下。）

奥丽维娅 我的行事我自己全不懂，
怎一下子便会把人看中？
一切但凭着命运的盼咐，
谁能够做得了自己的主！（下。）

第二幕

第一场　海滨

安东尼奥及西巴斯辛上。

安东尼奥　您不愿住下去了吗？您也不愿让我陪着您去吗？

西巴斯辛　请您原谅，我不愿。我是个倒霉的人，我的晦气也许要连累了您，所以我要请您离开我，好让我独自担承我的厄运；假如连累到您身上，那是太辜负了您的好意了。

安东尼奥　可是让我知道您的去向吧。

西巴斯辛　不瞒您说，先生，我不能告诉您；因为我所决定的航行不过是无目的的漫游。可是我看您这样有礼，您一定不会强迫我说出我所保守的秘密来；因此按礼该我来向您表白我自己。安东尼奥，您要知道我的名字是西巴斯辛，罗德利哥是我的化名。我的父亲便是梅萨林的西巴斯辛，我知道您一定听见过他的名字。他死后丢下我和一个妹妹，我们两人是在同一个时辰出世的；我多么希望上天也让我们两人在同一个时辰死去！可是您，先生，却来改变我的命运，因为就在您把我从海浪里搭救起来之前不久，我的妹妹已经淹死了。

安东尼奥　唉，可惜！

西巴斯辛　先生，虽然人家说她非常像我，许多人都说她是个美貌的姑娘；我虽然不好意思相信这句话，但是至少可以大胆说一句，即使妒忌她的人也不能不承认她有一颗美好的心。她是已经给海水淹死的了，先生，虽然似乎我要用更多的泪水来淹没对她的记忆。

安东尼奥　先生，请您恕我招待不周。

西巴斯辛　啊，好安东尼奥！我才是多多打扰了您哪！

安东尼奥　要是您看在我的交情分上，不愿叫我痛不欲生的话，请您允许我做您的仆人吧。

西巴斯辛　您已经打救了我的生命，要是您不愿让我抱愧而死，那么请不要提出那样的请求，免得您白白救了我一场。我立刻告辞了；我的心是怪软的，还不曾脱去我母亲的性质，为了一点点理由，我的眼睛里就会露出我的弱点来。我要到奥西诺公爵的宫廷里去；再会了。（下。）

安东尼奥　一切神明护佑着你！我在奥西诺的宫廷里有许多敌人，否则我就会马上到那边去会你——

　　　　　但无论如何我爱你太深，

　　　　　履险如夷我定要把你寻。（下。）

第二场　街道

　　　　　薇奥拉上，马伏里奥随上。

马伏里奥　您不是刚从奥丽维娅伯爵小姐那儿来的吗？

薇奥拉　是的，先生；因为我走得慢，所以现在还不过在这儿。

马伏里奥　先生，这戒指她还给您；您当初还不如自己拿走呢，免得我麻烦。她又说您必须叫您家主人死了心,明白她不要跟他来往。还有,您不用再那么莽撞地到这里来替他说话了,除非来回报一声您家主人已经对她的拒绝表示认可。好,拿去吧。

薇奥拉　她自己拿了我这戒指去的;我不要。

马伏里奥　算了吧,先生,您使性子把它丢给她;她的意思也要我把它照样丢还给您。假如它是值得弯下身子拾起来的话,它就在您的眼前;不然的话,让什么人看见就给什么人拿去吧。(下。)

薇奥拉　我没有留下戒指呀;这位小姐是什么意思?但愿她不要迷恋了我的外貌才好!她把我打量得那么仔细;真的,我觉得她看得我那么出神,连自己讲的什么话儿也顾不到了,那么没头没脑,颠颠倒倒的。一定的,她爱上我啦;情急智生,才差这个无礼的使者来邀请我。不要我主人的戒指!嘿,他并没有把什么戒指送给她呀!我才是她意中的人;真是这样的话——事实上确是这样——那么,可怜的小姐,她真是做梦了!我现在才明白假扮的确不是一桩好事情,魔鬼会乘机大显他的身手。一个又漂亮又靠不住的男人,多么容易占据了女人家柔弱的心!唉!这都是我们生性脆弱的缘故,不是我们自身的错处;因为上天造下我们是哪样的人,我们就是哪样的人。这种事情怎么了结呢?我的主人深深地爱着她;我呢,可怜的小鬼,也是那样恋着他;她呢,认错了人,似乎在思念我。这怎么了呢?因为我是个男人,我没有希望叫我的主人爱上我;因为我是个女人,唉!可怜的奥丽维娅也要白费无数的叹息了!

　　　　这纠纷要让时间来理清;
　　　　叫我打开这结儿怎么成!(下。)

第三场　奥丽维娅宅中一室

　　　托比·培尔契爵士及安德鲁·艾古契克爵士上。

托比　过来，安德鲁爵士。深夜不睡即是起身得早；"起身早，身体好"，你知道的——

安德鲁　不，老实说，我不知道；我知道的是深夜不睡便是深夜不睡。

托比　一个错误的结论；我听见这种话就像看见一个空酒瓶那么头痛。深夜不睡，过了半夜才睡，那就是到大清早才睡，岂不是睡得很早？我们的生命不是由四大原素组成的吗？

安德鲁　不错，他们是这样说；可是我以为我们的生命不过是吃吃喝喝而已。

托比　你真有学问；那么让我们吃吃喝喝吧。玛利娅，喂！开一瓶酒来！

　　　小丑上。

安德鲁　那个傻子来啦。

小丑　啊，我的心肝们！咱们刚好凑成一幅《三个臭皮匠》。

托比　欢迎，驴子！现在我们来一个轮唱歌吧。

安德鲁　说老实话，这傻子有一副很好的喉咙。我宁愿拿四十个先令去换他这么一条腿和这么一副可爱的声音。真的，你昨夜打诨打得很好，说什么匹格罗格罗密忒斯哪，维比亚人越过了丘勃斯的赤道线哪，真是好得很。我送六便士给你的姘头，收到了没有？

小丑　你的恩典我已经放进了我的口袋；因为马伏里奥的鼻子不

是鞭柄，我的小姐有一双玉手，她的跟班们不是开酒馆的。

安德鲁　好极了！嗯，无论如何这要算是最好的打诨了。现在唱个歌吧。

托比　来，给你六便士，唱个歌吧。

安德鲁　我也有六便士给你呢；要是一个骑士大方起来——

小丑　你们要我唱支爱情的歌呢，还是唱支劝人为善的歌？

托比　唱个情歌，唱个情歌。

安德鲁　是的，是的，劝人为善有什么意思。

小丑　（唱）

　　你到哪儿去，啊我的姑娘？

　　听呀，那边来了你的情郎，

　　嘴里吟着抑扬的曲调。

　　不要再走了，美貌的亲亲；

　　恋人的相遇终结了行程，

　　每个聪明人全都知晓。

安德鲁　真好极了！

托比　好，好！

小丑　（唱）

　　什么是爱情？它不在明天；

　　欢笑嬉游莫放过了眼前，

　　将来的事有谁能猜料？

　　不要蹉跎了大好的年华；

　　来吻着我吧，你双十娇娃，

　　转眼青春早化成衰老。

安德鲁　凭良心说话，好一副流利的歌喉！

托比　好一股恶臭的气息！

安德鲁　真的，很甜蜜又很恶臭。

托比　用鼻子听起来，那么恶臭也很动听。可是我们要不要让天空跳起舞来呢？我们要不要唱一支轮唱歌，把夜枭吵醒；那曲调会叫一个织工听了三魂出窍？

安德鲁　要是你爱我，让我们来一下吧；唱轮唱歌我挺拿手啦。

小丑　对啦，大人，有许多狗也会唱得很好。

安德鲁　不错不错。让我们唱《你这坏蛋》吧。

小丑　《闭住你的嘴，你这坏蛋》，是不是这一首，骑士？那么我可不得不叫你做坏蛋啦，骑士。

安德鲁　人家不得不叫我做坏蛋，这也不是第一次。你开头，傻子；第一句是，"闭住你的嘴"。

小丑　要是我闭住我的嘴，我就再也开不了头啦。

安德鲁　说得好，真的。来，唱起来吧。（三人唱轮唱歌。）

　　　　玛利娅上。

玛利娅　你们在这里猫儿叫春似的闹些什么呀！要是小姐没有叫起她的管家马伏里奥来把你们赶出门外去，再不用相信我的话好了。

托比　小姐是个骗子；我们都是大人物；马伏里奥是拉姆西的佩格姑娘；"我们是三个快活的人"。我不是同宗吗？我不是她的一家人吗？胡说八道，姑娘！

　　　　巴比伦有　一个人，姑娘，姑娘！

小丑　要命，这位老爷真会开玩笑。

安德鲁　哦，他高兴开起玩笑来，开得可是真好，我也一样；不过他的玩笑开得富于风趣，而我的玩笑开得更为自然。

托比

　　　　啊！十二月十二——

玛利娅　看在上帝的面上，别闹了吧！

马伏里奥上。

马伏里奥　我的爷爷们，你们疯了吗，还是怎么啦？难道你们没有脑子，不懂规矩，全无礼貌，在这种夜深时候还要像一群发酒疯的补锅匠似的乱吵？你们把小姐的屋子当作一间酒馆，好让你们直着喉咙，唱那种鞋匠的歌儿吗？难道你们全不想想这是什么地方，这儿住的是什么人，或者现在是什么时刻了吗？

托比　老兄，我们的轮唱是严守时刻的。你去上吊吧！

马伏里奥　托比老爷，莫怪我说句不怕忌讳的话。小姐吩咐我告诉您说，她虽然把您当个亲戚留住在这儿，可是她不能容忍您那种胡闹。要是您能够循规蹈矩，我们这儿是十分欢迎您的；否则的话，要是您愿意向她告别，她一定会让您走。

托比
　　既然我非去不可，那么再会吧，亲亲！

玛利娅　别这样，好托比老爷。

小丑
　　他的眼睛显示出他末日将要来临。

马伏里奥　岂有此理！

托比
　　可是我决不会死亡。

小丑　托比老爷，您在说谎。

马伏里奥　真有体统！

托比
　　我要不要叫他滚蛋？

小丑
　　叫他滚蛋又怎样？

托比

　　　　要不要叫他滚蛋,毫无留贷?

小丑

　　　　啊!不,不,不,你没有这种胆量。

托比　唱的不入调吗?先生,你说谎!你不过是一个管家,有什么可以神气的?你以为你自己道德高尚,人家便不能喝酒取乐了吗?

小丑　是啊,凭圣安起誓,生姜吃下嘴去也总是辣的。

托比　你说得一点也不错。——去,朋友,用面包屑去擦你的项链吧。开一瓶酒来,玛利娅!

马伏里奥　玛利娅姑娘,要是你没有把小姐的恩典看作一钱不值,你可不要帮助他们做这种胡闹;我一定会去告诉她的。(下。)

玛利娅　滚你的吧!

安德鲁　向他挑战,然后失约,愚弄他一下子,倒是个很好的办法,就像人肚子饿了喝酒一样。

托比　好,骑士,我给你写挑战书,或者代你去口头通知他你的愤怒。

玛利娅　亲爱的托比老爷,今夜请忍耐一下子吧;今天公爵那边来的少年会见了小姐之后,她心里很烦。至于马伏里奥先生,我去对付他好了;要是我不把他愚弄得给人当作笑柄,让大家取乐儿,我便是个连直挺挺躺在床上都不会的蠢东西。我知道我一定能够。

托比　告诉我们,告诉我们;告诉我们一些关于他的事情。

玛利娅　好,老爷,有时候他有点儿像清教徒。

安德鲁　啊!要是我早想到了这一点,我要把他像狗一样打一顿呢。

托比　什么,为了像清教徒吗?你有什么绝妙的理由,亲爱的骑士?

安德鲁　我没有什么绝妙的理由,可是我有相当的理由。

玛利娅　他是个鬼清教徒，反复无常、逢迎取巧是他的本领；一头装腔作势的驴子，背熟了几句官话，便倒也似的倒了出来；自信非凡，以为自己真了不得，谁看见他都会爱他；我可以凭着那个弱点堂堂正正地给他一顿教训。

托比　你打算怎样？

玛利娅　我要在他走过的路上丢下一封暧昧的情书，里面活生生地描写着他的胡须的颜色、他的腿的形状、他走路的姿势、他的眼睛、额角和脸上的表情；他一见就会觉得是写的他自己。我会学您侄小姐的笔迹写字；在已经忘记了的信件上，我们连自己的笔迹也很难辨认呢。

托比　好极了，我嗅到了一个计策了。

安德鲁　我鼻子里也闻到了呢。

托比　他见了你丢下的这封信，便会以为是我的侄女写的，以为她爱上了他。

玛利娅　我的意思正是这样。

安德鲁　你的意思是要叫他变成一头驴子。

玛利娅　驴子，那是毫无疑问的。

安德鲁　啊！那好极了！

玛利娅　出色的把戏，你们瞧着好了；我知道我的药对他一定生效。我可以把你们两人连那傻子安顿在他拾着那信的地方，瞧他怎样把它解释。今夜呢，大家上床睡去，梦着那回事吧。再见。
　　　　（下。）

托比　晚安，好姑娘！

安德鲁　我说，她是个好丫头。

托比　她是头纯种的小猎犬，很爱我；怎样？

安德鲁　我也曾经给人爱过呢。

托比　我们去睡吧，骑士。你应该叫家里再寄些钱来。

安德鲁　要是我不能得到你的侄女,我就大上其当了。

托比　去要钱吧,骑士;要是你结果终不能得到她,你就叫我傻子。

安德鲁　要是我不去要,就再不要相信我,随你怎么办。

托比　来,来,我去烫些酒来;现在去睡太晚了。来,骑士;来,骑士。(同下。)

第四场　公爵府中一室

公爵、薇奥拉、丘里奥及余人等上。

公爵　给我奏些音乐。早安,朋友们。好西萨里奥,我只要听我们昨晚听的那支古曲;我觉得它比目前轻音乐中那种轻倩的乐调和警炼的字句更能慰解我的痴情。来,只唱一节吧。

丘里奥　启禀殿下,会唱这歌儿的人不在这儿。

公爵　他是谁?

丘里奥　是那个弄人费斯特,殿下;他是奥丽维娅小姐的尊翁所宠幸的傻子。他就在这儿左近。

公爵　去找他来,现在先把那曲调奏起来吧。(丘里奥下。奏乐)过来,孩子。要是你有一天和人恋爱了,请在甜蜜的痛苦中记着我;因为真心的恋人都像我一样,在其他一切情感上都是轻浮易变,但他所爱的人儿的影像,却永远铭刻在他的心头。你喜不喜欢这个曲调?

薇奥拉　它传出了爱情的宝座上的回声。

公爵　你说得很好。我相信你虽然这样年轻,你的眼睛一定曾经看中过什么人;是不是,孩子?

薇奥拉　略为有点,请您恕我。

公爵　是个什么样子的女人呢?

129

薇奥拉　相貌跟您差不多。

公爵　那么她是不配被你爱的。什么年纪呢？

薇奥拉　年纪也跟您差不多，殿下。

公爵　啊，那太老了！女人应当拣一个比她年纪大些的男人，这样她才跟他合得拢来，不会失去她丈夫的欢心；因为，孩子，不论我们怎样自称自赞，我们的爱情总比女人们流动不定些，富于希求，易于反复，更容易消失而生厌。

薇奥拉　这一层我也想到，殿下。

公爵　那么选一个比你年轻一点的姑娘做你的爱人吧，否则你的爱情便不能常青——

　　　　女人正像是娇艳的蔷薇，
　　　　花开才不久便转眼枯萎。

薇奥拉　是啊，可叹她刹那的光荣，
　　　　早枝头零落留不住东风！

　　　丘里奥偕小丑重上。

公爵　啊，朋友！来，把我们昨夜听的那支歌儿再唱一遍。好好听着，西萨里奥。那是个古老而平凡的歌儿，是晒着太阳的纺线工人和织布工人以及无忧无虑的制花边的女郎们常唱的；歌里的话儿都是些平常不过的真理，搬弄着纯朴的古代的那种爱情的纯洁。

小丑　您预备好了吗，殿下？

公爵　好，请你唱吧。（奏乐。）

小丑　（唱）

　　　　过来吧，过来吧，死神！

　　　　让我横陈在凄凉的柏棺[1]的中央；

　　飞去吧，飞去吧，浮生！

　　　　我被害于一个狠心的美貌姑娘。

为我罩上白色的殓衾铺满紫杉；

没有一个真心的人为我而悲哀。

莫让一朵花儿甜柔，

　　撒上了我那黑色的、黑色的棺材；

没有一个朋友迓候

　　我尸身，不久我的骨骼将会散开。

免得多情的人们千万次的感伤，

　　请把我埋葬在无从凭吊的荒场。

公爵　这是赏给你的辛苦钱。

小丑　一点不辛苦，殿下；我以唱歌为乐呢。

公爵　那么就算赏给你的快乐钱。

小丑　不错，殿下，快乐总是要付出代价的。

公爵　现在允许我不再见你吧。

小丑　好，忧愁之神保佑着你！但愿裁缝用闪缎给你裁一身衫子，因为你的心就像猫眼石那样闪烁不定。我希望像这种没有恒心的人都航海去，好让他们过着五湖四海，千变万化的生活；因为这样的人总会两手空空地回家。再会。（下。）

公爵　大家都退开去。（丘里奥及侍从等下）西萨里奥，你再给我到那位忍心的女王那边去；对她说，我的爱情是超越世间的，泥污的土地不是我所看重的事物；命运所赐给她的尊荣财富，

---

[1] 此处"柏棺"原文为Cypress，按字面解为杉柏之属，直译"柏棺"，在语调上似乎更为适当。

你对她说，在我的眼中都像命运一样无常；吸引我的灵魂的是她的天赋的灵奇，绝世的仙姿。

薇奥拉　可是假如她不能爱您呢，殿下？

公爵　我不能得到这样的回音。

薇奥拉　可是您不能不得到这样的回音。假如有一位姑娘——也许真有那么一个人——也像您爱着奥丽维娅一样痛苦地爱着您；您不能爱她，您这样告诉她；那么她岂不是必得以这样的答复为满足吗？

公爵　女人的小小的身体一定受不住像爱情强加于我心中的那种激烈的搏跳；女人的心没有这样广大，可以藏得下这许多；她们缺少含忍的能力。唉，她们的爱就像一个人的口味一样，不是从脏腑里，而是从舌尖上感觉到的，过饱了便会食伤呕吐；可是我的爱就像饥饿的大海，能够消化一切。不要把一个女人所能对我发生的爱情跟我对于奥丽维娅的爱情相提并论吧。

薇奥拉　哦，可是我知道——

公爵　你知道什么？

薇奥拉　我知道得很清楚女人对于男人会怀着怎样的爱情；真的，她们是跟我们一样真心的。我的父亲有一个女儿，她爱上了一个男人，正像假如我是个女人也许会爱上了您殿下一样。

公爵　她的历史怎样？

薇奥拉　一片空白而已，殿下。她从来不向人诉说她的爱情，让隐藏在内心中的抑郁像蓓蕾中的蛀虫一样，侵蚀着她的绯红的脸颊；她因相思而憔悴，疾病和忧愁折磨着她，像是墓碑上刻着的"忍耐"的化身，默坐着向悲哀微笑。这不是真的爱情吗？我们男人也许更多话，更会发誓，可是我们所表示的，总多于我们所决心实行的；不论我们怎样山盟海誓，我们的爱情总不过如此。

公爵　但是你的姊姊有没有殉情而死,我的孩子?

薇奥拉　我父亲的女儿只有我一个,儿子也只有我一个——可她有没有殉情我不知道。殿下,我要不要就去见这位小姐?

公爵　对了,这是正事——

　　　快前去,送给她这颗珍珠;

　　　说我的爱情永不会认输。(各下。)

第五场　奥丽维娅的花园

　　　　托比·培尔契爵士、安德鲁·艾古契克爵士及费边上。

托比　来吧,费边先生。

费边　噢,我就来;要是我把这场好戏略为错过了一点点儿,让我在懊恼里煎死了吧。

托比　让这个卑鄙龌龊的丑东西出一场丑,你高兴不高兴?

费边　我才要快活死哩!您知道那次我因为耍熊,被他在小姐跟前说我坏话。

托比　我们再把那头熊牵来激他发怒;我们要把他作弄得体无完肤。你说怎样,安德鲁爵士?

安德鲁　要是我们不那么做,那才是终身的憾事呢。

托比　小坏东西来了。

　　　　玛利娅上。

托比　啊,我的小宝贝!

玛利娅　你们三人都躲到黄杨树后面去。马伏里奥正从这条道上走过来了;他已经在那边太阳光底下对他自己的影子练习了半个钟头仪法。谁要是喜欢笑话,就留心瞧着他吧;我知道这封信一定会叫他变成一个发痴的呆子的。凭着玩笑的名义,

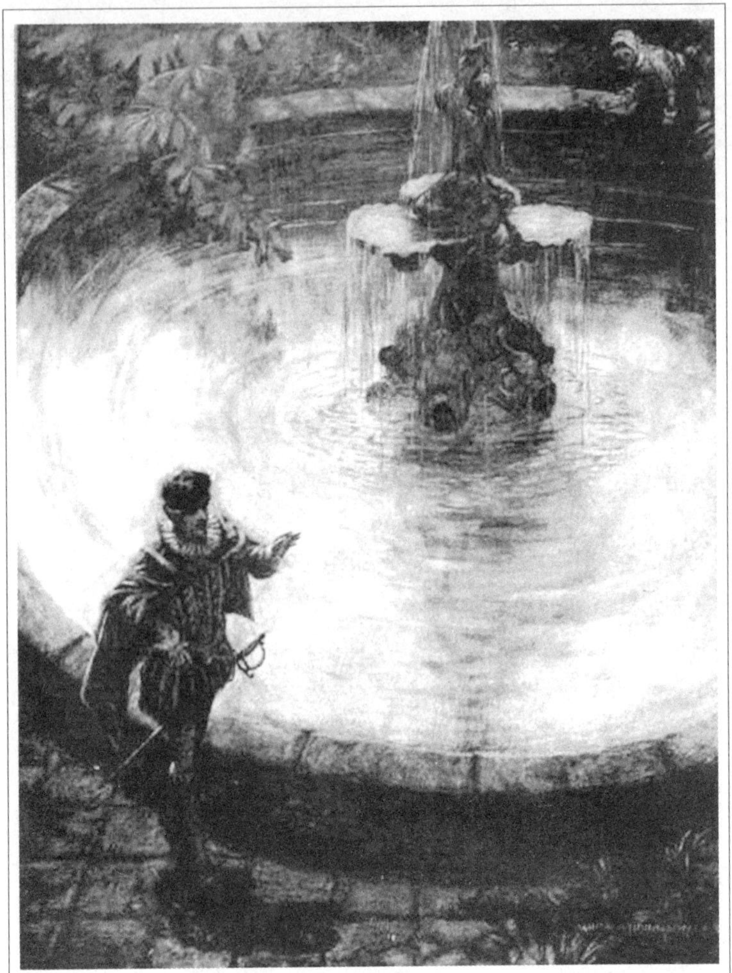

躲起来吧！你躺在那边；（丢下一信）这条鲟鱼已经来了，你不去撩撩他的痒处是捉不到手的。（下。）

马伏里奥上。

马伏里奥　不过是运气；一切都是运气。玛利娅曾经对我说过小姐喜欢我；我也曾经听见她自己说过那样的话，说要是她爱上了人的话，一定要选像我这种脾气的人。而且，她待我比待其他的下人显得分外尊敬。这点我应该怎么解释呢？

托比　瞧这个自命不凡的混蛋！

费边　静些！他已经痴心妄想得变成一头出色的火鸡了；瞧他那种蓬起了羽毛高视阔步的样子！

安德鲁　他妈的，我可以把这混蛋痛打一顿！

托比　别闹啦！

马伏里奥　做了马伏里奥伯爵！

托比　啊，混蛋！

安德鲁　给他吃手枪！给他吃手枪！

托比　别闹！别闹！

马伏里奥　这种事情是有前例可援的；斯特拉契夫人也下嫁给家臣。

安德鲁　该死，这畜生！

费边　静些！现在他着了魔啦；瞧他越想越得意。

马伏里奥　跟她结婚过了三个月，我坐在我的宝座上——

托比　啊！我要弹一颗石子到他的眼睛里去！

马伏里奥　身上披着绣花的丝绒袍子，召唤我的臣僚过来；那时我刚睡罢午觉，撇下奥丽维娅酣睡未醒——

托比　大火硫黄烧死他！

费边　静些！静些！

马伏里奥　那时我装出一副威严的神气，先目光凛凛地向众人瞟视一周，对他们表示我知道我的地位，他们也必须明白自己的身份；然后吩咐他们去请我的托比老叔过来——

托比　把他铐起来！

费边　别闹！别闹！别闹！好啦！好啦！

马伏里奥　我的七个仆人恭恭敬敬地前去找他。我皱了皱眉头，或者给我的表上了上弦，或者抚弄着我的——什么珠宝之类。托比来了，向我行了个礼——

托比　这家伙可以让他活命吗？

费边　哪怕有几辆马车要把我们的静默拉走，也不要闹吧！

马伏里奥　我这样向他伸出手去，用一副庄严的威势来抑住我的亲昵的笑容——

托比　那时托比不就给了你一个嘴巴子吗？

马伏里奥　说，"托比叔父，我已蒙令侄女不弃下嫁，请您准许我这样说话——"

托比　什么？什么？

马伏里奥　"你必须把喝酒的习惯戒掉。"

托比　他妈的，这狗东西！

费边　哎，别生气，否则我们的计策就要失败了。

马伏里奥　"而且，您还把您的宝贵的光阴跟一个傻瓜骑士在一块儿浪费——"

安德鲁　说的是我，一定的啦。

马伏里奥　"那个安德鲁爵士——"

安德鲁　我知道是我；因为许多人都管我叫傻瓜。

马伏里奥　（见信）这儿有些什么东西呢？

费边　现在那蠢鸟走近陷阱旁边来了。

托比　啊，静些！但愿能操纵人心意的神灵叫他高声朗读。

马伏里奥　（拾信）哎哟，这是小姐的手笔！瞧这一钩一弯一横一直，那不正是她的笔锋吗？没有问题，一定是她写的。

安德鲁　她的一钩一弯一横一直，那是什么意思？

马伏里奥　（读）"给不知名的恋人，至诚的祝福。"完全是她的口气！对不住，封蜡。且慢！这封口上的铃记不就是她一直用作封印的鲁克丽丝的肖像吗？一定是我的小姐。可是那是写给谁的呢？

费边　这叫他心窝儿里都痒起来了。

马伏里奥

　　　　知我者天，

　　　　我爱为谁？

　　　　慎莫多言，

　　　　莫令人知。

"莫令人知。"下面还写些什么？又换了句调了！"莫令人知"：说的也许是你哩，马伏里奥！

托比　嘿，该死，这獾子！

马伏里奥

　　　　我可以向我所爱的人发号施令；

　　　　但隐秘的衷情如鲁克丽丝之刀，

　　　　杀人不见血地把我的深心割刃：

　　　　我的命在M，O，A，I的手里飘摇。

费边　无聊的谜语！

托比　我说是个好丫头。

马伏里奥　"我的命在M，O，A，I的手里飘摇。"不，让我先想一想，让我想一想，让我想一想。

费边　她给他吃了一服多好的毒药！

托比　瞧那头鹰儿多么饿急似的想一口吞下去！

马伏里奥　"我可以向我所爱的人发号施令。"　哦，她可以命令我；我侍候着她，她是我的小姐。这是无论哪个有一点点脑子的人都看得出来的；全然合得拢。可是那结尾一句，那几个字母又是什么意思呢？能不能牵附到我的身上？——慢慢！M，O，A，I——

托比　哎，这应该想个法儿；他弄糊涂了。

费边　即使像一头狐狸那样膻气冲天，这狗子也会闻出味来，汪汪地叫起来的。

马伏里奥　M，马伏里奥；M，嘿，那正是我的名字的第一个字母哩。

费边　我不是说他会想出来的吗？这狗的鼻子在没有味的地方也会闻出味来。

马伏里奥　M——可是这次序不大对；这样一试，反而不成功了。跟着来的应该是个A字，可是却是个O字。

费边　我希望O字应该放在结尾的吧？

托比　对了，否则我要揍他一顿，让他喊出个"O！"来。

马伏里奥　A的背后又跟着个I。

费边　哼，要是你背后生眼睛①的话，你就知道你眼前并没有什么幸运，你的背后却有倒霉的事跟着呢。

马伏里奥　M，O，A，I；这隐语可跟前面所说的不很合辙；可是稍为把它颠倒一下，也就可以适合我了，因为这几个字母都在我的名字里。且慢！这儿还有散文呢。"要是这封信落到你手里，请你想一想。照我的命运而论，我是在你之上，可是你不用惧怕富贵：有的人是生来的富贵，有的人是挣来的富贵，有的人是送上来的富贵。你的好运已经向你伸出手来，赶快用你的全副精神抱住它。你应该练习一下怎样才合乎你

---

① 眼睛原文为eye，与I音相近。

所将要做的那种人的身份，脱去你卑恭的旧习，放出一些活泼的神气来。对亲戚不妨分庭抗礼，对仆人不妨摆摆架子；你嘴里要鼓唇弄舌地谈些国家大事，装出一副矜持的样子。为你叹息的人儿这样盼咐着你。记着谁曾经赞美过你的黄袜子，愿意看见你永远扎着十字交叉的袜带；我对你说，你记着吧。好，只要你自己愿意，你就可以出头了；否则让我见你一生一世做个管家，与众仆为伍，不值得抬举。再会！我是愿意跟你交换地位的，幸运的不幸者。"青天白日也没有这么明白，平原旷野也没有这么显豁。我要摆起架子来，谈起国家大事来；我要叫托比丧气，我要断绝那些鄙贱之交，我要一点不含糊地做起这么一个人来。我没有自己哄骗自己，让想象把我愚弄；因为每一个理由都指点着说，我的小姐爱上了我了。她最近称赞过我的黄袜子和我的十字交叉的袜带；她就是用这方法表示她爱我，用一种命令的方法叫我打扮成她所喜欢的样式。谢谢我的命星，我好幸福！我要放出高傲的神气来，穿了黄袜子，扎着十字交叉的袜带，立刻就去装束起来。赞美上帝和我的命星！这儿还有附启："你一定想得到我是谁。要是你接受我的爱情，请你用微笑表示你的意思；你的微笑是很好看的。我的好人儿，请你当着我的面前永远微笑着吧。"上帝，我谢谢你！我要微笑；我要做每一件你盼咐我做的事。（下。）

费边 即使波斯王给我一笔几千块钱的恩俸，我也不愿错过这场玩意儿。

托比 这丫头想得出这种主意，我简直可以娶了她。

安德鲁 我也可以娶了她呢。

托比 我不要她什么妆奁，只要再给我想出这么一个笑话来就行了。

安德鲁 我也不要她什么妆奁。

费边　我那位捉蠢鹅的好手来了。

　　　　玛利娅重上。

托比　你愿意把你的脚搁在我的头颈上吗？

安德鲁　或者搁在我的头颈上？

托比　要不要我把我的自由作孤注一掷，做你的奴隶？

安德鲁　是的，要不要我也做你的奴隶？

托比　你已经叫他大做其梦，要是那种幻象一离开了他，他一定会发疯的。

玛利娅　可是您老实对我说，他中计了吗？

托比　就像收生婆喝了烧酒一样。

玛利娅　要是你们要看看这场把戏会闹出些什么结果来，请看好他怎样到小姐跟前去：他会穿起了黄袜子，那正是她所讨厌的颜色；还要扎着十字交叉的袜带，那正是她所厌恶的式样；他还要向她微笑，照她现在那样悒郁的心境，她一定会不高兴，管保叫他大受一场没趣。假如你们要看的话，跟我来吧。

托比　好，就是到地狱门口也行，你这好机灵鬼！

安德鲁　我也要去。（同下。）

第三幕

第一场　奥丽维娅的花园

薇奥拉及小丑持手鼓上。

薇奥拉　上帝保佑你和你的音乐，朋友！你是靠着打手鼓过日子的吗？

小丑　不，先生，我靠着教堂过日子。

薇奥拉　你是个教士吗？

小丑　没有的事，先生。我靠着教堂过日子，因为我住在我的家里，而我的家是在教堂附近。

薇奥拉　你也可以说，国王住在叫花窝的附近，因为叫花子住在王宫的附近；教堂筑在你的手鼓旁边，因为你的手鼓放在教堂旁边。

小丑　您说得对，先生。人们一代比一代聪明了！一句话对于一个聪明人就像是一副小山羊皮的手套，一下子就可以翻了转来。

薇奥拉　嗯，那是一定的啦；善于在字面上翻弄花样的，很容易流于轻薄。

小丑　那么，先生，我希望我的妹妹不要有名字。

薇奥拉　为什么呢，朋友？

小丑　先生，她的名字不也是个字吗？在那个字上面翻弄翻弄花样，也许我的妹妹就会轻薄起来。可是文字自从失去自由以后，也就变成很危险的家伙了。

薇奥拉　你说出理由来，朋友？

小丑　不瞒您说，先生，要是我向您说出理由来，那非得用文字不可；可是现在文字变得那么坏，我真不高兴用它们来证明我的理由。

薇奥拉　我敢说你是个快活的家伙，万事都不关心。

小丑　不是的，先生，我所关心的事倒有一点儿；可是凭良心说，先生，我可一点不关心您；如果不关心您就是无所关心的话，先生，我倒希望您也能够化为乌有才好。

薇奥拉　你不是奥丽维娅小姐府中的傻子吗？

小丑　真的不是，先生。奥丽维娅小姐不喜欢傻气；她要嫁了人才会在家里养起傻子来，先生；傻子之于丈夫，犹之乎小鱼之于大鱼，丈夫不过是个大一点的傻子而已。我真的不是她的傻子，我是给她说说笑话的人。

薇奥拉　我最近曾经在奥西诺公爵的地方看见过你。

小丑　先生，傻气就像太阳一样环绕着地球，到处放射它的光辉。要是傻子不常到您主人那里去，如同常在我的小姐那儿一样，那么，先生，我可真是抱歉。我想我也曾经在那边看见过您这聪明人。

薇奥拉　哼，你要在我身上打趣，我可要不睬你了。拿去，这个钱给你。（给他一枚钱币。）

小丑　好，上帝保佑您长起胡子来吧！

薇奥拉　老实告诉你，我倒真为了胡子害相思呢；虽然我不要在自己脸上长起来。小姐在里面吗？

小丑　（指着钱币）先生，您要是再赏我一个钱，凑成两个，不就可以养儿子了吗？

薇奥拉　不错，如果你拿它们去放债取利息。

小丑　先生，我愿意做个弗里吉亚的潘达洛斯，给这个特洛伊罗斯找一个克瑞西达来。①

薇奥拉　我知道了，朋友；你很善于乞讨。

小丑　我希望您不会认为这是非分的乞讨，先生，我要乞讨的不过是个叫花子——克瑞西达后来不是变成个叫花子了吗？小姐就在里面，先生。我可以对他们说明您是从哪儿来的；至于您是谁，您来有什么事，那就不属于我的领域之内了——我应当说"范围"，可是那两个字已经给人用得太熟了。（下。）

薇奥拉　这家伙扮傻子很有点儿聪明。装傻装得好也是要靠才情的：他必须窥伺被他所取笑的人们的心情，了解他们的身份，还得看准了时机；然后像窥伺着眼前每一只鸟雀的野鹰一样，每个机会都不放松。这是一种和聪明人的艺术一样艰难的工作：

傻子不妨说几句聪明话，

聪明人说傻话难免笑骂。

　　　　托比·培尔契爵士、安德鲁·艾古契克爵士同上。

托比　您好，先生。

薇奥拉　您好，爵士。

安德鲁　上帝保佑您，先生。

---

① 关于特洛伊罗斯（Troilus）与克瑞西达（Cressida）恋爱的故事可参看莎士比亚所著悲剧《特洛伊罗斯与克瑞西达》。潘达洛斯（Pandarus）系克瑞西达之舅，为他们居间撮合者。克瑞西达因生性轻浮，后被人所弃，沦为乞丐。

薇奥拉　上帝保佑您，我是您的仆人。

安德鲁　先生，我希望您是我的仆人；我也是您的仆人。

托比　请您进去吧。舍侄女有请，要是您是来看她的话。

薇奥拉　我来正是要拜见令侄女，爵士；她是我的航行的目标。

托比　请您试试您的腿吧，先生；把它们移动起来。

薇奥拉　我的腿倒是听我使唤，爵士，可是我却听不懂您叫我试试我的腿是什么意思？

托比　我的意思是，先生，请您走，请您进去。

薇奥拉　好，我就移步前进。可是人家已经先来了。

奥丽维娅及玛利娅上。

薇奥拉　最卓越最完美的小姐，愿诸天为您散下芬芳的香雾！

安德鲁　那年轻人是一个出色的廷臣。"散下芬芳的香雾"！好得很。

薇奥拉　我的来意，小姐，只能让您自己的玉耳眷听。

安德鲁　"香雾""玉耳""眷听"，我已经学会了三句话了。

奥丽维娅　关上园门，让我们两人谈话。（托比、安德鲁、玛利娅同下）把你的手给我，先生。

薇奥拉　小姐，我愿意奉献我的绵薄之力为您效劳。

奥丽维娅　你叫什么名字？

薇奥拉　您仆人的名字是西萨里奥，美貌的公主。

奥丽维娅　我的仆人，先生！自从假作卑恭认为是一种恭维之后，世界上从此不曾有过乐趣。你是奥西诺公爵的仆人，年轻人。

薇奥拉　他是您的仆人，他的仆人自然也是您的仆人；您的仆人的仆人便是您的仆人，小姐。

奥丽维娅　我不高兴想他；我希望他心里空无所有，不要充满着我。

薇奥拉　小姐，我来是要替他说动您那颗温柔的心。

奥丽维娅　啊！对不起，请你不要再提起他了。可是如果你肯为另外一个人求爱,我愿意听你的请求,胜过于听天乐。

薇奥拉　亲爱的小姐——

奥丽维娅　对不起,让我说句话。上次你到这儿来把我迷醉了之后,我叫人拿了个戒指追你;我欺骗了我自己,欺骗了我的仆人,也许欺骗了你;我用那种无耻的狡狯把你明知道不属于你的东西强纳在你手里,一定会使你看不起我。你会怎样想呢?你不曾把我的名誉拴在桩柱上,让你那残酷的心所想得到的一切思想恣意地把它虐弄吧?像你这样敏慧的人,我已经表示得太露骨了;掩藏着我的心事的,只是一层薄薄的蝉纱。所以,让我听你的意见吧。

薇奥拉　我可怜你。

奥丽维娅　那是到达恋爱的一个阶段。

薇奥拉　不,此路不通,我们对敌人也往往会发生怜悯,这是常有的经验。

奥丽维娅　啊,听了你的话,我倒是又要笑起来了。世界啊!微贱的人多么容易骄傲!要是做了俘虏,那么落于狮子的爪下比之豺狼的吻中要幸运多少啊!(钟鸣)时钟在谴责我把时间浪费。别担心,好孩子,我不会留住你。可是等到才情和青春成熟之后,你的妻子将会收获到一个出色的男人。向西是你的路。

薇奥拉　那么向西开步走!愿小姐称心如意!您没有什么话要我向我的主人说吗,小姐?

奥丽维娅　且慢,请你告诉我你以为我这人怎样?

薇奥拉　我以为你以为你不是你自己。

奥丽维娅　要是我以为这样,我以为你也是这样。

薇奥拉　你猜想得不错,我不是我自己。

奥丽维娅　我希望你是我所希望于你的那种人!

薇奥拉　那是不是比现在的我要好些,小姐?我希望好一些,因为现在我不过是你的弄人。

奥丽维娅　唉!他嘴角的轻蔑和怒气,
　　　　　冷然的神态可多么美丽!
　　　　　爱比杀人重罪更难隐藏;
　　　　　爱的黑夜有中午的阳光。
　　　　　西萨里奥,凭着春日蔷薇、
　　　　　贞操、忠信与一切,我爱你
　　　　　这样真诚,不顾你的骄傲,
　　　　　理智拦不住热情的宣告。
　　　　　别以为我这样向你求情,
　　　　　你就可以无须再献殷勤;
　　　　　须知求得的爱虽费心力,
　　　　　不劳而获的更应该珍惜。

薇奥拉　我起誓,凭着天真与青春,
　　　　我只有一条心一片忠诚,
　　　　没有女人能够把它占有,
　　　　只有我是我自己的君后。
　　　　别了,小姐,我从此不再来
　　　　为我主人向你苦苦陈哀。

奥丽维娅　你不妨再来,也许能感动
　　　　　我释去憎嫌把感情珍重。(同下。)

第二场　奥丽维娅宅中一室

托比·培尔契爵士，安德鲁·艾古契克爵士及费边上。

安德鲁　不，真的，我再不能住下去了。

托比　为什么呢，恼火的朋友？说出你的理由来。

费边　是啊，安德鲁爵士，您得说出个理由来。

安德鲁　嘿，我见你的侄小姐对待那个公爵的用人比之待我好得多；我在花园里瞧见的。

托比　她那时也看见你吗，老兄？告诉我。

安德鲁　就像我现在看见你一样明白。

费边　那正是她爱您的一个很好的证据。

安德鲁　啐！你把我当作一头驴子吗？

费边　大人，我可以用判断和推理来证明这句话的不错。

托比　说得好，判断和推理在挪亚①还没有上船以前，已经就当上陪审官了。

费边　她当着您的脸对那个少年表示殷勤，是要叫您发急，唤醒您那打瞌睡的勇气，给您的心里燃起火来，在您的肝脏里加点儿硫黄罢了。您那时就该走上去向她招呼，说几句崭新的俏皮话儿叫那年轻人哑口无言。她盼望您这样，可是您却大意错过了。您放过了这么一个大好的机会，我的小姐自然要冷淡您啦；您目前在她心里的地位就像挂在荷兰人胡须上的冰柱一样，除非您能用勇气或是手段干出一些出色的勾当，才可以挽回过来。

---

① 挪亚（Noah）及其方舟的故事，见《圣经·创世记》第六章。

安德鲁　无论如何，我宁愿用勇气；因为我顶讨厌使手段。叫我做个政客，还不如做个布朗派①的教徒。

托比　好啊，那么把你的命运建筑在勇气上吧。给我去向那公爵差来的少年挑战，在他身上戳十来个窟窿，我的侄女一定会注意到。你可以相信，世上没有一个媒人会比一个勇敢的名声更能说动女人的心了。

费边　此外可没有别的办法了，安德鲁大人。

安德鲁　你们谁肯替我向他下战书？

托比　快去用一手虎虎有威的笔法写起来；要干脆简单；不用说俏皮话，只要言之成理，别出心裁就得了。尽你的笔墨所能把他嘲骂；要是你把他"你"啊"你"的"你"了三四次，那不会有错；再把纸上写满了谎，即使你的纸大得足以铺满英国威尔地方的那张大床②。快去写吧。把你的墨水里掺满着怨毒，虽然你用的是一支鹅毛笔。去吧。

安德鲁　我到什么地方来见你们？

托比　我们会到你房间里来看你；去吧。（安德鲁下。）

费边　这是您的一个宝货，托比老爷。

托比　我倒累他破费过不少呢，孩儿，约莫有两千多块钱的样子。

费边　我们就可以看到他的一封妙信了。可是您不会给他送去的吧？

托比　要是我不送去，你别相信我；我一定要把那年轻人激出一个回音来。我想就是叫牛儿拉着车绳也拉不拢他们两人在一起。你把安德鲁解剖开来，要是能在他肝脏里找得出一滴可以沾湿一只跳蚤的脚的血，我愿意把他那副臭皮囊吃下去。

费边　他那个对头的年轻人，照那副相貌看来，也不像是会下辣

---

① 英国伊丽莎白时代清教徒布朗（Robert Browne）所创的教派。

② 该床方十一英尺，今尚存。

手的。

托比　瞧，一窠九只的鹡鸰中顶小的一只来了。

　　　　玛利娅上。

玛利娅　要是你们愿意捧腹大笑，不怕笑到腰酸背痛，那么跟我来吧。那只蠢鹅马伏里奥已经信了邪道，变成一个十足的异教徒了；因为没有一个相信正道而希望得救的基督徒，会做出这种丑恶不堪的奇形怪状来的。他穿着黄袜子呢。

托比　袜带是十字交叉的吗？

玛利娅　再难看不过的了，就像个在寺院里开学堂的塾师先生。我像是他的刺客一样紧跟着他。我故意掉下来诱他的那封信上的话，他每一句都听从；他笑容满面，脸上的皱纹比增添了东印度群岛的新地图上的线纹还多。你们从来不曾见过这样一个东西；我真忍不住要向他丢东西过去。我知道小姐一定会打他；要是她打了他，他一定仍然会笑，以为是一件大恩典。

托比　来，带我们去，带我们到他那儿去。（同下。）

第三场　街道

　　　　西巴斯辛及安东尼奥上。

西巴斯辛　我本来不愿意麻烦你；可是你既然这样欢喜自己劳碌，那么我也不再向你多话了。

安东尼奥　我抛不下你；我的愿望比磨过的刀还要锐利地驱迫着我。虽然为了要看见你，再远的路我也会跟着你去；可并不全然为着这个理由：我担心你在这些地方是个陌生人，路上也许会碰到些什么；一路没人领导没有朋友的异乡客，出门总有许多不方便。我的诚心的爱,再加上这样使我忧虑的理由,迫使我来追赶你。

西巴斯辛　我的善良的安东尼奥,除了感谢、感谢、永远的感谢之外,再没有别的话好回答你了。一件好事常常只换得一声空口的道谢;可是我的钱财假如能跟我的衷心的感谢一样多,你的好心一定不会得不到重重的酬报。我们干些什么呢?要不要去瞧瞧这城里的古迹?

安东尼奥　明天吧,先生;还是先去找个下处。

西巴斯辛　我并不疲倦,到天黑还有许多时候呢;让我们去瞧瞧这儿的名胜,一饱眼福吧。

安东尼奥　请你原谅我;我在这一带街道上走路是冒着危险的。从前我曾经参加海战,和公爵的舰队作过对;那时我很立了一点功,假如在这儿给捉到了,可不知要怎样抵罪哩。

西巴斯辛　大概你杀死了很多的人吧?

安东尼奥　我的罪名并不是这么一种杀人流血的性质;虽然照那时的情形和争执的激烈看来,很容易有流血的可能。本来把我们夺来的东西还给了他们,就可以和平解决了,我们城里大多数人为了经商,也都这样做了;可是我却不肯屈服:因此,要是我在这儿给捉到了的话,他们绝不会轻轻放过我。

西巴斯辛　那么你不要太出来招摇吧。

安东尼奥　那的确不大妥当。先生,这儿是我的钱袋,请你拿着吧。南郊的大象旅店是最好的下宿的地方,我先去订好膳宿;你可以在城里逛着见识见识,再到那边来见我好了。

西巴斯辛　为什么你要把你的钱袋给我?

安东尼奥　也许你会看中什么玩意儿想要买下;我知道你的钱不够买这些非急用的东西,先生。

西巴斯辛　好,我就替你保管你的钱袋;过一个钟头再见吧。

安东尼奥　在大象旅店。

西巴斯辛　我记得。（各下。）

第四场　奥丽维娅的花园

奥丽维娅及玛利娅上。

奥丽维娅　我已经差人去请他了。假如他肯来，我要怎样款待他呢？我要给他些什么呢？因为年轻人常常是买来的，而不是讨来或借来的。我说得太高声了。马伏里奥在哪儿呢？他这人很严肃，懂得规矩，以我目前的处境来说，很配做我的仆人。马伏里奥在什么地方？

玛利娅　他就来了，小姐；可是他的样子古怪得很。他一定给鬼迷了，小姐。

奥丽维娅　啊，怎么啦？他在说胡话吗？

玛利娅　不，小姐；他只是一味笑。他来的时候，小姐，您最好叫人保护着您，因为这人的神经有点不正常呢。

奥丽维娅　去叫他来。（玛利娅下。）
　　　　　他是痴汉，我也是个疯婆；
　　　　　他欢喜，我忧愁，一样糊涂。

玛利娅偕马伏里奥重上。

奥丽维娅　怎样，马伏里奥！

马伏里奥　亲爱的小姐，哈哈！

奥丽维娅　你笑吗？我要差你做一件正经事呢，别那么快活。

马伏里奥　不快活，小姐！我当然可以不快活，这种十字交叉的袜带扎得我血脉不通；可是那有什么要紧呢？只要能叫一个人看了欢喜，那就像诗上所说的"一人欢喜，人人欢喜"了。

奥丽维娅　什么，你怎么啦，家伙？究竟是怎么一回事？

马伏里奥　我的腿儿虽然是黄的，我的心儿却不黑。那信已经到了他的手里，命令一定要服从。我想那一手簪花妙楷我们都是认得出来的。

奥丽维娅　你还是睡觉去吧，马伏里奥。

马伏里奥　睡觉去！对了，好人儿；我一定奉陪。

奥丽维娅　上帝保佑你！为什么你这样笑着，还老是吻你的手？

玛利娅　您怎么啦，马伏里奥？

马伏里奥　多承见问！是的，夜莺应该回答乌鸦的问话。

玛利娅　您为什么当着小姐的面前这样放肆？

马伏里奥　"不用惧怕富贵，"写得很好！

奥丽维娅　你说那话是什么意思，马伏里奥？

马伏里奥　"有的人是生来的富贵，"——

奥丽维娅　嘿！

马伏里奥　"有的人是挣来的富贵，"——

奥丽维娅　你说什么？

马伏里奥　"有的人是送上来的富贵。"

奥丽维娅　上天保佑你！

马伏里奥　"记着谁曾经赞美过你的黄袜子，"——

奥丽维娅　你的黄袜子！

马伏里奥　"愿意看见你永远扎着十字交叉的袜带。"

奥丽维娅　扎着十字交叉的袜带！

马伏里奥　"好，只要你自己愿意，你就可以出头了，"——

奥丽维娅　我就可以出头了？

马伏里奥　"否则让我见你一生一世做个管家吧。"

奥丽维娅　哎哟，这家伙简直中了暑在发疯了。

　　　　一仆人上。

仆人　小姐，奥西诺公爵的那位青年使者回来了，我好容易才请他回来。他在等候着小姐的意旨。

奥丽维娅　我就去见他。（仆人下）好玛利娅，这家伙要好好看管。我的托比叔父呢？叫几个人加意留心着他；我宁可失掉我嫁妆的一半，也不希望看到他有什么意外。（奥丽维娅、玛利娅下。）

马伏里奥　啊，哈哈！你现在明白了吗？不叫别人，却叫托比爵士来照看我！我正合信上所说的：她有意叫他来，好让我跟他顶撞一下；因为她信里正要我这样。"脱去你卑恭的旧习；"她说，"对亲戚不妨分庭抗礼，对仆人不妨摆摆架子；你嘴里要鼓唇弄舌地谈些国家大事，装出一副矜持的样子；"随后还写着怎样装出一副严肃的面孔、庄重的举止、慢声慢气的说话腔调，学着大人先生的样子，诸如此类。我已经捉到她了；可是那是上帝的功劳，感谢上帝！而且她刚才临去的时候，她说，"这家伙要好好看管；"家伙！不说马伏里奥，也不照我的地位称呼我，而叫我家伙。哈哈，一切都符合，一点儿没有疑惑，一点儿没有阻碍，一点儿没有不放心的地方。还有什么好说呢？什么也不能阻止我达到我的全部的希望。好，干这种事情的是上帝，不是我，感谢上帝！

　　玛利娅偕托比·培尔契爵士及费边上。

托比　凭着神圣的名义，他在哪儿？要是地狱里的群鬼都缩小了身子，一起走进他的身体里去，我也要跟他说话。

费边　他在这儿，他在这儿。您怎么啦，大爷？您怎么啦，老兄？

马伏里奥　走开，我用不着你；别搅扰了我的安静。走开！

玛利娅　听，魔鬼在他嘴里说着鬼话了！我不是对您说过吗？托比老爷，小姐请您看顾看顾他。

马伏里奥　啊！啊！她这样说吗？

托比　好了，好了，别闹了吧！我们一定要客客气气对付他；让我一个人来吧。——你好，马伏里奥？你怎么啦？嘿，老兄！抵抗魔鬼呀！你想，他是人类的仇敌呢。

马伏里奥　你知道你在说些什么话吗？

玛利娅　你们瞧！你们一说了魔鬼的坏话，他就生气了。求求上帝，不要让他中了鬼迷才好！

费边　把他的小便送到巫婆那边去吧。

玛利娅　好，明天早晨一定送去。我的小姐舍不得他哩。

马伏里奥　怎么，姑娘！

玛利娅　主啊！

托比　请你别闹，这不是个办法；你不见你惹他生气了吗？让我来对付他。

费边　除了用软功之外，没有别的法子；轻轻地、轻轻地，魔鬼是个粗坯，你要跟他动粗是不行的。

托比　喂，怎么啦，我的好家伙！你好，好人儿？

马伏里奥　爵士！

托比　哦，小鸡，跟我来吧。嘿，老兄！跟魔鬼在一起玩可不对。该死的黑鬼！

玛利娅　叫他念祈祷，好托比老爷，叫他祈祷。

马伏里奥　念祈祷，小淫妇！

玛利娅　你们听着，跟他讲到关于上帝的话，他就听不进去了。

马伏里奥　你们全给我去上吊吧！你们都是些浅薄无聊的东西；我不是跟你们一样的人。你们就会知道的。（下。）

托比　有这等事吗？

费边　要是这种情形在舞台上表演起来，我一定要批评它捏造得出乎情理之外。

托比　这个计策已经把他迷得神魂颠倒了，老兄。

玛利娅　还是追上他去吧；也许这计策一漏了风，就会毁掉。

费边　哦，我们真的要叫他发起疯来。

玛利娅　那时屋子里可以清静些。

托比　来，我们要把他捆起来关在一间暗室里。我的侄女已经相信他疯了；我们可以这样依计而行，让我们开开心，叫他吃吃苦头。等到我们开腻了这玩笑，再向他发起慈悲来；那时我们宣布我们的计策，把你封作疯人的发现者。可是瞧，瞧！

　　　　安德鲁·艾古契克爵士上。

费边　又有别的花样来了。

安德鲁　挑战书已经写好在此，你读读看；念上去就像酸醋胡椒的味道呢。

费边　是这样厉害吗？

安德鲁　对了，我向他保证的；你只要读着好了。

托比　给我。（读）"年轻人，不管你是谁，你不过是个下贱的东西。"

费边　好，真勇敢！

托比　"不要吃惊，也不要奇怪为什么我这样称呼你，因为我不愿告诉你是什么理由。"

费边　一句很好的话，这样您就可以不受法律的攻击了。

托比　"你来见奥丽维娅小姐，她当着我的面把你厚待；可是你说谎，那并不是我要向你挑战的理由。"

费边　很简单明白，而且百分之百地——不通。

托比　"我要在你回去的时候埋伏着等候你；要是命该你把我杀死的话——"

费边　很好。

托比　"你便是个坏蛋和恶人。"

费边　您仍旧避过了法律方面的责任，很好。

托比　"再会吧；上帝超度我们两人中一人的灵魂吧！也许他会

超度我的灵魂；可是我比你有希望一些，所以你留心着自己吧。你的朋友（这要看你怎样对待他），和你的誓不两立的仇敌，安德鲁·艾古契克上。"——要是这封信不能激动他，那么他的两条腿也不能走动了。我去送给他。

玛利娅　您有很凑巧的机会；他现在正在跟小姐谈话，等会儿就要出来了。

托比　去，安德鲁大人，给我在园子角落里等着他，像个衙役似的；一看见他，便拔出剑来；一拔剑，就高声咒骂；一句可怕的咒骂，神气活现地从嘴里厉声发出来，比之真才实艺更能叫人相信他是个了不得的家伙。去吧！

安德鲁　好，骂人的事情我自己会。（下。）

托比　我可不去送这封信。因为照这位青年的举止看来，是个很有资格很有教养的人，否则他的主人不会差他来拉拢我的侄女的。这封信写得那么奇妙不通，一定不会叫这青年害怕；他一定会以为这是一个呆子写的。可是，老兄，我要口头去替他挑战，故意夸张艾古契克的勇气，让这位仁兄相信他是个勇猛暴躁的家伙；我知道他那样年轻一定会害怕起来的。这样他们两人便会彼此害怕，就像眼光能杀人的毒蜥蜴似的，两人一照面，就都呜呼哀哉了。

费边　他和您的侄小姐来了；让我们回避他们，等他告别之后再追上去。

托比　我可以想出几句可怕的挑战话儿来。（托比、费边、玛利娅下。）

　　　　奥丽维娅偕薇奥拉重上。

奥丽维娅　我对一颗石子样的心太多费唇舌了，鲁莽地把我的名誉下了赌注。我心里有些埋怨自己的错；可是那是个极其倔强的错，埋怨只能招它一阵讪笑。

薇奥拉　我主人的悲哀也正和您这种痴情的样子相同。

奥丽维娅　拿着，为我的缘故把这玩意儿戴在你身上吧，那上面有我的小像。不要拒绝它，它不会多话讨你厌的。请你明天再过来。你无论向我要什么，只要于我的名誉没有妨碍，我都可以给你。

薇奥拉　我向您要的，只是请您把真心的爱给我的主人。

奥丽维娅　那我已经给了你了，怎么还能凭着我的名誉再给他呢？

薇奥拉　我可以奉还给你。

奥丽维娅　好，明天再来吧。

　　　　　再见！像你这样一个恶魔，

　　　　　我甘愿被你向地狱里拖。（下。）

　　　　托比·培尔契爵士及费边重上。

托比　先生，上帝保佑你！

薇奥拉　上帝保佑您，爵士！

托比　准备着防御吧。我不知道你做了什么对不起他的事情；可是你那位对头满心怀恨，一股子的杀气在园子尽头等着你呢。拔出你的剑来，赶快预备好；因为你的敌人是个敏捷精明而可怕的人。

薇奥拉　您弄错了，爵士，我相信没人会跟我争吵；我完全不记得我曾经得罪过什么人。

托比　你会知道事情是恰恰相反的，我告诉你；所以要是你看重你的生命的话，留点神吧；因为你的冤家年轻力壮，武艺不凡，火气又那么大。

薇奥拉　请问爵士，他是谁呀？

托比　他是个不靠军功而受封的骑士；可是跟人吵起架来，那简直是个魔鬼：他已经叫三个人的灵魂出壳了。现在他的怒气已经一发而不可收拾，非把人杀死送进坟墓里去决不甘心。

他的格言是不管三七二十一，拼个你死我活。

薇奥拉　我要回到府里去请小姐派几个人给我保镖。我不会跟人打架。我听说有些人故意向别人寻事，试验他们的勇气；这个人大概也是这一类的。

托比　不，先生，他的发怒是有充分理由的，因为你得罪了他；所以你还是上去答应他的要求吧。你不能回到屋子里去，除非你在没有跟他交手之前先跟我比个高低。横竖都得冒险，你何必不去会会他呢？所以上去吧，把你的剑赤条条地拔出来；无论如何你非得动手不可，否则以后你再不用带剑了。

薇奥拉　这真是既无礼又古怪。请您帮我一下忙，去问问那骑士我得罪了他什么。那一定是我偶然的疏忽，绝不是有意的。

托比　我就去问他。费边先生，你陪着这位先生等我回来。（下。）

薇奥拉　先生，请问您知道这是怎么一回事吗？

费边　我知道那骑士对您很不乐意，抱着拼命的决心；可是详细的情形却不知道。

薇奥拉　请您告诉我他是个什么样子的人？

费边　照他的外表上看起来，并没有什么惊人的地方；可是您跟他一交手，就知道他的厉害了。他，先生，的确是您在伊利里亚无论哪个地方所碰得到的最有本领、最凶狠、最厉害的敌手。您就过去见他好不好？我愿意替您跟他讲和，要是能够的话。

薇奥拉　那多谢您了。我是个宁愿亲近教士不愿亲近骑士的人；我这副小胆子，即使让别人知道了，我也不在乎。（同下。）

　　　托比及安德鲁重上。

托比　嘿，老兄，他才是个魔鬼呢；我从来不曾见过这么一个泼货。我跟他连剑带鞘较量了一回，他给我这么致命的一刺，简直无从招架；至于他还起手来，那简直像是你的脚踏在地上一样万无一失。他们说他曾经在波斯王宫里当过剑师。

安德鲁　糟了！我不高兴跟他动手。

托比　好，但是他可不肯甘休呢；费边在那边简直拦不住他。

安德鲁　该死！早知道他有这种本领，我再也不去惹他的。假如他肯放过这回，我情愿把我的灰色马儿送给他。

托比　我去跟他说去。站在这儿，摆出些威势来；这件事情总可以和平了结的。（旁白）你的马儿少不得要让我来骑，你可大大地给我捉弄了。

　　　　费边及薇奥拉重上。

托比　（向费边）我已经叫他把他的马儿送上议和。我已经叫他相信这孩子是个魔鬼。

费边　他也是十分害怕他，吓得心惊肉跳脸色发白，像是一头熊追在背后似的。

托比　（向薇奥拉）没有法子，先生；他因为已经发过了誓，非得跟你决斗一下不可。他已经把这回吵闹考虑过，认为起因的确是微不足道的；所以为了他所发的誓起见，拔出你的剑来吧，他声明他不会伤害你的。

薇奥拉　（旁白）求上帝保佑我！一点点事情就会给他们知道我是不配当男人的。

费边　要是你见他势不可当，就让让他吧。

托比　来，安德鲁爵士，没有办法，这位先生为了他的名誉起见，不得不跟你较量一下，按着决斗的规则，他不能规避这一回事；可是他已经答应我，因为他是个堂堂君子又是个军人，他不会伤害你的。来吧，上去！

安德鲁　求上帝让他不要背誓！（拔剑。）

薇奥拉　相信我，这全然不是出于我的本意。（拔剑。）

　　　　安东尼奥上。

安东尼奥　放下你的剑。要是这位年轻的先生得罪了你,我替他担个不是;要是你得罪了他,我可不肯对你甘休。(拔剑。)

托比　你,朋友!咦,你是谁呀?

安东尼奥　先生,我是他的好朋友;为了他的缘故,无论什么事情说得出的便做得到。

托比　好吧,你既然这样喜欢管人家的闲事,我就奉陪了。(拔剑。)

费边　啊,好托比老爷,住手吧!警官们来了。

托比　过会儿再跟你算账。

薇奥拉　(向安德鲁)先生,请你放下你的剑吧。

安德鲁　好,放下就放下,朋友;我可以向你担保,我的话说过就算数。那匹马你骑起来准很舒服,它也很听话。

　　　二警吏上。

警吏甲　就是这个人;执行你的任务吧。

警吏乙　安东尼奥,我奉奥西诺公爵之命来逮捕你。

安东尼奥　你看错人了,朋友。

警吏甲　不,先生,一点没有错。我很认识你的脸,虽然你现在头上不戴着水手的帽子。——把他带走,他知道我认识他的。

安东尼奥　我只好服从。(向薇奥拉)这场祸事都是因为要来寻找你而起;可是没有办法,我必得服罪。现在我不得不向你要回我的钱袋了,你预备怎样呢?叫我难过的倒不是我自己的遭遇,而是不能给你尽一点力。你吃惊吗?请你宽心吧。

警吏乙　来,朋友,去吧。

安东尼奥　那笔钱我必须向你要几个。

薇奥拉　什么钱,先生?为了您在这儿对我的好意相助,又看见您现在的不幸,我愿意尽我的微弱的力量借给您几个钱;我是个穷小子,这儿随身带着的钱,可以跟您平分。拿着吧,这是我一半的家私。

安东尼奥 你现在不认识我了吗？难道我给你的好处不能使你心动吗？别看着我倒霉好欺侮，要是激起我的性子来，我也会不顾一切，向你一一数说你的忘恩负义的。

薇奥拉 我一点不知道；您的声音相貌我也完全不认识。我痛恨人们的忘恩，比之痛恨说谎、虚荣、饶舌、酗酒，或是其他存在于脆弱的人心中的陷入的恶德还要厉害。

安东尼奥 唉，天哪！

警吏乙 好了，对不起，朋友，走吧。

安东尼奥 让我再说句话，你们瞧这个孩子，他是我从死神的掌握中夺了来的，我用神圣的爱心照顾着他；我以为他的样子是个好人，才那样看重着他。

警吏甲 那跟我们有什么相干呢？别耽误了时间，去吧！

安东尼奥 可是唉！这个天神一样的人，原来却是个邪魔外道！西巴斯辛，你未免太羞辱了你这副好相貌了。

　　　　心上的瑕疵是真的垢污；
　　　　无情的人才是残废之徒。
　　　　善即是美；但美丽的奸恶，
　　　　是魔鬼雕就文采的空椟。

警吏甲 这家伙发疯了；带他去吧！来，来，先生。

安东尼奥 带我去吧。（警吏带安东尼奥下。）

薇奥拉 他的话儿句句发自衷肠；
　　　　他坚持不疑，我意乱心慌。
　　　　但愿想象的事果真不错，
　　　　是他把妹妹错认作哥哥！

托比 过来，骑士；过来，费边；让我们悄悄地讲几句聪明话。

薇奥拉 他说起西巴斯辛的名字，
　　　　我哥哥正是我镜中影子，

　　　　兄妹俩生就一般的形状，
　　　　再加上穿扮得一模一样；
　　　　但愿暴风雨真发了慈心，
　　　　无情的波浪变作了多情！（下。）

托比　好一个刁滑的卑劣的孩子，比兔子还胆怯！他坐视朋友危急而不顾，还要装作不认识，可见他刁恶的一斑，至于他的胆怯呢，问费边好了。

费边　一个懦夫，一个把怯懦当神灵一样敬奉的懦夫。

安德鲁　他妈的，我要追上去把他揍一顿。

托比　好，把他狠狠地揍一顿，可是别拔出你的剑来。

安德鲁　要是我不——（下。）

费边　来，让我们去瞧去。

托比　我可以赌无论多少钱，到头来不会有什么事发生的。（同下。）

第四幕

第一场　奥丽维娅宅旁街道

　　西巴斯辛及小丑上。

小丑　你要我相信我不是差来请你的吗？

西巴斯辛　算了吧，算了吧，你是个傻瓜；给我走开去。

小丑　装腔装得真好！是的，我不认识你；我的小姐也不会差我来请你去讲话；你的名字也不是西萨里奥大爷。什么都不是。

西巴斯辛　请你到别处去大放厥词吧；你又不认识我。

小丑　大放厥词！他从什么大人物那儿听了这句话，却来用在一个傻瓜身上。大放厥词！我担心整个痴愚的世界都要装腔作态起来了。请你别那么怯生生的，告诉我应当向我的小姐放些什么"厥词"。要不要对她说你就来？

西巴斯辛　傻东西，请你走开吧；这儿有钱给你；要是你再不去，我可就要不客气了。

小丑　真的，你倒是很慷慨。这种聪明人把钱给傻子，就像用十四年的收益来买一句好话。

　　安德鲁上。

安德鲁　呀，朋友，我又碰见你了吗？吃这一下。（击西巴斯辛。）

西巴斯辛　怎么，给你尝尝这一下，这一下，这一下！（打安德鲁）所有的人们都疯了吗？

　　　　　托比及费边上。

托比　停住，朋友，否则我要把你的刀子摔到屋子里去了。

小丑　我就去把这事告诉我的小姐。我不愿凭两便士就代人受过。（下。）

托比　（拉西巴斯辛）算了，朋友，住手吧。

安德鲁　不，让他去吧。我要换一个法儿对付他。要是伊利里亚是有法律的话，我要告他非法殴打的罪；虽然是我先动手，可是那没有关系。

西巴斯辛　放下你的手！

托比　算了吧，朋友，我不能放走你。来，我的青年的勇士，放下你的家伙。你打架已经打够了；来吧。

西巴斯辛　你别想抓住我。（挣脱）现在你要怎样？要是你有胆子的话，拔出你的剑来吧。

托比　什么！什么！那么我倒要让你流几滴莽撞的血呢。（拔剑。）

　　　　　奥丽维娅上。

奥丽维娅　住手，托比！我命令你！

托比　小姐！

奥丽维娅　有这等事吗？忘恩的恶人！只配住在从来不懂得礼貌的山林和洞窟里的。滚开！——别生气，亲爱的西萨里奥。——莽汉，走开！（托比、安德鲁、费边同下）好朋友，你是个有见识的人，这回的惊扰实在太失礼、太不成话了，请你不要生气。跟我到舍下去吧；我可以告诉你这个恶人曾经多少次无缘无故地惹是招非，你听了就可以把这回事情一笑置之了。你一定要去的；

　　　　　　别推托！他灵魂该受天戮，
　　　　　　为你惊起了我心头小鹿。
西巴斯辛　滋味难名，不识其中奥妙；
　　　　　　是疯眼昏迷？是梦魂颠倒？
　　　　　　愿心魂永远在忘河沉浸；
　　　　　　有这般好梦再不须梦醒！
奥丽维娅　请你来吧；你得听我的话。
西巴斯辛　小姐，遵命。
奥丽维娅　但愿这回非假！（同下。）

第二场　奥丽维娅宅中一室

　　　　玛利娅及小丑上；马伏里奥在相接的暗室内。
玛利娅　哦，我请你把这件袍子穿上，这把胡须套上，让他相信你是副牧师托巴斯师傅。快些，我就去叫托比老爷来。（下。）
小丑　好，我就穿起来，假装一下；我希望我是第一个扮作这种样子的。我的身材不够高，穿起来不怎么神气；略为胖一点，也不像个用功念书的：可是给人称赞一声是个老实汉子和很好的当家人，也就跟一个用心思的读书人一样好了。——那两个同党的来了。

　　　　托比·培尔契爵士及玛利娅上。
托比　上帝祝福你，牧师先生！
小丑　早安，托比大人！目不识丁的布拉格的老隐士曾经向高波杜克王的侄女说过这么一句聪明话："是什么，就是什么。"因此，我既是牧师先生，也就是牧师先生；因为"什么"即是"什么"，"是"即是"是"。

托比　走过去，托巴斯师傅。

小丑　呃哼，喂！这监狱里平安呀！

托比　这小子装得很像，好小子。

马伏里奥　（在内）谁在叫？

小丑　副牧师托巴斯师傅来看疯人马伏里奥来了。

马伏里奥　托巴斯师傅，托巴斯师傅，托巴斯好师傅，请您到我小姐那儿去一趟。

小丑　滚你的，胡言乱道的魔鬼！瞧这个人给你缠得这样子！只晓得嚷小姐吗？

托比　说得好，牧师先生。

马伏里奥　（在内）托巴斯师傅，从来不曾有人给人这样冤枉过。托巴斯好师傅，别以为我疯了。他们把我关在这个暗无天日的地方。

小丑　啐，你这不老实的撒旦！我用最客气的称呼叫你，因为我是个最有礼貌的人，即使对于魔鬼也不肯失礼。你说这屋子是黑的吗？

马伏里奥　像地狱一样，托巴斯师傅。

小丑　嘿，它的凸窗像壁垒一样透明，它的向着南北方的顶窗像乌木一样发光呢；你还说看不见吗？

马伏里奥　我没有发疯，托巴斯师傅。我对您说，这屋子是黑的。

小丑　疯子，你错了。我对你说，世间并无黑暗，只有愚昧。埃及人在大雾中辨不清方向，还不及你在愚昧里那样发昏。

马伏里奥　我说，这座屋子简直像愚昧一样黑暗，即使愚昧是像地狱一样黑暗。我说，从来不曾有人给人这样欺侮过。我并不比您更疯；您不妨提出几个合理的问题来问我，试试我疯不疯。

小丑　毕达哥拉斯对于野鸟有什么意见？

马伏里奥 他说我们祖母的灵魂也许曾经在鸟儿的身体里寄住过。

小丑 你对于他的意见觉得怎样？

马伏里奥 我认为灵魂是高贵的，绝对不赞成他的说法。

小丑 再见，你在黑暗里住下去吧。等到你赞成了毕达哥拉斯的说法之后，我才可以承认你的头脑健全。留心别打山鹬，因为也许你要害得你祖母的灵魂流离失所了。再见。

马伏里奥 托巴斯师傅！托巴斯师傅！

托比 我的了不得的托巴斯师傅！

小丑 嘿，我可真是多才多艺呢。

玛利娅 你就是不挂胡须不穿道袍也没有关系；他又看不见你。

托比 你再用你自己的口音去对他说话；怎样的情形再来告诉我。我希望这场恶作剧快快告个段落。要是不妨把他释放，我看就放了他吧；因为我已经大大地失去了我侄女的欢心，倘把这玩意儿尽管闹下去，恐怕不大妥当。等会儿到我的屋子里来吧。（托比、玛利娅下。）

小丑

　　嗨，罗宾，快活的罗宾哥，
　　问你的姑娘近况如何。

马伏里奥 傻子！

小丑

　　不骗你，她心肠有点硬。

马伏里奥 傻子！

小丑

　　唉，为了什么原因，请问？

马伏里奥 喂，傻子！

小丑

　　她已经爱上了别人。

——嘿！谁叫我？

马伏里奥　好傻子，谢谢你给我拿一支蜡烛、笔、墨水和纸张来，以后我不会亏待你的。君子不扯谎，我永远感你的恩。

小丑　马伏里奥大爷吗？

马伏里奥　是的，好傻子。

小丑　唉，大爷，您怎么会发起疯来呢？

马伏里奥　傻子，从来不曾有人给人这样欺侮过。我的头脑跟你一样清楚呢，傻子。

小丑　跟我一样？那么您真的是疯了，要是您的头脑跟傻子差不多。

马伏里奥　他们把我当作一件家具看待，把我关在黑暗里，差牧师们——那些蠢驴子！——来看我，千方百计想把我弄昏了头。

小丑　您说话留点神吧；牧师就在这儿呢。——马伏里奥，马伏里奥，上天保佑你明白过来吧！好好地睡睡觉儿，别噜里噜苏地讲空话。

马伏里奥　托巴斯师傅！

小丑　别跟他说话，好伙计。——谁？我吗，师傅？我可不要跟他说话哩，师傅。上帝和您同在，好托巴斯师傅！——呃，阿门！——好的，师傅，好的。

马伏里奥　傻子，傻子，傻子，我对你说！

小丑　唉，大爷，您耐心吧！您怎么说，师傅？——师傅怪我跟您说话哩。

马伏里奥　好傻子，给我拿一点儿灯火和纸张来。我对你说，我跟伊利里亚无论哪个人一样头脑清楚呢。

小丑　唉，我巴不得这样呢，大爷！

马伏里奥　我可以举手发誓我没有发疯。好傻子，拿墨水、纸和灯火来；我写好之后，你去替我送给小姐。你送了这封信去，一定会到手一笔空前的大赏赐的。

小丑　我愿意帮您的忙。但是老实告诉我，您是不是真的疯了，还是装疯？

马伏里奥　相信我，我没有发疯，我老实告诉你。

小丑　嘿，我可信不过一个疯子的话，除非我能看见他的脑子。我去给您拿蜡烛、纸和墨水。

马伏里奥　傻子，我一定会重重报答你。请你去吧。

小丑

　　　　大爷我去了，

　　　　请您不要吵，

　　　　不多一会的时光，

　　　　小鬼再来见魔王；

　　　　手拿木板刀，

　　　　胸中如火烧，

　　　　向着魔鬼打哈哈，

　　　　样子像个疯娃娃：

　　　　爹爹不要恼，

　　　　给您剪指爪，

　　　　再见，我的魔王爷！（下。）

第三场　奥丽维娅的花园

西巴斯辛上。

西巴斯辛　这是空气；那是灿烂的太阳；这是她给我的珍珠，我看得见也摸得到：虽然怪事这样包围着我，然而却不是疯狂。

那么安东尼奥到哪儿去了呢？我在大象旅店里找不到他；可是他曾经到过那边，据说他到城中各处寻找我去了。现在我很需要他的指教；因为虽然我心里很觉得这也许是出于错误，而并非是一种疯狂的举动，可是这种意外和飞来的好运太有些未之前闻，无可理解了，我简直不敢相信我的眼睛；无论我的理智怎样向我解释，我总觉得不是我疯了便是这位小姐疯了。可是，真是这样的话，她一定不会那样井井有条，神气那么端庄地操持她的家务，指挥她的仆人，料理一切的事情，如同我所看见的那样。其中一定有些蹊跷。她来了。

　　　　奥丽维娅及一牧师上。

奥丽维娅　不要怪我太性急。要是你没有坏心肠的话，现在就跟我和这位神父到我家的礼拜堂里去吧；当着他的面前，在那座圣堂的屋顶下，你要向我充分证明你的忠诚，好让我小气的、多疑的心安定下来。他可以保守秘密，直到你愿意宣布出来按照着我的身份的婚礼将在什么时候举行。你说怎样？

西巴斯辛　我愿意跟你们两位前往；
　　　　　立过的盟誓永没有欺罔。

奥丽维娅　走吧，神父；但愿天公作美，
　　　　　一片阳光照着我们酣醉！（同下。）

第五幕

第一场　奥丽维娅宅前街道

　　　　小丑及费边上。

费边　看在咱们交情的分上，让我瞧一瞧他的信吧。

小丑　好费边先生，允许我一个请求。

费边　尽管说吧。

小丑　别向我要这封信看。

费边　这就是说，把一条狗给了人，要求的代价是，再把那条狗要还。

　　　　公爵、薇奥拉、丘里奥及侍从等上。

公爵　朋友们，你们是奥丽维娅小姐府中的人吗？

小丑　是的，殿下；我们是附属于她的一两件零星小物。

公爵　我认识你；你好吗，我的好朋友？

小丑　不瞒您说，殿下，我的仇敌使我好些，我的朋友使我坏些。

公爵　恰恰相反，你的朋友使你好些。

小丑　不，殿下，坏些。

公爵　为什么呢？

小丑　呃，殿下，他们称赞我，把我当作驴子一样愚弄；可是我的仇敌却坦白地告诉我说我是一头驴子；因此，殿下，多亏我的仇敌我才能明白我自己，我的朋友却把我欺骗了；因此，结论就像接吻一样，说四声"不"就等于说两声"请"，这样一来，当然是朋友使我坏些，仇敌使我好些了。

公爵　啊，这说得好极了！

小丑　凭良心说，殿下，这一点不好；虽然您愿意做我的朋友。

公爵　我不会使你坏些；这儿是钱。

小丑　倘不是恐怕犯了骗人钱财的罪名，殿下，我倒希望您把它再加一倍。

公爵　啊，你给我出的好主意。

小丑　把您的慷慨的手伸进您的袋里去，殿下；只这一次，不要犹疑吧。

公爵　好吧，我姑且来一次罪上加罪，拿去。

小丑　掷骰子有么二三；古话说，"一不做，二不休，三回才算数"；跳舞要用三拍子；您只要听圣班纳特教堂的钟声好了，殿下——一，二，三。

公爵　你这回可骗不动我的钱了。要是你愿意去对你小姐说我在这儿要见她说话，同着她到这儿来，那么也许会再唤醒我的慷慨来的。

小丑　好吧，殿下，给您的慷慨唱个安眠歌，等着我回来吧。我去了，殿下；可是我希望您明白我的要钱并不是贪财。好吧，殿下，就照您的话，让您的慷慨打个盹儿，我等一会儿再来叫醒他吧。（下。）

薇奥拉　殿下，这儿来的人就是打救了我的。

　　　　安东尼奥及警吏上。

公爵　他那张脸我记得很清楚；可是上次我见他的时候，他脸上涂得黑黑的，就像烽烟里的乌尔冈一样。他是一只吃水量和体积都很小的舰上的舰长，可是却使我们舰队中最好的船只大遭损失，就是心怀嫉恨的、给他打败的人也不得不佩服他。为了什么事？

警吏　启禀殿下，这就是在坎迪地方把"凤凰号"和它的货物劫了去的安东尼奥；也就是在"猛虎号"上把您的侄公子泰特斯削去了腿的那人。我们在这儿的街道上看见他穷极无赖，在跟人家打架，因此抓了来了。

薇奥拉　殿下，他曾经拔刀相助，帮过我忙，可是后来却对我说了一番奇怪的话，似乎发了疯似的。

公爵　好一个海盗！在水上行窃的贼徒！你怎么敢凭着你的愚勇，投身到被你用血肉和巨量的代价结下冤仇的人们的手里呢？

安东尼奥　尊贵的奥西诺，请许我洗刷去您给我的称呼；安东尼奥从来不曾做过海盗或贼徒，虽然我有充分的理由和原因承认我是奥西诺的敌人。一种魔法把我吸引到这儿来。在您身边的那个最没有良心的孩子，是我从汹涌的怒海的吞噬中救了出来的，否则他已经毫无希望了。我给了他生命，又把我的友情无条件地完全给了他；为了他的缘故，纯粹出于爱心，我冒着危险出现在这个敌对的城里，见他给人包围了，就拔剑相助；可是我遭了逮捕，他的狡恶的心肠因恐我连累他受罪，便假装不认识我，一霎眼就像已经暌违了二十年似的，甚至于我在半点钟前给他任意使用的我自己的钱袋，也不肯还给我。

薇奥拉　怎么会有这种事呢？

公爵　他在什么时候到这城里来的？

安东尼奥　今天，殿下；三个月来，我们朝朝夜夜都在一起，不曾有一分钟分离过。

奥丽维娅及侍从等上。

公爵　这里来的是伯爵小姐，天神降临人世了！——可是你这家伙，完全在说疯话；这孩子已经侍候我三个月了。那种话等会儿再说吧。把他带到一旁去。

奥丽维娅　殿下有什么下示？除了断难遵命的一件事之外，凡是奥丽维娅力量所能及的，一定愿意效劳。——西萨里奥，你失了我的约啦。

薇奥拉　小姐！

公爵　温柔的奥丽维娅！——

奥丽维娅　你怎么说，西萨里奥？——殿下——

薇奥拉　我的主人要跟您说话；地位关系我不能开口。

奥丽维娅　殿下，要是您说的仍旧是那么一套，我可已经听厌了，就像奏过音乐以后的叫号一样令人不耐。

公爵　仍旧是那么残酷吗？

奥丽维娅　仍旧是那么坚定，殿下。

公爵　什么，坚定得不肯改变一下你的乖僻吗？你这无礼的女郎！向着你的无情的不仁的祭坛，我的灵魂已经用无比的虔诚吐露出最忠心的献礼。我还有什么办法呢？

奥丽维娅　办法就请殿下自己斟酌吧。

公爵　假如我狠得起那么一条心，为什么我不可以像临死时的埃及大盗①一样，把我所爱的人杀死了呢？蛮性的嫉妒有时也带着几分高贵的气质。但是你听着我吧：既然你漠视我的诚意，我也有些知道谁在你的心中夺去了我的位置，你就继续做你的铁石心肠的暴君吧；可是你所爱着的这个宝贝，我当天发

---

① 见赫利俄多洛斯（Heliodorus）所著希腊浪漫故事《埃塞俄比亚人》（Ethiopica）。

誓我曾经那样宠爱着他，我要把他从你的那双冷酷的眼睛里除去，免得他傲视他的主人。来，孩子，跟我来。我的恶念已经成熟：

  我要牺牲我钟爱的羔羊，

  白鸽的外貌乌鸦的心肠。（走。）

薇奥拉 我甘心愿受一千次死罪，

  只要您的心里得到安慰。（随行。）

奥丽维娅 西萨里奥到哪儿去？

薇奥拉 追随我所爱的人，

  我爱他甚于生命和眼睛，

  远过于对于妻子的爱情。

  愿上天鉴察我一片诚挚，

  倘有虚谎我决不辞一死！

奥丽维娅 哎哟，他厌弃了我！我受了欺骗了！

薇奥拉 谁把你欺骗？谁给你受气？

奥丽维娅 才不久你难道已经忘记？——请神父来。（一侍从下。）

公爵 （向薇奥拉）去吧！

奥丽维娅 到哪里去，殿下？西萨里奥，我的夫，别去！

公爵 你的夫？

奥丽维娅 是的，我的夫；他能抵赖吗？

公爵 她的夫，嘿？

薇奥拉 不，殿下，我不是。

奥丽维娅 唉！是你的卑怯的恐惧使你否认了自己的身份。不要害怕，西萨里奥；别放弃了你的地位。你知道你是什么人，要是承认了出来，你就跟你所害怕的人并肩相埒了。

  牧师上。

奥丽维娅 啊，欢迎，神父！神父，我请你凭着你的可尊敬的身份，到这里来宣布你所知道的关于这位少年和我之间不久以前的事情;虽然我们本来预备保守秘密,但现在不得不在时机未到之前公布了。

牧师　一个永久相爱的盟约,已经由你们两人握手缔结,用神圣的吻证明,用戒指的交换确定了。这婚约的一切仪式,都由我主持做证;照我的表上所指示,距离现在我不过向我的坟墓走了两小时的行程。

公爵　唉,你这骗人的小畜生!等你年纪一大了起来,你会是个怎样的人呢?

　　　也许你过分早熟的奸诡,
　　　反会害你自己身败名毁。
　　　别了,你尽管和她论嫁娶;
　　　可留心以后别和我相遇。

薇奥拉　殿下,我要声明——

奥丽维娅　不要发誓;

　　　　　放大胆些,别亵渎了神祇!

　　　安德鲁·艾古契克爵士头破血流上。

安德鲁　看在上帝的分上,叫个外科医生来吧!立刻去请一个来瞧瞧托比爵士。

奥丽维娅　什么事?

安德鲁　他把我的头给打破了,托比爵士也给他弄得满头是血。看在上帝的分上,救救命吧!谁要是给我四十镑钱,我也宁愿回到家里去。

奥丽维娅　谁干了这种事,安德鲁爵士?

安德鲁　公爵的跟班名叫西萨里奥的。我们把他当作一个孱头,哪晓得他简直是个魔鬼。

公爵　我的跟班西萨里奥?

安德鲁　他妈的！他就在这儿。你无缘无故敲破我的头！我不过是给托比爵士怂恿了才动手的。

薇奥拉　你为什么对我说这种话呢？我没有伤害你呀。你自己无缘无故向我拔剑；可是我对你很客气，并没有伤害你。

安德鲁　假如一颗血淋淋的头可以算得是伤害的话，你已经把我伤害了；我想你以为满头是血，是算不了一回事的。托比爵士一跷一拐地来了——

　　　　托比·培尔契爵士由小丑搀扶醉步上。

安德鲁　你等着瞧吧：如果他刚才不是喝醉了，你一定会尝到他的厉害手段。

公爵　怎么，老兄！你怎么啦？

托比　有什么关系？他把我打坏了，还有什么别的说的？傻瓜，你有没有看见狄克医生，傻瓜？

小丑　喔！他在一个钟头之前喝醉了，托比老爷；他的眼睛在早上八点钟就昏花了。

托比　那么他便是个踱着八字步的混蛋。我顶讨厌酒鬼。

奥丽维娅　把他带走！谁把他们弄成这样子的？

安德鲁　我来扶着您吧，托比爵士；咱们一块儿裹伤口去。

托比　你来扶着我？蠢驴，傻瓜，混蛋，瘦脸的混蛋，笨鹅！

奥丽维娅　招呼他上床去，好好看顾一下他的伤口。（小丑、费边、托比、安德鲁同下。）

　　　　西巴斯辛上。

西巴斯辛　小姐，我很抱歉伤了令亲；可是即使他是我的同胞兄弟，为了自卫起见我也只好出此手段。您用那样冷淡的眼光瞧着我，我知道我一定冒犯了您了；原谅我吧，好人，看在不久以前我们彼此立下的盟誓分上。

公爵　一样的面孔，一样的声音，一样的装束，化成了两个身体；

177

一副天然的幻镜，真实和虚妄的对照！

西巴斯辛　安东尼奥！啊，我的亲爱的安东尼奥！自从我不见了你之后，我的时间过得多么痛苦啊！

安东尼奥　你是西巴斯辛吗？

西巴斯辛　难道你不相信是我吗，安东尼奥？

安东尼奥　你怎么会分身呢？把一只苹果切成两半，也不会比这两人更为相像。哪一个是西巴斯辛？

奥丽维娅　真奇怪呀！

西巴斯辛　那边站着的是我吗？我从来不曾有过一个兄弟；我又不是一尊无所不在的神明。我只有一个妹妹，但已经被盲目的波涛卷去了。对不住，请问你我之间有什么关系？你是哪一国人？叫什么名字？谁是你的父母？

薇奥拉　我是梅萨林人。西巴斯辛是我的父亲；我的哥哥也是一个像你一样的西巴斯辛，他葬身于海洋中的时候也穿着像你一样的衣服。要是灵魂能够照着在生时的形状和服饰出现，那么你是来吓我们的。

西巴斯辛　我的确是一个灵魂；可是还没有脱离我的生而具有的物质的皮囊。你的一切都能符合，只要你是个女人，我一定会让我的眼泪滴在你的脸上，而说，"大大地欢迎，溺死了的薇奥拉！"

薇奥拉　我的父亲额角上有一颗黑痣。

西巴斯辛　我的父亲也有。

薇奥拉　他死的时候薇奥拉才十三岁。

西巴斯辛　唉！那记忆还鲜明地留在我的灵魂里。他的确在我妹妹刚满十三岁的时候完毕了他人世的任务。

薇奥拉　假如只是我这一身僭妄的男装阻碍了我们彼此的欢欣，那么等一切关于地点、时间、遭遇的枝节完全衔接，证明我确是薇奥拉之后,再拥抱我吧。我可以叫一个在这城中的船长来为我证明,我的女衣便是寄放在他那里的;多亏他的帮忙,我才侥幸保全了生命,能够来侍候这位尊贵的公爵。此后我便一直奔走于这位小姐和这位贵人之间。

西巴斯辛　（向奥丽维娅）小姐;原来您是弄错了;但那也是心理上的自然的倾向。您本来要跟一个女孩子订婚;可是拿我的生命起誓,您的希望并没有落空。您现在同时是一个女人和一个男人的未婚妻了。

公爵　不要惊骇;他的血统也很高贵。要是这回事情果然是真,看来似乎不是一面骗人的镜子,那么在这番最幸运的覆舟里我也要沾点儿光。（向薇奥拉）孩子,你曾经向我说过一千次决不会像爱我一样爱着一个女人。

薇奥拉　那一切的话我愿意再发誓证明;那一切的誓我都要坚守在心中,就像分隔昼夜的天球中蕴藏着的烈火一样。

公爵　把你的手给我;让我瞧你穿了女人的衣服是什么样子。

薇奥拉　把我带上岸来的船长那里存放着我的女服;可是他现在跟这儿小姐府上的管家马伏里奥有点讼事,被拘留起来了。

奥丽维娅　一定要他把他放出来。去叫马伏里奥来。——唉。我现在记起来了,他们说,可怜的人,他的神经病很厉害呢。因为我自己在大发其疯,所以把他的疯病完全忘记了。

　　　　　小丑持信及费边上。

奥丽维娅　他怎样啦,小子?

小丑　启禀小姐,他总算很尽力抵挡着魔鬼。他写了一封信给您。我本该今天早上就给您的;可是疯人的信不比福音,送没送到都没甚关系。

奥丽维娅　拆开来读给我听。

小丑　傻子要念疯子的话了,请你们洗耳恭听。（读）"凭着上帝的名义，小姐——"

奥丽维娅　怎么！你疯了吗？

小丑　不，小姐，我在读疯话呢。您小姐既然要我读这种东西，那么您就得准许我疯声疯气地读。

奥丽维娅　请你读得清楚一些。

小丑　我正是在这样做，小姐；可是他的话怎么清楚，我就只能怎么读。所以，我的好公主，请您还是全神贯注，留意倾听吧。

奥丽维娅　（向费边）喂，还是你读吧。

费边　（读）"凭着上帝的名义，小姐，您屈待了我；全世界都要知道这回事。虽然您已经把我幽闭在黑暗里，叫您的醉酒的令叔看管我，可是我的头脑跟您小姐一样清楚呢。您自己骗我打扮成那个样子，您的信还在我手里；我很可以用它来证明我自己的无辜，可是您的脸上却不好看哩。随您把我怎么看待吧。因为冤枉难明，不得不暂时僭越了奴仆的身份，请您原谅。被虐待的马伏里奥上。"

奥丽维娅　这封信是他写的吗？

小丑　是的，小姐。

公爵　这倒不像是个疯子的话哩。

奥丽维娅　去把他放出来，费边；带他到这儿来。（费边下）殿下，等您把这一切再好好考虑一下之后，如果您不嫌弃，肯认我作一个亲戚，而不是妻子，那么同一天将庆祝我们两家的婚礼，地点就在我家，费用也由我来承担。

公爵　小姐，多蒙厚意，敢不领情。（向薇奥拉）你的主人解除了你的职务了。你事主多么勤劳，全然不顾那种职务多么不适于你的娇弱的身份和优雅的教养；你既然一直把我称作主人，从此以后，你便是你主人的主妇了。握着我的手吧。

奥丽维娅　你是我的妹妹了！

　　　　费边偕马伏里奥重上。

公爵　　这便是那个疯子吗?

奥丽维娅　是的,殿下,就是他。——怎样,马伏里奥!

马伏里奥　小姐,您屈待了我,大大地屈待了我!

奥丽维娅　我屈待了你吗,马伏里奥?没有的事。

马伏里奥　小姐,您屈待了我。请您瞧这封信。您能抵赖说那不是您写的吗?您能写几笔跟这不同的字,几句跟这不同的句子吗?您能说这不是您的图章,不是您的大作吗?您可不能否认。好,那么承认了吧;凭着您的贞洁告诉我:为什么您向我表示这种露骨的恩意,吩咐我见您的时候脸带笑容,扎着十字交叉的袜带,穿着黄袜子,对托比大人和底下人要皱眉头?我满心怀着希望,一切服从您,您怎么要把我关起来,禁锢在暗室里,叫牧师来看我,给人当作闻所未闻的大傻瓜愚弄?告诉我为什么?

奥丽维娅　唉!马伏里奥,这不是我写的,虽然我承认很像我的笔迹;但这一定是玛利娅写的。现在我记起来了,第一个告诉我你发疯了的就是她;那时你便一路带笑而来,打扮和动作的样子就跟信里所说的一样。你别恼吧;这场诡计未免太恶作剧,等我们调查明白原因和主谋的人之后,你可以自己兼作原告和审判官来判断这件案子。

费边　　好小姐,听我说,不要让争闹和口角来打断了当前这个使我惊喜交加的好时光。我希望您不会见怪,我坦白地承认是我跟托比老爷因为看不上眼这个马伏里奥的顽固无礼,才想出这个计策来。因为托比老爷央求不过,玛利娅才写了这封信;为了酬劳她,他已经跟她结了婚了。假如把两方所受到的难堪衡情酌理地判断起来,那么这种恶作剧的戏谑可供一笑,也不必计较了吧。

奥丽维娅　唉，可怜的傻子，他们太把你欺侮了！

小丑　嘿，"有的人是生来的富贵，有的人是挣来的富贵，有的人是送上来的富贵。"这本戏文里我也是一个角色呢，大爷；托巴斯师傅就是我，大爷；但这没有什么相干。"凭着上帝起誓，傻子，我没有疯。"可是您记得吗？"小姐，您为什么要对这么一个没头脑的混蛋发笑？您要是不笑，他就开不了口啦。"六十年风水轮流转，您也遭了报应了。

马伏里奥　我一定要出这一口气，你们这批东西一个都不放过。（下。）

奥丽维娅　他给人欺侮得太不成话了。

公爵　追他回来，跟他讲个和；他还不曾把那船长的事告诉我们哩。等我们知道了以后，假如时辰吉利，我们便可以举行郑重的结合的典礼。贤妹，我们现在还不会离开这儿。西萨里奥，来吧；当你还是一个男人的时候，你便是西萨里奥——
　　　等你换过了别样的衣裙，
　　　你才是奥西诺心上情人。（除小丑外均下。）

小丑

歌

当初我是个小儿郎，
　嗨，呵，一阵雨儿一阵风；
做了傻事毫不思量，
　朝朝雨雨呀又风风。

年纪长大啦不学好，
　嗨，呵，一阵雨儿一阵风；
闭门羹到处吃个饱，

朝朝雨雨呀又风风。

娶了老婆，唉！要照顾，
　　嗨，呵，一阵雨儿一阵风；
法螺医不了肚子饿，
　　朝朝雨雨呀又风风。

一壶老酒往头里灌，
　　嗨，呵，一阵雨儿一阵风；
掀开了被窝三不管，
　　朝朝雨雨呀又风风。

开天辟地有几多年，
　　嗨，呵，一阵雨儿一阵风；
咱们的戏文早完篇，
　　愿诸君欢喜笑融融！（下。）

终成眷属

剧中人物

法国国王
弗罗棱萨公爵
勃特拉姆　罗西昂伯爵
拉佛　法国宫廷中的老臣
帕洛　勃特拉姆的侍从
罗西昂伯爵夫人的管家
拉瓦契　伯爵夫人府中的小丑
侍童

罗西昂伯爵夫人　勃特拉姆之母
海丽娜　寄养于伯爵夫人府中的少女
弗罗棱萨—老寡妇
狄安娜　寡妇之女

薇奥兰塔 ｝寡妇的邻居女友
玛利安娜

法国及弗罗棱萨的群臣、差役、兵士等

地　点

罗西昂；巴黎；弗罗棱萨；马赛

第一幕

第一场　罗西昂。伯爵夫人府中一室

　　　　勃特拉姆、罗西昂伯爵夫人、海丽娜、拉佛同上；均服丧。
伯爵夫人　我儿如今离我而去，无异使我重新感到先夫去世的痛苦。
勃特拉姆　母亲，我因为离开您膝下而流泪，也像是再度悲恸父亲的死亡一样。可是儿子多蒙王上眷顾，理应尽忠效命，他的命令是必须服从的。
拉佛　夫人，王上一定会尽力照顾您，就像尊夫在世的时候一样；他对于令郎，也一定会看作自己的儿子一样。不要说王上圣恩宽厚，德泽广被，决不会把您冷落不顾，就凭着夫人这么贤德，无论怎样刻薄寡恩的人，也一定愿意推诚相助的。
伯爵夫人　听说王上圣体违和，不知道有没有早占勿药之望？
拉佛　夫人，他已经谢绝了一切的医生。他曾经在他们的诊治之下，耐心守候着病魔脱体，可是药石无灵，痊愈的希望一天比一天淡薄了。
伯爵夫人　这位年轻的姑娘有一位父亲，可惜现今已经不在人世

了！他不但为人正直，而且精通医术，要是天假以年，使他能够更求深造，那么也许他真会使世人尽得长生，死神也将无所事事的。要是他现在还活着，王上的病一定会霍然脱体的。

拉佛　夫人，您说起的那个人叫什么名字？

伯爵夫人　大人，他在他们这一行之中，是赫赫有名的，而且的确不是滥博虚声；他的名字是吉拉·德·拿滂。

拉佛　啊，夫人，他的确是一个好医生；王上最近还称赞过他的本领，悼惜他死得太早。要是学问真能和死亡抗争，那么凭着他的才能，他应该至今健在的。

勃特拉姆　大人，王上害的究竟是什么病？

拉佛　他害的是瘘管症。

勃特拉姆　这病名我倒没有听见过。

拉佛　我但愿这病对世人是永远生疏的。这位姑娘就是吉拉·德·拿滂的女儿吗？

伯爵夫人　她是他的独生女儿，大人；他在临死的时候，托我把她照顾。她有天赋淳厚优美的性质，并且受过良好的教育，有如锦上添花，我对她抱着极大的期望。一个心地不纯正的人，即使有几分好处，人家在称赞他的时候，总不免带着几分惋惜；因为那样的好处也就等于是邪恶的帮手。可是她的优点却由于天性纯朴而越加出色，她的正直得自天禀，教育更培植了她的德性。

拉佛　夫人，您这样称赞她，使她感激涕零了。

伯爵夫人　女孩儿家听见人家称赞而流泪，是最适合她的身份的。她每次想起她的父亲，总是自伤身世而面容惨淡。海丽娜，别伤心了，算了吧；人家看见你这样，也许会说你是故意做作出来的。

海丽娜　我的伤心的确是做作出来的，可是我也有真正伤心的事情。

拉佛　适度的悲伤是对于死者应有的情分；过分的哀戚是摧残生命的仇敌。

海丽娜　如果人们不对悲伤屈服，过度的悲伤不久就会自己告终的。

勃特拉姆　母亲，请您祝福我。

拉佛　这话怎么讲？

伯爵夫人　祝福你，勃特拉姆，愿你不但在仪表上像你的父亲，在气概风度上也能够克绍箕裘，愿你的出身和美德永远不相上下，愿你的操行与你高贵的血统相称！对众人一视同仁，对少数人推心置腹，对任何人不要亏负；在能力上你应当能和你的敌人抗衡，但不要因为争强好胜而炫耀你的才干；对于你的朋友，你应该开诚相与；宁可被人责备你朴讷寡言，不要让人嗔怪你多言偾事。愿上天的护佑和我的祈祷降临到你的头上！再会，大人；他是一个不懂世故的孩子，请您多多指教他。

拉佛　夫人，您放心吧，他不会缺少出自对他一片热爱的最好的忠告。

伯爵夫人　上天祝福他！再见，勃特拉姆。（下。）

勃特拉姆　（向海丽娜）愿你一切如愿！好好安慰我的母亲，你的女主人，替我加意侍候她老人家。

拉佛　再见，好姑娘，愿你不要辱没了你父亲的令誉。（勃特拉姆、拉佛下。）

海丽娜　唉！要是真的只是这样倒好了。我不是想我的父亲；我这些滔滔的眼泪，虽然好像是一片孺慕的哀忱，却不是为他而流。他的容貌怎样，我也早就忘记了，在我的想象之中，除了勃特拉姆以外没有别人的影子。我现在一切都完了！要是勃特拉姆离我而去，我还有什么生趣？我正像爱上了一颗灿烂的明星，痴心地希望着有一天能够和它结合，他是这样高不可攀；我不能逾越我的名分和他亲近，只好在他的耀目的光华下，沾取他的几分余辉，安慰安慰我的饥渴。我的爱情的野心使我备受痛苦，希望和狮子匹配的驯鹿，必须为爱而死。每时每刻看见他，是愉快也是苦痛；我默坐在他的旁边，在心版上深深地刻画着他的秀曲的眉毛，他的敏锐的眼睛，他的迷人的鬈发，他那可爱的脸庞上的每一根线条，每一处微细的特点，都会清清楚楚地摄在我的心里。可是现在他去了，我的爱慕的私衷，只好以眷怀旧日的陈迹为满足。——谁来啦？这是一个和他同去的人；为了他的缘故我爱他，虽然我知道他是一个出名爱造谣言的人，是一个傻子，也是一个懦夫。但是这些本性难移的坏处，加在他身上，却十分合适，比起美德的嶒崚瘦骨受寒风摧残要合适得多；我们不是时常见到衣不蔽体的聪明人，不得不听候浑身锦绣的愚夫使唤吗？

  帕洛上。

帕洛 您好，美貌的娘娘！

海丽娜 您好，大王！

帕洛 不敢。

海丽娜 我也不敢。

帕洛 您是不是在想着处女的贞操问题？

海丽娜 是啊。你还有几分军人的经验，让我请教你一个问题。男人是处女贞操的仇敌，我们应当怎样实施封锁，才可以防御他？

帕洛 不要让他进来。

海丽娜 可是他会向我们进攻；我们的贞操虽然奋勇抵抗，毕竟是脆弱的。告诉我们一些有效的防御战略吧。

帕洛 没有。男人不动声色坐在你的面前，他会在暗中埋下地雷，轰破你的贞操的。

海丽娜　上帝保佑我们可怜的贞操不要给人这样轰破！那么难道处女们就不能采取一种战术，把男人轰得远远的吗？

帕洛　处女的贞操轰破了以后，男人就会更快地被轰得远远的。但是，你们虽然把男人轰倒了，自己的围墙也就有了缺口，那么城市当然就保不住啦。在自然界中，保全处女的贞操决非得策。贞操的丧失是合理的增加，倘不先把处女的贞操破坏，处女们从何而来？你的身体恰恰就是造成处女的材料。贞操一次丧失可以十倍增加；永远保持，就会永远失去。这种冷冰冰的东西，你要它作什么！

海丽娜　我还想暂时保全它一下，虽然也许我会因此而以处女终老。

帕洛　那未免太说不过去了，这是违反自然界的法律的。你要是为贞操辩护，等于诋毁你的母亲，那就是忤逆不孝。以处女终老的人，等于自己杀害了自己，这种女人应该让她露骨道旁，不让她的尸骸进入圣地，因为她是反叛自然意志的罪人。贞操像一块干酪一样，搁的日子长久了就会生虫霉烂，自己把自己的内脏掏空；而且它是一种乖僻骄傲无聊的东西，重视贞操的人，无非因为自视不凡，这是教条中所大忌的一种罪过。何必把它保持起来呢？这样做只有让你吃亏。算了吧！在一年之内，你就可以收回双倍利息，而且你的本钱也不会怎么走了样子。放弃了它吧！

海丽娜　请问一个女人怎样才可以照她自己的意思把它失去？

帕洛　这得好好想想。有了，就是得倒行逆施，去喜欢那不喜欢贞操的人。贞操是一注搁置过久了会失去光彩的商品；越是保存得长久，越是不值钱。趁着有销路的时候，还是早点把它脱手了的好；时机不可失去。贞操像一个年老的廷臣，虽然衣冠富丽，那一副不合时宜的装束却会使人瞧着发笑，就像别针和牙签似的，现在早不时兴了。做在饼饵里和在粥里的红枣，是悦目而可口的，你颊上的红枣，却会转瞬失去鲜润；你那陈年封固的贞操，也就像一颗干瘪的梨儿一样，样子又难看，入口又无味，虽然它从前也是很甘美的，现在却已经干瘪了。你要它作什么呢？

海丽娜　可是我还不愿放弃我的贞操。你的主人在外面将会博得无数女子的倾心，他会找到一个母亲，一个情人，一个朋友，一个绝世的佳人，一个司令官，一个敌人，一个向导，一个女神，一个君王，一个顾问，一个叛徒，一个亲人；他会找到他的卑微的野心，骄傲的谦逊，他的不和谐的和谐，悦耳的噪声，他的信仰，他的甜蜜的灾难，以及一大堆瞎眼的爱神编出来的可爱的、痴心的、虚伪的名字。他现在将要——我不知道他将要什么。但愿上帝护佑他！宫廷是可以增长见识的地方，他是一个——

帕洛　他是一个什么？

海丽娜　他是一个我愿意为他虔诚祝福的人。可惜——

帕洛　可惜什么？

海丽娜　可惜我们的愿望只是一种渺茫而感觉不到的东西，否则我们这些出身寒贱的人，虽然命运注定我们只能在愿望中消度我们的生涯，也可以借着愿望的力量追随我们的朋友，让他们知道我们的衷曲，而不致永远得不到一点报酬了。

　　　　一侍童上。

侍童　帕洛先生，爵爷叫你去。（下。）

帕洛　小海伦，再会；我在宫廷里要是记得起你，我会想念你的。

海丽娜　帕洛先生，你降生的时候准是吉星照命。

帕洛　不错，我是武曲星照命。

海丽娜　我也相信你是地地道道在武曲星下面降生的。

帕洛　为什么在武曲星下面？

海丽娜　一打起仗来，你就甘拜下风，那还不是在武曲星下面降生的吗？

帕洛　我是说在武曲星居前的时候。

海丽娜　我看还是在退后的时候吧？

帕洛　为什么说退后呢？

海丽娜　交手的时候，你总是步步退后呀。

帕洛　那是为了等待时机。

海丽娜　心中害怕，想寻求安全，掉头就跑，也同样是为了等待时机；勇气和恐惧在你身上倒是满协调的，凭你这种打扮，跑起来准能一日千里，花样也很别致。

帕洛　我事情很忙，没工夫伶牙俐齿地回答你。且等我回来，再叫你看我那副彬彬君子的派头吧。到那时候，我的教养会对你发生作用，你会领略到一个朝廷贵人的善意，对他大开方便之门；如若不然，你就是不知感激，只有自己遭殃，最后一窍不通地死去。你要是有空的话，可以祈祷祈祷；要是没有空，不妨想念想念你的朋友们。早点嫁一个好丈夫，他怎样待你，你也怎样待他。好！再见。（下。）

海丽娜　一切办法都在我们自己，虽然我们把它诿之天意；注定人类命运的上天，给我们自由发展的机会，只有当我们自己冥顽不灵、不能利用这种机会的时候，我们的计划才会遭遇挫折。哪一种力量激起我爱情的雄心，使我能够看见，却不能喂饱我的视欲？尽管地位如何悬殊，惺惺相怜的人，造物总会使他们结合在一起。只有那些斤斤计较、害怕麻烦、认为好梦已成过去的人，他们的希冀才永无实现的可能；能够努力发挥她的本领的，怎么会在恋爱上失败？王上的病——

我的计划也许只是一种妄想，可是我的主意已决，一定要把它尝试一下。（下。）

第二场　巴黎。国王宫中一室

　　　　喇叭奏花腔。法国国王持书信上，群臣及侍从等随上。

国王　弗罗棱萨人和西诺哀人相持不下，胜负互见，还在那里继续着猛烈的战争。

臣甲　是有这样的消息，陛下。

国王　不，那是非常可靠的消息；这儿有一封从我们的友邦奥地利来的信，已经证实了这件事，他还警告我们，说是弗罗棱萨就要向我们请求给他们迅速的援助，照我们这位好朋友的意思，似乎很不赞同，希望我们拒绝他们的请求。

臣甲　陛下素来称道奥王的诚信明智，他的意见当然是可以充分信任的。

国王　他已经替我们决定了如何答复，虽然弗罗棱萨还没有来乞援，我已经决定拒绝他们了。可是我们这儿要是有人愿意参加都斯加的战事，不论他们愿意站在哪一方面，都可以自由前去。

臣乙　我们这些绅士闲居无事，本来就感到十分苦闷，渴想到外面去干一番事业，这次战事倒是一个好机会，可以让他们去磨炼磨炼。

国王　来的是什么人？

　　　　勃特拉姆、拉佛及帕洛上。

臣甲　陛下，这是罗西昂伯爵，年轻的勃特拉姆。

国王　孩子，你的面貌很像你的父亲；造物在雕塑你形状的时候，一定是非常用心而不是草率从事的。但愿你也秉有你父亲的德性！欢迎你到巴黎来！

勃特拉姆　感谢陛下圣恩，小臣愿效犬马之劳。

国王　想起你父亲在日，与我交称莫逆，我们两人初上战场的时候，大家都是年轻力壮，现在要是也像那样就好了！他是个熟谙时务的干才，也是个能征惯战的健儿；他活到很大年纪，可是我们两人都在不知不觉中变成老朽，不中用了。提起你的父亲，使我精神为之一振。他年轻时候的那种才华，我可以从我们现在这辈贵介少年身上同样看到，可是他们的信口讥评，往往来不及遮掩他们的轻薄，已经在无意中自取其辱。你父亲才真是一个有大臣风度的人，在他的高傲之中没有轻蔑，在他的严峻之中没有苛酷；只有当那些和他同等地位的人激起他的不满的时候，他才会对他们作无情的指责；他的良知就像一具时钟，正确地知道在哪一分钟为了特殊的理由使他不能不侃侃而言，那时他的舌头就会听从他的指挥。他把那些在他下面的人当作不同地位的人看待，在他们卑微的身份前降尊纡贵，听了他们贫弱的谀辞，也会谦谢不遑，使他们因他的逊让而受宠若惊。这样一个人是可以作为现在这辈年轻人的模范的。如果他们肯认真效仿他，就会明白自己实际上是大大地后退了。

勃特拉姆　陛下不忘旧人，先父虽死犹生；任何铭刻在碑碣上的文字，都不及陛下口中品题的确当。

国王　但愿我也和他在一起！他老是这样说——我觉得我仿佛听见他的声音，他的动人的辞令不是随便散播在人的耳中，却是深植在人们的心头，永远存留在那里。每当欢欣和娱乐行将告一段落的时候，他就会发出这样的感喟："等我的火焰把油烧干以后，让我不要继续活下去，给那些年轻的人揶揄讥笑，他们凭着他们的聪明，除了新奇的事物以外，什么都瞧不上眼；他们的思想都花在穿衣服上面，而且变化得比衣服的式样更快。"他有这样的愿望；我也抱着和他同样的愿望，因为我已经是一只无用的衰蜂，不能再把蜜、蜡带回巢中，我愿意赶快从这世上消灭，好给其余做工的人留出一个地位。

臣乙　陛下圣德恢恢，臣民无不感戴；最不知感恩的人，将是最先悼惜您的人。

国王　我知道我不过是空占着一个地位。伯爵，你父亲家里的那个医生死了多久了？他的名誉很不错哩。

勃特拉姆　陛下，他已经死了差不多六个月了。

国王　他要是现在还活着，我倒还要试一试他的本领。请你扶我一下。那些庸医给我吃这样那样的药，把我的精力完全消磨掉了，弄成这么一副不死不活的样子。欢迎，伯爵，你就像是我自己的儿子一样。

勃特拉姆　感谢陛下。（同下；喇叭奏花腔。）

第三场　罗西昂。伯爵夫人府中一室

　　　　伯爵夫人、管家及小丑上。

伯爵夫人　我现在要听你讲，你说这位姑娘怎样？

管家　夫人，小的过去怎样尽心竭力侍候您的情形，想来您一定是十分明白的；因为我们要是自己宣布自己的功劳，那就太狂妄了，即使我们真的有功，人家也会疑心我们。

伯爵夫人　这狗才站在这儿干吗？滚出去！人家说起关于你的种种坏话，我并不完全相信，可是那也许因为我太忠厚了；照你这样蠢法，是很会去干那些勾当的，而且你也不是没有干坏事的本领。

小丑　夫人，您知道我是一个苦人儿。

伯爵夫人　好，你怎么说？

小丑　不，夫人，我是个苦人儿，并没有什么好，虽然有许多有钱的人们都不是好东西。可是夫人要是答应我让我到外面去成家立业，那么伊丝贝尔那个女人就可以跟我成其好事了。

伯爵夫人　你一定要去做一个叫花子吗？

小丑　在这一件事情上，我不要您布施我别的什么，只要请求您开恩准许。

伯爵夫人　在哪一件事情上？

小丑　在伊丝贝尔跟我的事情上。做用人的不一定世世代代做用人；我想我要是一生一世没有一个亲生的骨肉，就要永远得不到上帝的祝福，因为人家说有孩子的人才是有福气的。

伯爵夫人　告诉我你一定要结婚的理由。

小丑　夫人，贱体有这样的需要；我因为受到肉体的驱使，不能不听从魔鬼的指挥。

伯爵夫人　那就是尊驾的理由了吗？

小丑　不，夫人，我还有其他神圣的理由，这样的那样的。

伯爵夫人　那么可以请教一二吗？

小丑　夫人，我过去是一个坏人，正像您跟一切血肉的凡人一样；老实说吧，我结婚是为了要痛悔前非。

伯爵夫人　你结了婚以后，第一要懊悔的不是从前的错处，而是你不该结婚。

小丑　夫人，我是个举目无亲的人；我希望娶了老婆以后，可以靠着她结识几个朋友。

伯爵夫人　蠢材，这样的朋友是你的仇敌呢。

小丑　夫人，您还不懂得友谊的深意哩；那些家伙都是来替我做我所不耐烦做的事的。耕耘我的田地的人，省了我牛马之劳，使我不劳而获，坐享其成；虽然他害我做了王八，可是我叫他替我干活儿。夫妻一体，他安慰了我的老婆，也就是看重我；看重我，也就是爱我；爱我，也就是我的好朋友。所以吻我老婆的人，就是我的好朋友。人们只要能够乐天安命，结了婚准不会闹什么意见。因为吃肉的少年清教徒，和吃鱼的老年教皇党，虽然论起心来，在宗教问题上大有分歧；论起脑袋来，却完全一式一样；他们可以用犄角相互顶撞，就跟一帮鹿似的。

伯爵夫人　你这狗嘴里永远长不出象牙来吗？

小丑　夫人，我是一个先知，我用讽喻的方式，宣扬人生的真理：

　　　　我要重新唱那首歌曲，

　　　　列位要洗耳恭听：

　　　　婚姻全都是命里注定，

　　　　乌龟是天性生成。

伯爵夫人　滚出去吧，混账东西；等会儿再跟你说话。

管家　夫人，请您叫他去吩咐海丽娜姑娘出来；我要跟您讲的就是关于她的事。

伯爵夫人　蠢材，去对我的侍女说，我有话对她讲——就是那海丽娜姑娘。

小丑

　　　　是不是为了这张俊脸，

　　　　希腊人把特洛亚攻陷？

　　　　做的好事，做的好事，

　　　　这就是普里阿摩斯的心肝？

　　　　她长叹一声站在那里，

　　　　她长叹一声站在那里,

　　　　这样把道理说明:

　　　　有九个坏的,有一个好的,

　　　　有九个坏的,有一个好的,

　　　　总算还落下一成。①

伯爵夫人　什么,十个人里才有一个好的?你把歌词也糟蹋了,蠢货。

小丑　夫人,我指的是女人——十个女人里有一个好的,这是把歌词往好里唱。愿上帝能一年到头保持这个比率!我要是牧师,对这样一个抽什一税的女人,决不会有什么意见。一成,你还嫌少吗?哼,就算每出现一次扫帚星,或是发生一次地震的时候,才有一个好女人降生,这个彩票也是抽得来的。照现在这样,你把心都抽没有了,也不会中彩。

伯爵夫人　混账,你还不快去做我叫你做的事吗?

小丑　唉,女人反倒骑在男人身上,发号施令,认为算不了什么!当然,做好人,就不能做清教徒,可是那也算不了什么;可以外面穿上一件毕恭毕敬的袈裟,罩着底下的黑袍子,仍旧心安理得。好,这回我真走了;您的吩咐是叫海丽娜姑娘到这儿来。(下。)

伯爵夫人　现在你说吧。

管家　夫人,我知道您是非常喜欢这位姑娘的。

伯爵夫人　不错,我很喜欢她。她的父亲在临死的时候,把她托付给我;单单凭着她本身的好处,也就够惹人怜爱了。我欠

---

① 歌词中的"她"指特洛伊王普里阿摩斯的王后赫卡柏。赫卡柏悲叹儿子帕里斯把海伦拐至特洛伊,因而引起战争。原歌词应该是:"有九个好的,有一个坏的,总还有一个坏人。"意即:其余九个儿子都很好,只有帕里斯不好。

她的债，多过于已经给她的酬报；我将要报答她的，一定超过她自己的要求。

管家　夫人，小的最近在无意中间，看见她一个人坐在那里自言自语；我可以代她起誓，她是以为她说的话不会给什么人听了去的。原来她爱上了我们的少爷了！她怨恨命运，不该在他们两人之间安下了这样一道鸿沟；她嗔怪爱神，不肯运用他的大力，使地位不同的人也有结合的机会；她说狄安娜不配做处女们的保护神，因为她坐令纤纤弱质受到爱情的袭击甚至成为俘虏而不加援手。她用无限哀怨的语调声诉着她的心事，小的听了之后，因恐万一有什么事情发生，故此不敢疏忽，特来禀知夫人。

伯爵夫人　你把这事干得很好，可是千万不要声张出去。我早已猜疑到几分，因为事无实据，不敢十分相信。现在你去吧，不要让别人知道，我很感谢你的忠心诚实。等会儿咱们再谈吧。

（管家下。）

　　　　海丽娜上。

伯爵夫人　我在年轻时候也是这样的。我们是自然的子女，谁都有天赋的感情；这一枚棘刺，正是青春的蔷薇上少不了的。有了我们，就有感情；有了感情，就少不了这种事。当热烈的恋情给青春打下了烙印，这正是自然天性的标志和记号。在我们旧日的回忆之中，我们也曾经犯过同样的过失，虽然在那时我们并不以为那有什么不对。我现在可以清楚看见，她的眼睛里透露着因相思而憔悴的神色。

海丽娜　夫人，您有什么吩咐？

伯爵夫人　海丽娜，你知道我可以说就是你的母亲。

海丽娜　不，您是我的尊贵的女主人。

伯爵夫人　不，我是你的母亲，为什么不是呢？当我说"我是你的母亲"的时候，我觉得你仿佛看见了一条蛇似的；为什么你听了"母亲"两个字，就要吃惊呢？我说，我是你的母亲；我把你当作我自己的亲生骨肉一样看待。异姓的子女，有时往往胜过自己生养的孩子；外来的种子，也一样可以长成优美的花木。你不曾使我忍受怀胎的辛苦，我却像母亲一样关心着你。天哪，这丫头！难道我说了我是你的母亲，你就这样惊惶失色吗？为什么你的眼边会润湿而起了一重重的虹晕？难道因为你是我的女儿吗？

海丽娜　因为我不是您的女儿。

伯爵夫人　我说，我是你的母亲。

海丽娜　恕我，夫人，罗西昂伯爵不能做我的哥哥；我的出身这样寒贱，他的家世这样高贵；我的父母是闾巷平民，他的都是簪缨巨族。他是我的主人，我活着是他的婢子，到死也是他的奴才。他一定不可以做我的哥哥。

伯爵夫人　那么我也不能做你的母亲吗？

海丽娜　您是我的母亲，夫人；我也愿意您真做我的母亲，只要您的儿子不是我的哥哥。我希望您是我的母亲也是他的母亲，只要我不是他的妹妹，那么其他一切都没有关系。是不是我做了您的女儿以后，他必须做我的哥哥呢？

伯爵夫人　不，海伦，你可以做我的媳妇；上帝保佑你不在转着这样的念头！难道女儿和母亲竟会这样扰乱了你的心绪？怎么，你又脸色惨白起来了？你的心事果然被我猜中了。现在我已经明白了你的寂寞无聊的缘故，发现了你的伤心挥泪的根源。你爱着我的儿子，这是显明的事实。你的感情既然已经完全暴露，想来你也不好意思再编造谎话企图抵赖了。还是告诉我老实话吧；告诉我真有这样的事，因为瞧，你两颊的红云，已经彼此互相招认了；你自己的眼睛也可以从你自

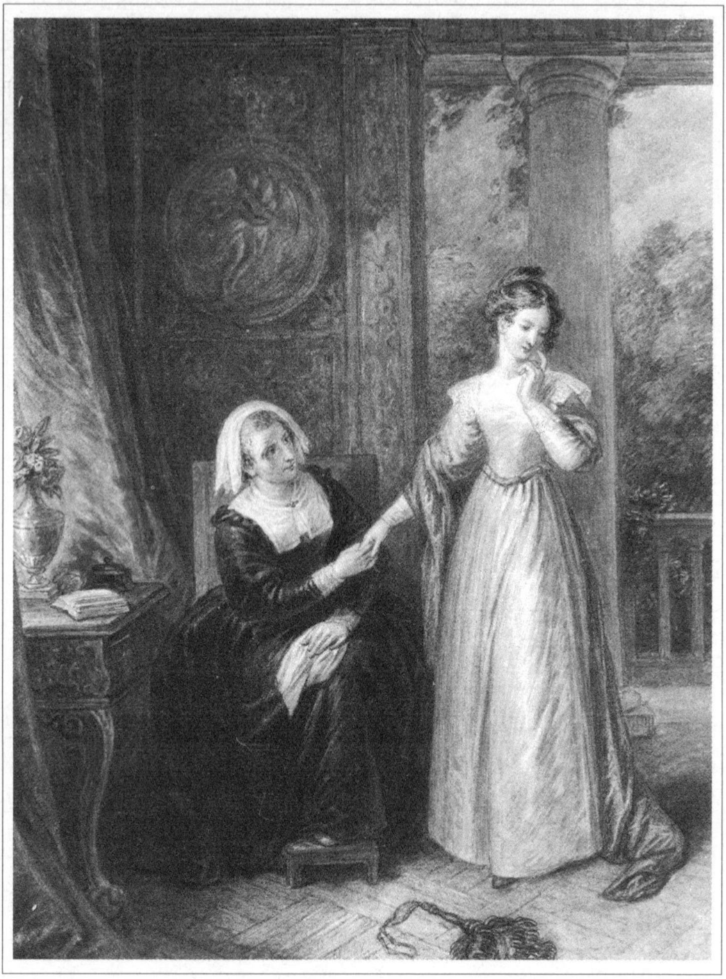

己的举止上,看出你的踧踖不安来;只有罪恶的感觉和无理的执拗使你缄口无言,不敢吐露真情。你说,是不是真有这回事?要是真有这回事,那么这场麻烦你已经惹上了,不然的话,你就该发誓否认。无论如何,你不要瞒住我吧,我总是会尽力帮助你的。

海丽娜　好夫人,原谅我吧!

伯爵夫人　你爱我的儿子吗?

海丽娜　请您原谅我,夫人!

伯爵夫人　你是爱我的儿子的。

海丽娜　夫人,您不也是爱他的吗?

伯爵夫人　不要绕圈子说话;我爱他是分所当然,用不到向世人讳饰;你究竟爱他到什么程度,还是快说吧,因为你的感情早就完全泄露出来了。

海丽娜　既然如此,我就当着上天和您的面前跪下,承认我是爱着您的儿子,并且爱他胜过您,仅次于爱上天。我的亲友虽然贫寒,都是正直的人;我的爱情也是一样。不要因此而恼怒,因为他被我所爱,对他并无损害;我并不用僭越名分的表示向他追求,在我不配得到他的眷爱以前,决不愿把他占有,虽然我不知道怎样才可以配得上他。我知道我的爱是没有希望的徒劳,可是在这罗网一样千孔万眼的筛子里,依然把我如水的深情灌注下去,永远不感到干涸。我正像印度人一样虔信而执迷,我崇拜着太阳,它的光辉虽然也照到它的信徒的身上,却根本不知道有这样一个人存在。我的最亲爱的夫人,不要因为我爱了您所爱的人而憎恨我,您是一位年高德劭的人,要是在您纯洁的青春,也曾经燃起过同样真诚的情热,怀抱着无邪的愿望和深挚的爱慕,使您同时能忠实于贞操和恋情,那么请您可怜可怜我这命薄缘悭、自知无望、拼着在默默无闻中了此残生的人儿吧!

伯爵夫人　你最近不是想要到巴黎去吗?老实告诉我你有没有过这个意思。

海丽娜　有过,夫人。

伯爵夫人　为什么呢?

海丽娜　我不愿向夫人说谎;您知道先父在日,曾经传给我几种灵验的秘方,是他凭着潜心研究和实际经验配合起来的,对一般病症都有卓越的效能;他嘱咐我不要把它们轻易授人,因为它们都是世间不大知道的珍贵的方剂。在这些秘方之中,有一种是专门医治王上现在所患一般认为无法医治的那种瘤疾的。

伯爵夫人　这就是你要到巴黎去的动机吗?你说吧。

海丽娜　您的儿子使我想起了这一个念头;不然的话,什么巴黎,什么药方,什么王上的病,都是我永远不会想到的事物。

伯爵夫人　可是海伦,你想你要是自请为王上治病,他就会接受你的帮助吗?他跟他那班医生们已经意见归于一致,他认为他的病已经使群医束手,他们认为一切药石都已失去效力。那些熟谙医道的大夫都这样敬谢不敏了,他们怎么会相信一个不学无术的少女呢?

海丽娜　我相信这药方,不仅因为我父亲的医术称得上并世无双,而且我觉得他传给我这一份遗产,一定会带给我极大的幸运。只要夫人允许我冒险一试,我愿意就在此日此时动身前去,拼着这一条没有什么希冀的微命,为王上治疗他的疾病。

伯爵夫人　你相信你会成功吗?

海丽娜　是的,夫人,我相信我会成功。

伯爵夫人　那么很好,海伦,你不但可以得到我的准许,也可以得到我的爱,我愿意为你置备行装,派仆从护送你前去,还要请你传言致候我那些在宫廷中的熟人。我在家里愿意为你祈祷上帝，保佑你达到目的。你明天就去吧，你尽管放心，只要是我能够助你一臂之力的事情，我一定会做的。（同下。）

第二幕

第一场　巴黎。宫中一室

　　喇叭奏花腔。国王、出发参加弗罗棱萨战争之若干少年廷臣、勃特拉姆、帕洛及侍从等上。

国王　诸位贤卿，再会，希望你们恪守骑士的精神；还有你们诸位，再会，我的话你们可以分领；但是即使双方都打算独占，我的忠告也可以自行扩大，供你们双方听取。

臣甲　但愿我们立功回来，陛下早已恢复了健康。

国王　不，不，那可是没有希望的了，虽然我的未死的雄心，还不肯承认它已经沾上了不治的痼疾。再会，诸位贤卿，无论我是死是活，你们总要做个发扬祖国光荣的法兰西好男儿，让那些国运陵夷的意大利人知道你们去不是向光荣求婚，而是去把它迎娶回来。当那些意气纵横的勇士知难怯退的时候，便是你们奋身博取世人称誉的机会。再会！

臣乙　但愿陛下早复健康。

国王　那些意大利的姑娘是要留心提防的；人家说，要是她们有什么请求，我们法文中缺少拒绝她们的字眼；倘然你们还没有上战场，就已经做了俘虏，那可不行的。

臣甲＆臣乙 我们诚心接受陛下的警告。

国王 再会！你们跟我过来。（侍从扶下。）

臣甲 啊，大人，真想不到您不能跟我们一起出去！

帕洛 那不是他自己的错处，他是个汉子。

臣乙 啊，打仗是怪好玩的。

帕洛 真有意思，我也经历过这种战争哩。

勃特拉姆 王上命令我留在这儿，无微不至地照顾我，说我太年轻，叫我明年再去，说是现在太早了。

帕洛 哥儿，您要是立定主意，就该放大胆子，偷偷地逃跑出去。

勃特拉姆 我留在这儿，就像一匹给妇人女子驾驭的辕下驹，终日在石道上消磨我的足力，等着人家一个个夺了光荣回来，再没有机会一试我的身手，让腰间的宝剑除了做跳舞的装饰以外，没有一点别的用处！不，天日在上，我一定要逃跑出去。

臣甲 这虽然是一件偷偷摸摸干着的事，可是并不丢脸。

帕洛 爵爷，您就这么干吧。

臣乙 您要是有需要我的地方，我愿意尽力帮您的忙。回头见。

勃特拉姆 咱们已经成了好朋友，我真不忍和你们分别。

臣甲 再见，队长。

臣乙 好帕洛先生，回头见！

帕洛 高贵的英雄们，我的剑和你们的剑是同气相求的：同样晶莹，同样明亮，一句话，同样是用上等精钢铸成的。让我告诉你们，在斯宾那人的营伍里有一个史布利奥上尉，他那凶神一样的脸上有一道疤痕，那就是我亲手用这柄剑给他刻下来的；你们要是见了他，请告诉他我还活着，听他怎样说我。

臣乙 我们一定这样告诉他，队长。（廷臣等下。）

帕洛 战神保佑你们这批新收的门徒！您怎么办呢？

勃特拉姆　且住，王上来了。

　　　国王重上；帕洛及勃特拉姆退后。

帕洛　你应该对那些出征的同僚表现得更殷勤一些；方才你和他们道别的神气未免过于冷淡。应该多奉承奉承他们，因为他们代表着时髦的尖端；他们办事、吃喝、言谈和举止行为是受到普遍瞻仰的；即使领队跳舞的是魔鬼，也应该跟随在这些人后面。快追上去，和他们作一次更从容的叙别吧。

勃特拉姆　好吧，我就这样做。

帕洛　他们都是些有身份的小伙子，耍起剑来，胳臂也蛮有劲的。

　　（勃特拉姆、帕洛下。）

　　　拉佛上。

拉佛　（跪）陛下，请您恕我冒昧，禀告您一个消息。

国王　站起来说吧。

拉佛　好，我得到宽恕，站起来了。陛下，我希望原来是您跪着向我求恕，我叫您站起来，您也能这样不费力地站起来。

国王　我也愿意这样，我很想打破你的头，再请你原谅。

拉佛　那可不敢当。可是陛下，您愿意医好您的病吗？

国王　不。

拉佛　啊，我尊贵的狐狸，不吃葡萄了吗？但是我这些葡萄品种特别优良，只要您够得着，您一定会吃的。我刚看到一种药，可以使顽石有了生命，您吃了之后，就会生龙活虎似的跳起舞来；它可以使培平大王重返阳世，它可以使查里曼大帝拿起笔来，为她写一行情诗。

国王　是哪一个"她"？

拉佛　她就是我所要说的那位女医生。陛下，她就在外边，等候着您的赐见。我敢凭着我的忠诚和信誉发誓，要是您不以为我的话都是随便说着玩玩，不足为准的话，那么像她这样一位有能耐、聪明而意志坚定的青年女子，的确使我惊奇钦佩，我相信那不能归咎于我的天生的弱点。她现在要求拜见陛下，不知道陛下愿不愿意准如所请，问一问她的来意？要是您在见了她之后，觉得我说的全都是虚话，那时再请您把我大大地取笑一番吧。

国王　好拉佛，那么你去带那个奇女子进来，让我们大家也像你一样惊奇，或者挖苦你无故地大惊小怪。

拉佛　请陛下等着瞧，没错。我马上就来。（下。）

国王　他无论有什么事，总是先拉上一堆废话。

　　　　　拉佛率海丽娜重上。

拉佛　来，这儿来。

国王　这么快！他倒真是插着翅膀飞的。

拉佛　来，这儿来。这位就是王上陛下，你有什么话可以对他说。瞧你的样子像一个叛徒，可是你这样的叛徒，王上是不会害怕的。我就是克瑞西达的舅父，把青年男女留在一块，毫不担心。再见。（下。）

国王　姑娘，你是有什么事情来见我的吗？

海丽娜　是的，陛下。吉拉·德·拿滂是我的父亲，他在医道上是颇有研究的。

国王　我知道他。

海丽娜　陛下既然知道他，我也不必再多费唇舌夸奖他了。他在临死的时候，传给我许多秘方，其中主要的一个，是他积多年悬壶的经验配制而成，他对它十分珍惜，叫我用心保藏起来，把它当作自己心头一块肉一样珍爱着。我听从着他的嘱咐，从来不敢把它轻易示人，现在闻知陛下的症状，正就是先父所传秘方主治的一种疾病，所以甘冒万死前来，把它和我的技术呈献陛下。

国王　谢谢你，姑娘，可是我不能轻信你的药饵；我们这里最高明的医生都已经离开了我，众口一词地断定病入膏肓，决非人力所能挽回的了。我怎么可以糊里糊涂地把我的痴心妄想，寄托在庸医的试验上，认为它可以医治我的不治之症呢？我不能让人家讥笑我的昏愦，当一切救助都已无能为力的时候，再去相信一种无意识的救助呀。

海丽娜　陛下既然这么说，我也不敢勉强陛下接纳我的微劳，总算我跋涉了这一趟，略尽我对陛下的一番忠悃，也可以说是不虚此行了。我别无所求，但求陛下放我回去。

国王　你来此也是一番好意，这一个要求当然可以准许你。你想来帮助我，一个垂死之人，对于希望他转死回生的人，不用说是十分感激的；可是我自己充分知道我的病状已经险恶到什么程度，你却没有着手成春的妙术，又有什么办法呢？

海丽娜　既然陛下已经断定一切治疗都已无望，那么就给我一个机会，让我试一试我的本领，又有什么妨碍呢？创造世界的神，往往借助于最微弱者之手，当士师们有如童骏的时候，上帝的旨意往往借着婴儿的身上显示；洪水可以从涓滴的细流中发生；当世间的君王不肯承认奇迹的时候，大海却会干涸。最有把握的希望，往往结果终于失望；最少希望的事情，反会出人意外地成功。

国王　我不能再听你说下去了；再会，善心的姑娘！你的殷勤未邀采纳，只好徒然往返；未被接受的帮助，只能以感谢为报酬。

海丽娜　天启的智能，就是这样为一言所毁。人们总是凭着外表妄加臆测，无所不知的上帝却不是这样，明明是来自上天的援助，人们却武断地诿之于人力。陛下，请您接受我的劳力吧，这并不是试验我的本领，乃是试验上天的意旨。我不是一个大言欺人的骗子，而能够说到做到；我知道我有充分的把握，我也确信我的医方决不会失去效力，陛下的病也绝不会毫无希望。

国王　你是这样确信着吗？那么你希望在多少时间内把我的病医好？

海丽娜　只要慈悲的上帝鉴临垂佑，在太阳神的骏马拖着火轮兜了两个圈子，阴沉的暮色两次吹熄了朦胧的残辉，或是航海者的滴漏二十四回告诉人们那窃贼一样的时间怎样偷溜过去以前，陛下身上的病痛便会霍然脱体，重享着自由自在的健康生活。

国王　你有这样的自信，要是结果失败呢？

海丽娜　请陛下谴责我的鲁莽，把我当作一个无耻的娼妓，让世人编造诽谤的歌谣，宣扬我的耻辱；我的处女的清名永远丧失，如果这还不够，我的生命也可以在最苛虐的酷刑中毁灭。

国王　我觉得仿佛有一个天使，借着你柔弱的口中发出他的有力的声音；虽然就常识判断起来应该是不可能的事，却使我不能不信。你的生命是可贵的，因为在你身上具备一切生命中值得赞美的事物，青春、美貌、智慧、勇气、贤德，这些都是足以使人生幸福的；你愿意把这一切作为孤注，那必然表示你有非凡的能耐，否则你一定有一种异常胆大妄为的天性。好医生，我愿意试一试你的药方，要是我死了，你自己可也不免一死。

海丽娜　要是我不能按照限定的时间把陛下治愈，或者医治的结果，跟我说过的话稍有不符之处，我愿意引颈就戮，死而无怨。药方若不能奏效，死就是我的犒赏；不过要是我把陛下的病治好了，那么陛下答应给我什么酬报呢？

国王　你可以提出无论什么要求。

海丽娜　可是陛下是不是能够满足我的要求呢？

国王　凭着我的王杖和死后超生的希望起誓,我一定答应你。

海丽娜　那么我要请陛下亲手赐给我一个我所选中的丈夫。我不敢冒昧在法兰西的王族中寻求选择的对象,把我这卑贱的名姓攀附金枝玉叶;只要陛下准许我在您的臣仆之中,拣一个我可以向您要求、您也可以允许给我的人,我就感激不尽了。

国王　那么一言为定,你治好了我的病,我也一定帮助你如愿以偿。我已经决心信赖着你的治疗,你等着自己选择吧。我本来还有一些问题要问你,我也必须知道你是从什么地方来的,和谁一起来的;可是即使我不问你这些问题,我也可以完全相信你,因此,不问也罢。请你接受我真心的欢迎和诚意的祝福。来人!扶我进去。你的手段倘使果然像你所说的那样高明,我一定不会辜负你的好处。(喇叭奏花腔。同下。)

第二场　罗西昂。伯爵夫人府中一室

伯爵夫人及小丑上。

伯爵夫人　来,小子,现在我要试试你的教养如何了。

小丑　人家会说我是个锦衣玉食的鄙夫。您的意思不过是要叫我上宫廷里去吗?

伯爵夫人　上宫廷里去!你到过些什么好地方,说的话儿这样神气活现,"不过是上宫廷里去。"

小丑　不说假话,太太,一个人只要懂得三分礼貌,在宫廷里混混是再容易不过的事。谁要是连屈个膝儿,脱个帽儿,吻个手儿,说些个空话儿也不会,那简直是个不生腿、不生手、不生嘴唇的木头人。这种家伙当然是不配到宫廷里去的。可是我有一句话儿,什么问话都可以应付过去。

伯爵夫人　啊，一句答话可以回答一切问题，这倒是闻所未闻。

小丑　它就像理发匠的椅子一样，什么屁股坐上去都合适；尖屁股、扁屁股、瘦屁股、肥屁股，或是无论什么屁股。

伯爵夫人　那么你的答话对于无论什么问题也都一样合适吗？

小丑　正像律师手里的讼费、娼妓手里的夜度资、新郎手指上的婚戒、忏悔火曜日[①]的煎饼、五朔节[②]的化装跳舞一样合适；也正像钉之于孔、乌龟之于绿头巾、尖嘴姑娘之于泼皮无赖、尼姑嘴唇之于和尚嘴巴，或者说，腊肠之于腊肠皮一样天造地设。

伯爵夫人　你果然有这样一句百发百中的答话吗？

小丑　上至公卿，下至皂隶，什么问话都可以用这句话回答。

伯爵夫人　那准是个又臭又长的答话，才能应付所有的问题。

小丑　再简单没有了，真的，有学问的老先生都这么说。一共不过几个字，我来给您演一下。您先问我我是不是个官儿；问啊，这有什么关系呢？

伯爵夫人　好，我就充一会儿傻瓜，也许可以跟你学点儿乖。请问足下是不是在朝廷里得意？

小丑　啊，岂敢岂敢！——这不是很便当地应付过去了吗？再问下去，再问我一百个问题。

伯爵夫人　老兄，咱们是老朋友，小弟一向佩服您的。

小丑　啊，岂敢岂敢！——再来，再来，不要放过我。

伯爵夫人　这肉煮得太不入味，恐怕不合老兄胃口。

小丑　啊，岂敢岂敢！——再问下去，尽管问下去。

[①] 忏悔火曜日（Shrove Tuesday），四旬斋前的星期二，于是日忏悔，以便开始斋戒。

[②] 五朔节（May-day），在五月一日举行的节日。

伯爵夫人　听说最近您曾经给人家抽了一顿鞭子。

小丑　啊，岂敢岂敢！——不要放过我。

伯爵夫人　你在给人家鞭打的时候，也是喊着"岂敢岂敢"，还要叫他们不要放过你吗？可是你在挨一顿鞭子之后，也的确应该喊几声"岂敢岂敢！"只要叫你手脚老实些，你对鞭子准能够应答如流。

小丑　我的"岂敢岂敢"百试百灵，今天却是第一次倒了霉。看来无论怎样经久耐用的东西，也总有一天失去效用的。

伯爵夫人　我就像是个大手大脚的女管家，对时间不肯精打细算，所以才跟你这傻瓜胡扯了半天。

小丑　啊，岂敢岂敢！你看，不是又用上了吗？

伯爵夫人　住口吧，老兄，现在还是谈正事吧。你看见了海伦姑娘，就把这封信交给她，请她立刻答复我；还给我致意问候我的那些亲戚，也去问问少爷安好。这算不了什么吧？

小丑　您是说您的问候算不了什么吗？

伯爵夫人　我是说这点事算不了什么。你听懂了吧？

小丑　哦，恍然大悟。我这就叫腰腿活动起来。

伯爵夫人　你快去吧。（各下。）

第三场　巴黎。宫中一室

勃特拉姆、拉佛、帕洛同上。

拉佛　人家说奇迹已经过去了，我们现在这一辈博学深思的人们，惯把不可思议的事情看作平淡无奇，因此我们把惊骇视同儿戏，当我们应当为一种不知名的恐惧而战栗的时候，我们却用谬妄的知识作为护身符。

帕洛　可不是吗？这件事真称得起是我们这个时代里发生的最了不起的奇闻。

勃特拉姆　正是正是。

拉佛　当精通医道的人都束手无策了——

帕洛　是是。

拉佛　什么伽伦①，什么巴拉塞尔萨斯②——

帕洛　是是。

拉佛　以及那一大群有学问的专家们——

帕洛　是是。

拉佛　他们都断定他无药可治——

帕洛　对啊，一点不错。

拉佛　毫无痊愈的希望——

帕洛　对啊，他正像是——

拉佛　风中之烛，吉少凶多。

帕洛　正是，您说得真对。本来我也想这样说的。

拉佛　像这样的事情，真可以说是不世的奇迹。

帕洛　正是正是，要是您想知道舆论对这件事的反应，您就可以去看看那篇——叫什么来着？

拉佛　"上苍借手人力表现出来的灵异。"

帕洛　对了，那正是我所要说的话。

拉佛　现在他简直比海豚还壮健；这不是我故意说着不敬的话。

帕洛　总而言之，这真是奇事；只有最顽愚不化的人，才会不承认那是——

---

① 伽伦（Galen），公元二世纪时希腊名医。

② 巴拉塞尔萨斯（Paracelsus, 1493—1541），炼金士，医生；生于瑞士，执业于瑞士德国各地；对于医学的进步贡献甚多。

拉佛　上天借手于——

帕洛　是是。

拉佛　一个最柔弱无能的使者，表现他的伟大超越的力量；感谢上天的眷顾，他不但保佑我们王上恢复健康，一定还会赐更多的幸福给我们。

帕洛　您说得真对，我也是这个意思。王上来了。

　　　　国王、海丽娜及侍从等上。

拉佛　正像荷兰人爱说的口头语："可喜可庆。"我以后要格外喜欢姑娘们了，趁着我的牙齿还没有完全掉下。瞧，他简直可以拉着她跳舞呢。

帕洛　哎哟！这不是海伦吗？

拉佛　我相信是的。

国王　去，把朝廷中所有的贵族一起召来。（一侍从下）我的恩人，请你坐在你病人的旁边。我这一只手多亏你使它恢复了知觉，现在它将要给予你我已经允许你的礼物，只等你指点出来。

　　　　若干廷臣上。

国王　好姑娘，用你的眼睛观看，这一群年轻未婚的贵人，我对他们都可以运用君上和严亲的两重权力，把他们中间的任何一人许配给你；你可以随意选择，他们都不能拒绝你。

海丽娜　愿爱神保佑你们每一个人都能得到一位美貌贤淑的爱人！除了你们中间的一个人之外。

拉佛　啊，我宁愿把我那匹短尾巴的棕色马连同鞍勒一齐送掉，只要我能恢复青春，像这些孩子一样——嘴里牙齿生得满满的，唇上胡须没多少。

国王　仔细看看他们，他们谁都有一个高贵的父亲。

海丽娜　各位大人，上天已经假手于我，治愈了王上的疾病。

众人　是，我们感谢上天差遣您前来。

海丽娜　我是一个简单愚鲁的女子,我可以向人夸耀的,只是我是一个清白的少女。陛下,我已经选好了。我颊上的羞红向我低声耳语:"我们为你害羞,因为你竟敢选择你自己的意中人;可是你倘然给人拒绝了,那么让苍白的死亡永远罩在你的颊上吧,我们是永不再来的了。"

国王　你尽管放心选择吧,谁要是躲避你的爱情,让他永远得不到我的眷宠。

海丽娜　狄安娜女神,现在我要离开你的圣坛,把我的叹息奉献给至高无上的爱神龛下了。大人,您愿意听我的诉请吗?

臣甲　但有所命,敢不乐从。

海丽娜　谢谢您,大人;我没有什么话要对您说的。

拉佛　我要是也能站在队里应选,就是叫我拿生命去押宝我也甘心。

海丽娜　(向臣乙)大人,我还没有向您开口,您眼睛里闪耀着的威焰,已经使我自惭形秽、望而却步了。但愿爱神赐给您幸运,使您得到一位胜过我二十倍的美人!

臣乙　得偶仙姿,已属万幸,岂敢更有奢求?

海丽娜　请您接受我的祝愿,少陪了。

拉佛　难道他们都拒绝了她吗?要是他们是我的儿子,我一定要把他们每人抽一顿鞭子,或者把他们赏给土耳其人做太监去。

海丽娜　(向臣丙)不要害怕我会选中您,我决不会使您难堪的。上帝祝福您!要是您有一天结婚,希望您娶到一位更好的妻子!

拉佛　这些孩子放着这样一个人不要,难道都是冰做成的不成?他们一定是英国人的私生子,咱们法国人决不会这样的。

海丽娜　(向臣丁)您是太年轻、太幸福、太好了,我配不上给您生儿养女。

臣丁　美人,我不能同意您的话。

拉佛　还剩下一颗葡萄。你的父亲大概是喝酒的。可是你倘然不

219

是一头驴子，就算我是一个十四岁的小娃娃；我早知道你是个什么人。

海丽娜　（向勃特拉姆）我不敢说我选取了您，可是我愿意把我自己奉献给您，终身为您服役，一切听从您的指导。——这就是我选中的人。

国王　很好，勃特拉姆，那么你娶了她吧，她是你的妻子。

勃特拉姆　我的妻子，陛下！请陛下原谅，在这一件事情上，我是要凭着自己的眼睛做主的。

国王　勃特拉姆，你不知道她给我做了什么事吗？

勃特拉姆　我知道，陛下；可是我不知道为什么我必须娶她。

国王　你知道她把我从病床上救了起来。

勃特拉姆　所以我必须降低身份，和一个下贱的女子结婚吗？我认识她是什么人，她是靠着我家养活长大的。一个穷医生的女儿做我的妻子！我宁可一辈子倒霉！

国王　你看不起她，不过因为她地位低微，那我可以把她抬高起来。要是把人们的血液倾注在一起，那颜色、重量和热度都难以区别，偏偏在人间的关系上，会划分这样清楚的鸿沟，真是一件怪事。她倘然是一个道德上完善的女子，你不喜欢她，只因为她是一个穷医生的女儿，那么你重视虚名甚于美德，这就错了。穷巷陋室，有德之士居之，可以使蓬荜增辉；世禄之家，不务修缮，虽有盛名，亦将隳败。善恶的区别，在于行为的本身，不在于地位的有无。她有天赋的青春、智慧和美貌，这一切的本身即是光荣；最可耻的，却是那些席父祖的余荫、不知绍述先志、一味妄自尊大的人。最好的光荣应该来自我们自己的行动，而不是倚恃家门。虚名是一个下贱的奴隶，在每一座墓碑上说着谎话，倒是在默默无言的一抔荒土之下，往往埋葬着忠臣义士的骸骨。有什么话好说呢？

只要你能因为这女子的本身而爱她,我可以给她其余的一切;她的贤淑美貌是她自己的嫁奁,光荣和财富是我给她的赏赐。

勃特拉姆 我不能爱她,也不想爱她。

国王 你要是抗不奉命,一定要自讨没趣的。

海丽娜 陛下圣体复原,已经使我欣慰万分;其余的事情,不必谈了。

国王 这与我的信用有关,为使它不受损害,我必须运用我的权力。来,骄横傲慢的孩子,握着她的手,你才不配接受这一件卓越的赐予呢。你的愚妄狂悖,不但辜负了她的好处,也已经丧失了我的欢心。你以为她和你处在天平的不平衡的两端,却不知道我站在她的一面,便可以把两方的轻重倒转过来;你也没有想到你的升沉荣辱,完全操在我的手中。为了你自己的好处,赶快抑制你的轻蔑,服从我的旨意;我有命令你的权力,你有服从我的天职;否则你将永远得不到我的眷顾,让年轻的愚昧把你拖下了终身蹭蹬的深渊,我的愤恨和憎恶将要用王法的名义降临到你的头上,没有一点怜悯宽恕。快回答我吧。

勃特拉姆 求陛下恕罪,我愿意捐弃个人的爱憎,服从陛下的指示。当我一想起多少恩荣富贵,都可以随着陛下的一言而予夺,我就觉得适才我所认为最卑贱的她,已经受到陛下的宠眷,而和出身贵族的女子同样高贵了。

国王 挽着她的手,对她说她是你的。我答应给她一份财产,即使不比你原有的财产更富,也一定可以和你的互相匹敌。

勃特拉姆 我愿意娶她为妻。

国王 幸运和国王的恩宠祝福着你们的结合;你们的婚礼在双方同意之后应该尽快举行,时间就定在今晚。至于隆重的婚宴,那么等远道的亲友到来以后再办吧。你既然答应娶她,就该真诚爱她，不可稍有二心。去吧。（国王、勃特拉姆、海丽娜、群臣及侍从等同下。）

拉佛　对不起，朋友，跟你说句话儿。

帕洛　请问有何见教？

拉佛　贵主人一见形势不对就改变口气，倒很见机乖巧。

帕洛　改变口气！贵主人！

拉佛　啊，难道是我说错了吗？

帕洛　岂有此理！人家对我这样说话，我可不肯和他甘休的。贵主人！

拉佛　难道尊驾是罗西昂伯爵的朋友吗？

帕洛　什么伯爵都是我的朋友，是个男子汉大丈夫我就跟他做朋友。

拉佛　你只好跟伯爵们的跟班做朋友，伯爵们的主人你是攀不上的。

帕洛　你年纪太老了，老人家，你年纪太老了，还是少找些是非吧。

拉佛　混蛋，我是个男子汉大丈夫，你再活上一把年纪去也够不上做个汉子。

帕洛　要不是为了礼节和体统，我准会给你点厉害。

拉佛　原先有一段时候（也就是吃两顿饭的光景），我本来以为你是个有几分聪明的家伙，你的故事也编造得有几分意思，可是一看你的装束，就知道你不是个怎样了不起的人。我现在总算把你看透了，希望你以后少跟我往来。像你这样的家伙，真是俯拾即是，不值得人家理睬。

帕洛　倘不是瞧在你这一把年纪分上——

拉佛　别太动肝火了吧，那会促短你的寿命的；上帝大发慈悲，可怜可怜你这只老母鸡吧！再见，我的好格子窗；我不必打开窗门，因为我早已看得你雪亮了。来，拉拉手。

帕洛　大人，你给我太难堪的侮辱了。

拉佛　是的,我诚心侮辱你,你可以受之无愧。

帕洛　大人,我没有任何理由该受您的侮辱。

拉佛　哪里的话?你不但该受,而且休想叫我减掉一分半毫。

帕洛　算了,以后我学乖一点。

拉佛　还是趁早吧;你吃的全是学呆而不是学乖的药。如果有一天别人拿你的肩巾把你捆起来,好生揍你一顿,你就会领略到打扮成这份奴才相还扬扬得意是什么滋味了。我倒想继续和你结交,至少认识你,这样你以后再出丑的时候,我可以说:"那家伙我认识。"

帕洛　大人,您这样招惹我,真是忍无可忍。

拉佛　但愿我给你点起来的是地狱的烈火,可以把你烧个没完。可惜论我这个年岁,是不能再叫你忍什么了,所以让我把这几根老骨头活动活动,就此告辞。(下。)

帕洛　哼,你还有一个儿子,我一定要向他报复这场耻辱,这卑鄙龌龊的老官儿!我且按下这口气,他们这些有权有势的人不是好惹的。要是我有了下手的机会,不管他是怎么大的官儿,我一定要把他揍一顿,决不因为他有了年纪而饶过他。等我下次碰见他的时候,非把他揍一顿不可!

　　　　拉佛重上。

拉佛　喂,我告诉你一个消息,你的主人结了婚了,你有了一位新主妇啦。

帕洛　千万请求大人不要欺人太过,他是我的好长官,在我顶上我所服侍的才是我的主人。

拉佛　谁?上帝吗?

帕洛　是的。

拉佛　魔鬼才是你的主人。为什么你要把带子在手臂上绑成这个样子?你把衣袖当作袜管吗?人家的仆人也像你这样吗?你还是把你的鸡巴装在你鼻子的地方吧。要是我再年轻一些儿，我一定要给你一顿好打；谁见了你都会生气，谁都应该打你一顿；我看上帝造下你来的目的，是为给人家嘘气用的。

帕洛　大人，你这样无缘无故破口骂人，未免太不讲理啦。

拉佛　去你的吧，你在意大利因为从石榴里掏了一颗核，也被人家揍过。你是个无赖浪人，哪里真正游历过，见过世面啊？不想想你自己的身份，胆敢在贵人面前放肆无礼，对于你这种人真不值得多费唇舌，否则我可要骂你是个混账东西啦。我不跟你多讲话了。（下。）

帕洛　好，很好，咱们瞧着吧。好，很好。现在我暂时不跟你算账。

　　　　勃特拉姆重上。

勃特拉姆　完了，我永远倒霉了。

帕洛　什么事，好人儿？

勃特拉姆　我虽然已经在尊严的牧师面前起过誓，我却不愿跟她同床。

帕洛　什么，什么，好亲亲？

勃特拉姆　哼，帕洛，他们叫我结了婚啦！我要去参加都斯加战争去，永远不跟她同床。

帕洛　法兰西是个狗窠，不是堂堂男子立足之处。从军去吧！

勃特拉姆　我母亲有信给我，我还不知道里面说些什么话。

帕洛　噢，那你看了就知道了。从军去吧，我的孩子！从军去吧！在家里抱抱娇妻，把豪情壮志消磨在温柔乡里，不去驰骋疆场，建功立业，岂不埋没了自己的前途？到别的地方去吧！法兰西是一个马棚，我们住在这里的都是些不中用的驽马。还是从军去吧！

勃特拉姆　我一定这样办。我要叫她回到我的家里去，把我对她的嫌恶告知我的母亲，说明我现在要出走到什么地方去。我还要把我当面不敢出口的话用书面禀明王上；他给我的赏赐，正好供给我到意大利战场上去，和那些勇士在一起作战，与其闷在黑暗的家里，和一个可厌的妻子终日相对，还不如冲锋陷阵，死也死得痛快一些。

帕洛　你现在乘着一时之兴，将来会不会反悔？你有这样的决心吗？

勃特拉姆　跟我到我的寓所去，帮我出些主意。我可以马上打发她动身，明天我就上战场，让她守活寡去。

帕洛　啊，你倒不是放空炮，那好极了。一个结了婚的青年是个泄了气的汉子，勇敢地丢弃了她，去吧。不瞒你说，国王真是亏待了你。（同下。）

第四场　同前。宫中另一室

　　　　海丽娜及小丑上。

海丽娜　我的婆婆很关心我。她老人家身体好吗？

小丑　不算好，但是还算硬朗；兴致很高，但是身体不好。不，感谢上帝，她身体很好，什么都不缺；不，她身体不好。

海丽娜　要是她身体很好，那么犯了什么毛病又叫她身体不好了呢？

小丑　说真的，她身体很好，只有两件事不顺心。

海丽娜　哪两件事？

小丑　一：她还没升天，愿上帝快些送她去。二：她还在人世，愿上帝叫她快些离开。

　　　　帕洛上。

帕洛　祝福您，幸运的夫人！

海丽娜　但愿如你所说，我能够得到幸运。

帕洛　我愿意为您祈祷,愿您诸事顺利,永远幸福。啊,好小子!我们那位老太太好吗?

小丑　要是把她的皱纹给了你,把她的钱给了我,我愿她像你所说的一样。

帕洛　我没有说什么呀。

小丑　对了,所以你是个聪明人;因为舌头往往是败事的祸根。不说什么,不做什么,不知道什么,也没有什么,就可以使你受用不了什么。

帕洛　滚开!你这混蛋。

小丑　先生,你应该说:"气死混蛋的混蛋!"也就是"气死我的混蛋!"那就对了。

帕洛　你这傻子就会耍嘴皮,你那一套我早摸透了。

小丑　你是从自己身上把我摸透的吗,先生,还是别人教你的?你应该好好摸摸,从你身上多摸出几个傻瓜来,可以叫世界上的人多取乐,多笑笑。

帕洛　倒是个聪明的傻瓜,脑满肠肥的。夫人,爵爷因为有要事,今晚就要动身出去。他很不愿剥夺您在新婚宴尔之夕应享的权利,可是因为迫不得已,只好缓日向您补叙欢情。良会匪遥,请夫人暂忍目前,等待将来别后重逢的无边欢乐吧。

海丽娜　他还有什么吩咐?

帕洛　他说您必须立刻向王上辞别,设法找出一个可以使王上相信的理由来,能够动身得越快越好。

海丽娜　此外还有什么命令?

帕洛　他叫您照此而行,静候后命。

海丽娜　我一切都遵照他的意旨。

帕洛　好,我就这样回复他。

海丽娜　劳驾你啦。来,小子。(各下。)

第五场 同前。另一室

　　　　拉佛及勃特拉姆上。

拉佛 我希望大人不要把这人当作一个军人。

勃特拉姆 不,大人,他的确是一个军人,而且有很勇敢的名声。

拉佛 这是他自己告诉您的。

勃特拉姆 我还有其他方面的证明。

拉佛 那么也许是我看错了人,把这只鸿鹄看成了燕雀了。

勃特拉姆 我可以向大人保证,他是一个见多识广,而且很有胆量的人。

拉佛 那么我对于他的见识和胆量真是太失敬了,可是我却执迷不悟,因为心里一点不觉得有抱歉的意思。他来了,请您给我们和解和解吧。我一定要进一步和他结交。

　　　　帕洛上。

帕洛 (向勃特拉姆)一切事情都照您的意思办理。

拉佛 请问,大人,谁是他的裁缝?

帕洛 大人?

拉佛 哦,我认识他。不错,"大人",他手艺不坏,是个顶好的裁缝。

勃特拉姆 (向帕洛)她去见王上了吗?

帕洛 是的。

勃特拉姆 她今晚就动身吗?

帕洛 您要她什么时候走她就什么时候走。

勃特拉姆 我已经写好信,把贵重的东西装了箱,叫人把马也备好了；就在洞房花烛的今夜，我要和她一刀两断。

拉佛　一个好的旅行者讲述他的见闻，可以在宴会上助兴；可是一个尽说谎话、拾掇一两件大家知道的事实遮掩他的一千句废话的人，听见一次就该打他三次。上帝保佑您，队长！

勃特拉姆　这位大人跟你有点儿不和吗？

帕洛　我不知道我在什么地方得罪了大人。

拉佛　你是浑身披挂，还带着马刺，硬要往我的怒火里闯；就像杂耍演员往蛋糕里跳一样；可是我要揪住你问个底细，你准会跑得飞快。

勃特拉姆　大人，也许您对他有点儿误会吧。

拉佛　我永远不想了解他，就是对他的祈祷，我也有些怀疑。再见，大人，相信我吧，这个轻壳果里是找不出核仁来的；这人的灵魂就在他的衣服上。不要信托他重要的事情，这种家伙我豢养过很多，他们的性格我是知道的。再见，先生，我并没有把你说得太难堪，照你这样的人，我应该把你狠狠骂一顿，可是我也犯不着和小人计较了。（下。）

帕洛　真是一个混账的官儿。

勃特拉姆　我并不以为如此。

帕洛　啊，您还不知道他是个怎么样的人吗？

勃特拉姆　不，我跟他很熟悉，大家都说他是个好人。我的绊脚的东西来了。

　　　　海丽娜上。

海丽娜　夫君，我已经遵照您的命令，见过王上，已蒙王上准许即日离京，可是他还要叫您去做一次私人谈话。

勃特拉姆　我一定服从他的旨意。海伦，请你不要惊奇我这次行动的突兀，我本不该在现在这样的时间匆匆远行，实在我自己在事先也毫无所知，所以弄得这样手足失措。我必须恳求你立刻动身回家，也不要问我为什么我叫你这样做，虽然看上去好像很奇怪，可是我是在详细考虑过了之后才这样决定的；你不知道我现在将要去做一番什么事情，所以当然不知道它的性质是何等重要。这一封信请你带去给我的母亲。（以信给海丽娜）我在两天之后再来看你，一切由你自己斟酌行事吧。

海丽娜　夫君，我没有什么话可以对您说，只是我是您的最恭顺的仆人。

勃特拉姆　算了，算了，那些话也不用说了。

海丽娜　今后我一定要尽力在各方面顺从你，借以弥补我卑微的出身和目前的好运中间的距离。

勃特拉姆　算了吧，我现在匆促得很。再见，回家去吧。

海丽娜　夫君，请您恕我。

勃特拉姆　啊，你还有什么话说？

海丽娜　我不配拥有我所有的财富，我也不敢说它是我的，虽然它是属于我的；我就像是一个胆小的窃贼，虽然法律已经把一份家产判给他，他还是想把它悄悄偷走。

勃特拉姆　你想要些什么？

海丽娜　我的要求是极其微小的，实在也可以说毫无所求。夫君，我不愿告诉您我要些什么。好吧，我说。陌路之人和仇敌们在分手的时候，是用不到亲吻的。

勃特拉姆　请你不要耽搁，赶快上马吧。

海丽娜　我决不违背您的嘱咐，夫君。

勃特拉姆　（向帕洛）还有那些人呢？（向海丽娜）再见。（海丽娜下）你回家去吧；只要我的手臂能够挥舞刀剑，我的耳朵能够听辨鼓声，我是永不回家的了。去！我们就此登程。

帕洛　好，放出勇气来！（同下。）

229

第三幕

第一场　弗罗棱萨。公爵府中一室

喇叭奏花腔。公爵率侍从、二法国廷臣及兵士等上。

公爵　现在你们已经详详细细知道了这次战争的根本原因，无数的血已经为此而流，以后兵连祸结，更不知何日是了。

臣甲　殿下这次出师，的确是名正言顺，而在敌人方面，也太过于暴虐无道了。

公爵　所以我很诧异我们的法兰西王兄对于我们这次堂堂正正的义师，竟会拒绝给我们援手。

臣甲　殿下，国家政令的决定，不是个人好恶所能左右，小臣地位卑微，更不敢妄加臆测，因为既然没有充分的根据，猜度也是枉然。

公爵　既然贵国这样决定，我们当然也不便强人所难。

臣乙　可是小臣相信在敝国有许多青年朝士，因为厌于安乐，一定会陆续前来，为贵邦效命的。

公爵　那我们一定非常欢迎，他们一定将在我们这里享受最隆重的礼遇。两位既然迢迢来此，诚心投效，就请各就部位；将来有什么优缺,一定首先提拔你们。明天我们就要整队出发了。
(喇叭奏花腔。众下。)

第二场 罗西昂。伯爵夫人府中一室

伯爵夫人及小丑上。

伯爵夫人 一切事情都适如我的愿望,唯一的遗憾,是他没有陪着她一起回来。

小丑 我看我们那位小爵爷心里很有点儿不痛快呢。

伯爵夫人 请问何以见得?

小丑 他在低头看着靴子的时候也会唱歌;拉正皱领的时候也会唱歌;向人家问话的时候也会唱歌;剔牙齿的时候也会唱歌。我知道有一个人在心里不痛快的时候也有这种脾气,曾经把一座大庄子半卖半送地给了人家呢。

伯爵夫人 (拆信)让我看看他信里写些什么,几时可以回来。

小丑 我自从到了京城以后,对于伊丝贝尔的这颗心就冷了起来。咱们乡下的咸鱼没有京城里的咸鱼好,咱们乡下的姑娘也比不上京城里的姑娘俏。我对于恋爱已经失去了兴趣,正像老年人把钱财看作身外之物一样。

伯爵夫人 啊,这是什么话?

小丑 您自己看是什么话吧。(下。)

伯爵夫人 (读信)"儿已遣新妇回家,渠即为国王疗疾之人,而令儿终天抱恨者也。儿虽被迫完婚,未尝与共枕席;有生之日,誓不与之同处。儿今已亡命出奔,度此信到后不久,消息亦必将达于吾母耳中矣。从此远离乡土,永作他乡之客,幸母勿以儿为念。不幸儿勃特拉姆上。"岂有此理,这个鲁莽倔强的孩子，这样一个帝王也不敢轻视的贤惠的妻子还不中他的意，竟敢拒绝王上的深恩，不怕激起他的嗔怒，真太不成话了！

　　　　小丑重上。

小丑　啊，夫人！那边有两个将官护送着少夫人，带着不好的消息来了。

伯爵夫人　什么事？

小丑　不，还好，还好，少爷还不会马上就送命。

伯爵夫人　他为什么要送命？

小丑　我也这样说哪，夫人——我听说他逃了，那就不会送命了；只有待着不走才是危险的；许多男人都是那样丢了性命，虽然也弄出不少孩子来。他们来了，让他们告诉您吧；我只听见说少爷逃走了。（下。）

　　　　海丽娜及二臣上。

臣甲　您好，夫人。

海丽娜　妈，我的主去了，一去不回了！

臣乙　别那么说。

伯爵夫人　你耐着点儿吧。对不起，两位，我已经尝惯人世的悲欢苦乐；因此不论什么突如其来的事变，也不能使我软下心来，流泪哭泣。请问两位，我的儿子呢？

臣乙　夫人，他去帮助弗罗棱萨公爵作战去了，我们碰见他往那边去的。我们刚从弗罗棱萨来，在朝廷里办好了一些差事，仍旧要回去的。

海丽娜　妈，请您瞧瞧这封信，这就是他给我的凭证："汝倘能得余永不离手之指环，且能腹孕一子，确为余之骨肉者，始可称余为夫；然余可断言永无此一日也。"这是一个可怕的判决！

232

伯爵夫人　这封信是他请你们两位带来的吗?

臣甲　是的,夫人;我们很抱歉,因为它使你们看了不高兴。

伯爵夫人　媳妇,你不要太难过了;要是你把一切的伤心都归在你一个人身上,那么你就把我应当分担的一部分也夺去了。他虽然是我的儿子,我从此和他断绝母子的情分,你是我的唯一的孩子了。他是到弗罗棱萨去的吗?

臣乙　是的,夫人。

伯爵夫人　是从军去吗?

臣乙　这是他的英勇的志愿;相信我吧,公爵一定会依照他的身份对他十分看重的。

伯爵夫人　二位还要回到那里去吗?

臣甲　是的,夫人,我们要尽快赶回去。

海丽娜　"余一日有妻在法兰西,法兰西即一日无足以令余眷恋之物。"好狠心的话!

伯爵夫人　这些话也是在那信里的吗?

海丽娜　是的,妈。

臣甲　这不过是他一时信笔写下去的话,并不是真有这样的心思。

伯爵夫人　"一日有妻在法兰西,法兰西即一日无足以令余眷恋之物"!法兰西没有什么东西比你的妻子更被你所辱没了;她是应该嫁给一位堂堂贵人,让二十个像你这样无礼的孩子供她驱使,在她面前太太长、太太短地小心侍候。谁和他在一起?

臣甲　他只有一个跟班,那个人我也跟他有一点认识。

伯爵夫人　是帕洛吗?

臣甲　是的,夫人,正是他。

伯爵夫人　那是一个名誉扫地的坏东西。我的儿子受了他的引诱,把他高贵的天性都染坏了。

臣甲　是啊，夫人，他确是倚靠花言巧语的诱惑，才取得了公子的欢心。

伯爵夫人　两位远道来此，恕我招待不周。要是你们看见小儿，还要请你们为我向他寄语，他的剑是永远赎不回他所已经失去的荣誉的。我还有一封信，写了要托两位带去。

臣乙　夫人但有所命，鄙人等敢不效劳。

伯爵夫人　两位太言重了。里边请坐吧。（夫人及二臣下。）

海丽娜　"余一日有妻在法兰西，法兰西即一日无足以令余眷恋之物。"法兰西没有可以使他眷恋的东西，除非他在法兰西没有妻子！罗西昂伯爵，你将在法兰西没有妻子，那时你就可以重新得到你所眷恋的一切了。可怜的人！难道是我把你逐出祖国，让你那娇生惯养的身体去当受无情的战火吗？难道是我害你远离风流逸乐的宫廷，使你再也感受不到含情的美目对你投射的箭镞，却一变而成为冒烟的枪炮的鹄的吗？乘着火力在天空中横飞的弹丸呀，愿你们能够落空；让空气中充满着你们穿过气流而发出的歌声吧，但不要接触到我的丈夫的身体！谁要是射中了他，我就是主使暴徒行凶的祸首；谁要是向他奋不顾身的胸前挥动兵刃的，我就是陷他于死地的巨恶；虽然我不曾亲手把他杀死，他却是因我而死。我宁愿让我的身体去膏饿狮的馋吻，我宁愿世间所有的惨痛集于我的一身。不，回来吧，罗西昂伯爵！不要冒着丧失一切的危险，去换来一个光荣的疮疤，我会离此而去的。既然你的不愿回来，只是因为我在这里的缘故，难道我会继续留在这里吗？不，不，即使这屋子里播满着天堂的香味，即使这里是天使们遨游的乐境，我也不能做一日之留。我一去之后，我的出走的消息也许会传到你的耳中，使你得到安慰。快来吧，黑夜；快快结束吧，白昼！因为我这可怜的贼子，要趁着黑暗悄悄溜走。（下。）

第三场　弗罗棱萨。公爵府前

　　　　喇叭奏花腔。公爵、勃特拉姆、帕洛及兵士等上；鼓角声。

公爵　我们的马队归你全权统率，但愿你马到功成，不要有负我的厚望和重托。

勃特拉姆　多蒙殿下以这样重大的责任相加，只恐小臣能力微薄，难于胜任，唯有誓竭忠忱，为殿下尽瘁，任何危险，在所不辞。

公爵　那么你就向前猛进吧，但愿命运照顾着你，做你的幸运的情人！

勃特拉姆　从今天起，伟大的战神，我投身在你的麾下，帮助我使我像我的思想一样刚强，使我只爱听你的鼓声，厌恶那儿女的柔情。（同下。）

第四场　罗西昂。伯爵夫人府中一室

　　　　伯爵夫人及管家上。

伯爵夫人　唉！你就这样接下了她的信吗？我不知道她留给我一封书信，就是表示要不别而行吗？再念一遍给我听。

管家　（读）

　　　为爱忘畛域，致触彼苍怒，
　　　赤足礼圣真，忏悔从头误。
　　　沙场有游子，日与死为伍，
　　　莫以薄命故，甘受锋镝苦。

> 还君自由身，弃捐勿复道！
>
> 慈母在高堂，归期须及早。
>
> 为君炷瓣香，祝君永康好，
>
> 挥泪乞君恕，离别以终老。

伯爵夫人　啊，在她的最温婉的字句里，是藏着多么尖锐的刺！里那多，你问也不问一声仔细就让她这样去了，真是糊涂透顶了。我要是能够当面用话劝劝她，也许可以使她打消原来的计划，现在可来不及了。

管家　小的真是该死，要是把这封信昨夜就送给夫人，也许还可以把她追回来，现在就是去追也是白追的了。

伯爵夫人　哪一个天使愿意祝福这个无情无义的丈夫呢？像他这样的人，是终生不会发达的，除非因为上苍喜欢听她的祷告，乐意答应她的祈愿，才会赦免他那弥天的大罪。里那多，赶快替我写信给这位好妻子的坏丈夫，每一字每一句都要证明她的贤德，来反衬出他自己的薄情；我心里的忧虑悲哀，虽然他一点不曾感觉到，你也要给我切切实实地写在信上。尽快把这封信寄出去，也许他听见了她已经出走，就会回到家里来；我还希望她知道他已经回来，纯洁的爱情也会领导她重新回来。我分别不出他们两个人之中，谁是我所最疼爱的。快去把送信人找来。我的心因忧伤而沉重，年龄使我变成这样软弱，我不知道应该流泪呢，还是向人诉述我的悲哀。（同下。）

第五场　弗罗棱萨城外

　　　　远处号角声。弗罗棱萨—寡妇、狄安娜、薇奥兰塔、玛利安娜及其他市民上。

寡妇　快来吧，要是他们到了城门口，咱们就瞧不见啦。
狄安娜　他们说那个法国伯爵立了很大的功劳。
寡妇　听说他捉住了他们的主将，还亲手杀死他们公爵的兄弟。倒霉！咱们白赶了一趟，他们往另外一条路上去了；听！他们的喇叭声越来越远啦。
玛利安娜　来，咱们回去吧，看不见就听人家说说也好。喂，狄安娜，你留心这个法国伯爵吧；贞操是处女唯一的光荣，名节是妇人最大的遗产。
寡妇　我已经告诉我的邻居他的一个同伴曾经来做过说客。
玛利安娜　我认识那个坏蛋死东西！他的名字就叫帕洛，是个卑鄙龌龊的军官，那个年轻伯爵就是给他诱坏的。留心着他们吧，狄安娜！他们的许愿、引诱、盟誓、礼物以及这一类煽动情欲的东西，都是害人的圈套，不少的姑娘们都已经上过他们的当了；最可怜的是，这种身败名裂的可怕的前车之鉴，却不曾使后来的人知道警戒，仍旧一个个如蚁附膻，至死不悟，真可令人叹息。我希望我不必给你更多的劝告，但愿你自己能够立定主意，即使除去失掉贞操之外，别无任何其他危险。
狄安娜　你放心吧，我不会上人家当的。
寡妇　但愿如此。瞧，一个进香的人来了；我知道她会住在我的客店里的，来来往往的进香人都向朋友介绍我的客店。让我去问她一声。

    海丽娜作进香人装束上。

寡妇　上帝保佑您，进香人！您要到哪儿去？

海丽娜　到圣约克·勒·格朗。请问您，朝拜圣地的人都是在什么地方住宿的？

寡妇　在圣法兰西斯，就在这港口的近旁。

海丽娜　是不是打这条路过去的？

寡妇　正是，一点不错。你听！（远处军队行进声）他们往这儿来了。进香客人，您要是在这儿等一下，等军队过去以后，我就可以领您到下宿的地方去。特别是因为我认识那家客店的女主人，正像认识我自己一样。

海丽娜　原来大娘就是店主太太吗？

寡妇　岂敢岂敢。

海丽娜　多谢您的好意，那么有劳您啦。

寡妇　我看您是从法国来的吧？

海丽娜　是的。

寡妇　您可以在这儿碰见一个同国之人，他曾经在弗罗棱萨立下很大的功劳。

海丽娜　请教他姓甚名谁？

寡妇　他就是罗西昂伯爵。您认识这样一个人吗？

海丽娜　但闻其名，不识其面，他的名誉很好。

狄安娜　不管他是一个何等样人，他在这里是很出风头的。据说他从法国出亡来此，因为国王强迫他跟一个他所不喜欢的女人结婚。您想会有这回事吗？

海丽娜　是的，真有这回事；他的夫人我也认识。

狄安娜　有一个跟随这位伯爵的人，对她的批评不是顶好。

海丽娜　他叫什么名字？

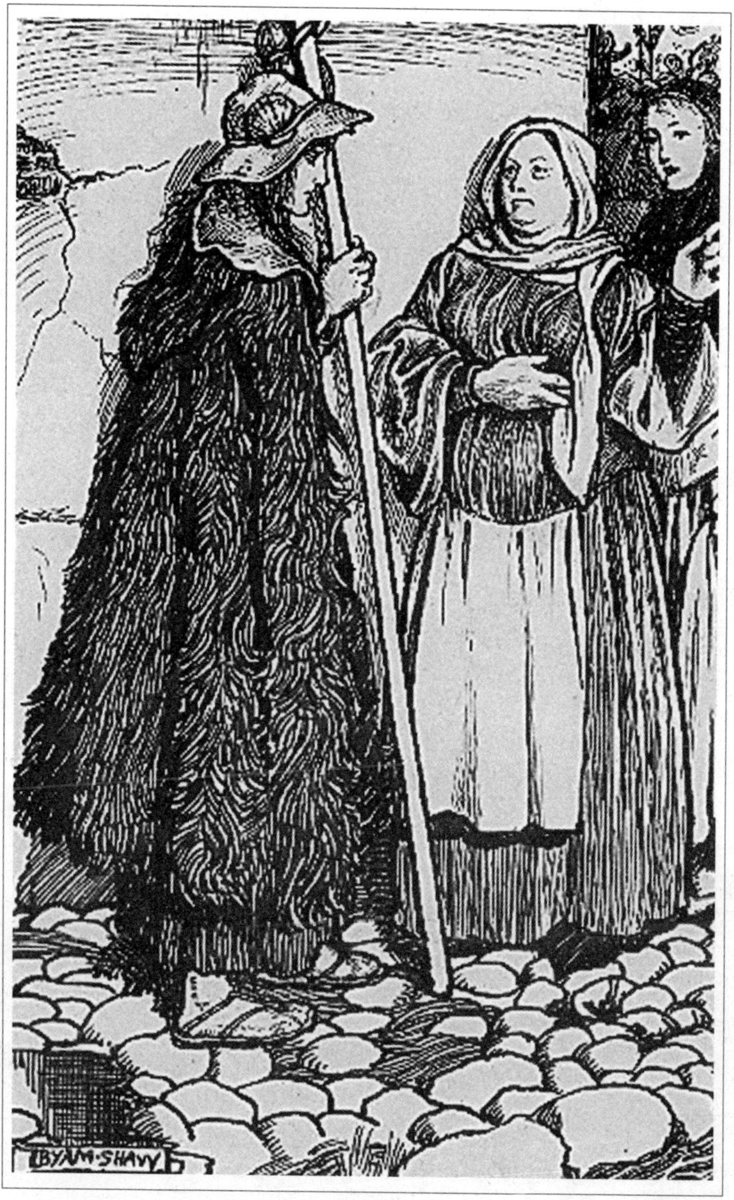
BYAM·SHAW

狄安娜　他叫帕洛。

海丽娜　啊！我完全同意他的意见，若论声誉和身价，和那位伯爵那样的大人物比较起来，她的名字的确是不值得挂齿的。她唯一的好处，只有她的贞静、缄默，我还不曾听见人家在这方面讥议过她。

狄安娜　唉，可怜的女人！做一个失爱于夫主的妻子，真够受罪了。

寡妇　是啦；好人儿，她无论在什么地方，她的心永远是载满了凄凉的。这小妮子要是愿意，也可以做一件对她不起的事呢。

海丽娜　您这句话是什么意思？是不是这个好色的伯爵想要勾引她？

寡妇　他确有这个意思，曾经用尽各种手段想要破坏她的贞操，可是她对他戒备森严，绝不让他稍有下手的机会。

玛利安娜　神明保佑她守身如玉！

　　　　　弗罗棱萨兵士一队上，旗鼓前导，勃特拉姆及帕洛亦列队中。

寡妇　瞧，现在他们来了。那个是安东尼奥，公爵的长子；那个是埃斯卡勒斯。

海丽娜　那法国人呢？

狄安娜　他；那个帽子上插着羽毛的，他是一个很有气派的家伙。我希望他爱他的妻子；他要是老实一点，就会显得更漂亮了。他不是一个很俊的男人吗？

海丽娜　我很喜欢他。

狄安娜　可惜他太不老实。那一个就是诱他为非作恶的坏家伙；倘然我是他的妻子，我一定要用毒药毒死那个混账东西。

海丽娜　哪一个是他？

狄安娜　就是披着肩巾的那个鬼家伙。他为什么好像闷闷不乐似的？

海丽娜　也许他在战场上受了伤了。

帕洛　把我们的鼓也丢了！哼！

玛利安娜　他好像有些心事。瞧，他看见我们啦。

寡妇　嘿，死东西！

玛利安娜　谁稀罕你那些鬼殷勤儿！（勃特拉姆、帕洛、军官及兵士等下。）

寡妇　军队已经过去了。来，进香客人，让我领您到下宿的地方去。咱们店里已经住下了四五个修行人，他们都是去朝拜伟大的圣约克的。

海丽娜　多谢多谢。今晚我还想作个东道，请这位嫂子和这位好姑娘陪我们一起吃饭；为了进一步答报你，我还要给这位小姐讲一些值得她听取的道理。

玛利安娜＆狄安娜　谢谢您，我们一定奉陪。（同下。）

第六场　弗罗棱萨城前营帐

勃特拉姆及二臣上。

臣甲　不，我的好爵爷，让我们试他一试，看他怎么样。

臣乙　您要是发现他不是个卑鄙小人，请您从此别相信我。

臣甲　凭着我的生命起誓，他是一个骗子。

勃特拉姆　你们以为我一直受了他的骗吗？

臣甲　相信我，爵爷，我一点没有恶意；照我所知道的，就算他是我的亲戚，我也得说他是一个天字第一号的懦夫，一个到处造谣言说谎话的骗子，每小时都在作着背信爽约的事，在他身上没有一点可取之处。

臣乙　您应该明白他是怎样一个人，否则要是您太相信了他，有一天他会在一件关系重大的事情上连累了您的。

勃特拉姆　我希望我知道用怎样方法去试验他。

臣乙　最好就是叫他去把那面失去的鼓夺回来，您已经听见他自

241

告奋勇过了。

臣甲　我就带着一队弗罗棱萨兵士，专挑那些他会误认作敌军的人在半路上突然拦截他；我们把他捉住捆牢，蒙住了他的眼睛，把他兜了几个圈子，然后带他回到自己的营里，让他相信他已经在敌人的阵地里了。您可以看我们怎样审问他，要是他并不贪生怕死，出卖友人，把他所知道的我们这里的事情指天誓日地一股脑儿招出来，那么请您以后再不要相信我的话好了。

臣乙　啊！叫他去夺回他的鼓来，好让我们解解闷儿；他说他已经有了一个妙计；可以去把它夺回来。您要是看见了他怎样完成他的任务，看看他这块废铜烂铁究竟可以熔成什么材料，那时你倘不揍他一顿拳头，我才不信呢。他来啦。

臣甲　啊！这是个绝妙的玩笑，让我们不要阻挡他的壮志，让他去把他的鼓夺回来。

　　　　帕洛上。

勃特拉姆　啊，队长！你还在念念不忘这面鼓吗？

臣乙　妈的！这算什么，左右不过是一面鼓罢了。

帕洛　不过是一面鼓！怎么叫不过是一面鼓？难道这样丢了就算了？真是高明的指挥——叫我们的马队冲向我们自己的两翼，把我们自己的步兵截断了。

臣乙　那可不能怪谁的不是啊；这种挫折本来是战争中所不免的，就是恺撒做了大将，也是没有办法的。

勃特拉姆　究竟我们这回是打了胜仗的。丢了鼓虽然有点失面子，已经丢了没有法子夺回来，也就算了。

帕洛　它是可以夺回来的。

勃特拉姆　也许可以，可是现在已经没法想了。

帕洛　没法想也得夺它回来。倘不是因为论功行赏往往总是给滥等充数的人占了便宜去，我一定要去拼死夺回那面鼓来。

勃特拉姆　很好，队长，你要是真有这样胆量，你要是以为你的神出鬼没的战略，可以把这三军光荣所系的东西重新夺回来；那么请你尽量发挥你的雄才；试一试你的本领吧。要是你能够成功，我可以给你在公爵面前特别吹嘘，他不但会大大地褒奖你，而且一定会重重赏你的。

帕洛　我愿意举着这一只军人的手郑重起誓，我一定要干它一下。

勃特拉姆　好，现在你可不能含含糊糊赖过去了。

帕洛　我今晚就去；现在我马上就把一切步骤拟定下来，鼓起必胜的信念，打起视死如归的决心，等到半夜时候，你们等候我的消息吧。

勃特拉姆　我可不可以现在就去把你的决心告诉公爵殿下？

帕洛　我不知道此去成败如何，可是大丈夫说做就做，决无反悔。

勃特拉姆　我知道你是个勇敢的人，凭着你的过人的智勇，一定会成功的。再会。

帕洛　我不喜欢多说废话。（下。）

臣甲　你要是不喜欢多说废话，那么鱼儿也不会喜欢水了。爵爷，您看他自己明明知道这件事情办不到，偏偏会那样大言不惭地好像看得那样有把握；虽然夸下了口，却又硬不起头皮来，真是个莫名其妙的家伙！

臣乙　爵爷，您没有我们知道他那样详细；他凭着那副吹拍的功夫，果然很会讨人喜欢，别人在一时之间也不容易看破他的真相，可是等到你知道了他究竟是一个怎么样的人以后，你就永远不会再相信他了。

勃特拉姆　难道你们以为他这样郑重其事地一口答应下来，竟会是空口说说的吗？

臣甲　他绝对不会认真去做的；他在什么地方溜了一趟，回来编一个谎，造两三个谣言，就算完事了。可是我们已经布下陷阱，今晚一定要叫他出丑。像他这样的人，的确是不值得您去抬举的。

臣乙　我们在把这狐狸关进笼子以前，还要先把他戏弄一番。拉佛老大人早就知道他不是个好人了。等他原形毕露以后，请您瞧瞧他是个什么东西吧；今天晚上您就知道了。

臣甲　我要去找我的棒儿来，今晚一定要捉住他。

勃特拉姆　我要请你这位兄弟陪我走走。

臣甲　悉随爵爷尊便，失陪了。（下。）

勃特拉姆　现在我要把你带到我跟你说起的那家人家去，让你见见那位姑娘。

臣乙　可是您说她是很规矩的。

勃特拉姆　就是这一点讨厌。我只跟她说过一次话，她对我冷冰冰的一点笑容都没有。我曾经叫帕洛那混蛋替我送给她许多礼物和情书，她都完全退还了，把我弄得毫无办法。她是个很标致的人儿。你愿意去见见她吗？

臣乙　愿意，愿意。（同下。）

第七场　弗罗棱萨。寡妇家中一室

　　　　海丽娜及寡妇上。

海丽娜　您要是不相信我就是她，我不知道怎样才可以向您证明，我的计划也就没有法子可以实行了。

寡妇　我的家道虽然已经中落，可是我也是好人家出身，这一类事情从来不曾干过；我不愿现在因为做了不干不净的勾当，而玷污了我的名誉。

海丽娜　如果是不名誉的事，我也决不希望您去做。第一，我要请您相信我，这个伯爵的确就是我的丈夫，我刚才对您说过的话，没有半个字虚假；所以您要是答应帮助我，决不会有错的。

寡妇　我应当相信您，因为您已经向我证明您的确是一位名门贵妇。

海丽娜　这一袋金子请您收了，略为表示我一点感谢您好心帮助我的意思，等到事情成功以后，我还要重重谢您。伯爵看中令爱的姿色，想要用淫邪的手段来诱惑她；让她答应了他的要求吧，我们可以指导她用怎样的方式诱他入彀；他在热情的煽动下，一定会答应她的任何条件。他的手指上佩着一个指环，是他四五代以前祖先的遗物，世世相传下来的，他把它看得非常宝贵；可是令爱要是向他讨这指环，他为了满足他的欲念起见，也许会不顾日后的懊悔，毫无吝色地送给她。

寡妇　现在我明白您的用意了。

海丽娜　那么您也知道这一件事情是合法的了。只要令爱在假装愿意之前，先向他讨下了这指环，然后约他一个时间相会，事情就完了；到了那时间，我会顶替她赴约，她自己还是白璧无瑕，不会受他的污辱。事成之后，我愿意在她已有的嫁衣上，再送她三千克朗，答谢她的辛劳。

寡妇　我已经答应您了，可是您还得先去教我的女儿用怎样一种不即不离的态度，使这场合法的骗局不露破绽。他每夜都到这里来，弹唱着各种乐曲歌颂她的庸姿陋质；我们也没有法子把他赶走，他就像攸关生死一样不肯离开。

海丽娜　那么好，我们就在今夜试一试我们的计策吧；要是能够干得成功，那就是男的有邪心，女的无恶意，看似犯奸淫，实则行婚配。我们就这样进行起来吧。（同下。）

第四幕

第一场　弗罗棱萨军营外

　　　　臣甲率埋伏兵士五六人上。

臣甲　他一定会打这篱笆角上经过。你们向他冲上去的时候,大家都要齐声乱嚷,讲着一些稀奇古怪的话,即使说得自己都听不懂也没有什么关系;我们都要假装听不懂他的话,只有一个人听得懂,我们就叫那个人出来做翻译。

兵士甲　队长,让我做翻译吧。

臣甲　你跟他不熟悉吗?他听不出你的声音来吗?

兵士甲　不,队长,我可以向您担保他听不出我的声音。

臣甲　那么你向我们讲些什么南腔北调呢?

兵士甲　就跟你们向我说的那些话一样。

臣甲　我们必须使他相信我们是敌人军队中的一队客籍军。他对于邻近各国的方言都懂得一些,所以我们必须每个人随口瞎嚷一些大家听不懂的话儿;好在大家都知道我们的目的是什么,因此可以彼此心照不宣,假装懂得就是了;尽管像老鸦叫似的,叽里咕噜一阵子,越糊涂越好。至于你做翻译的,必须表示出一副机警调皮的样子来。啊，快快埋伏起来！他来了，他一定是到这里来睡上两点钟，然后回去编造一些谎话哄人。

    帕洛上。

帕洛 十点钟了；再过三点钟便可以回去。我应当说我做了些什么事情呢？这谎话一定要编造得十分巧妙，才会叫他们相信。他们已经有点疑心我，倒霉的事情近来接二连三地落到我的头上来。我觉得我这一条舌头太胆大了，我那颗心却又太胆小了，看见战神老爷和他的那些喽啰的影子，就会战战兢兢，话是说得出来，一动手就吓软了。

臣甲 （旁白）这是你第一次说的老实话。

帕洛 我明明知道丢了的鼓夺不回来，我也明明知道我一点没有去夺回那面鼓来的意思，什么鬼附在我身上，叫我夸下这个海口？我必须在我身上割破几个地方，好对他们说这是力战敌人所留的伤痕；可是轻微的伤口不会叫他们相信，他们一定要说，"你这样容易就脱身出来了吗？"重一点呢，又怕痛了皮肉。这怎么办呢？闯祸的舌头呀，你要是再这样瞎三话四地害我，我可要割下你来，放在老婆子的嘴里，这辈子宁愿做个哑巴了。

臣甲 （旁白）他居然也会有自知之明吗？

帕洛 我想要是我把衣服撕破了，或是把我那柄西班牙剑敲断了，也许可以叫他们相信。

臣甲 （旁白）没有那么便宜的事。

帕洛 或者把我的胡须割去了，说那是一个计策。

臣甲 （旁白）这不行。

帕洛 或者把我的衣服丢在水里，说是给敌人剥去了。

臣甲 （旁白）也不行。

帕洛　我可以赌咒说我从城头上跳下来，那个城墙足有——

臣甲　（旁白）多高？

帕洛　三十丈。

臣甲　（旁白）你赌下三个重咒人家也不会信你。

帕洛　可是顶好我能够拾到一面敌人弃下来的鼓，那么我就可以赌咒说那是我从敌人手里夺回来的了。

臣甲　（旁白）别忙，你就可以听见敌人的鼓声了。

帕洛　哎哟，真的是敌人的鼓声！（内喧嚷声。）

臣甲　色洛加·摩伏塞斯，卡哥，卡哥，卡哥。

众人　卡哥，卡哥，维利安达·拍·考薄，卡哥。（众擒帕洛，以巾掩其目。）

帕洛　啊！救命！救命！不要遮住我的眼睛。

兵士甲　波斯哥斯·色洛末尔陀·波斯哥斯。

帕洛　我知道你们是一队莫斯科兵；我不会讲你们的话，这回真的要送命了。要是列位中间有人懂得德国话、丹麦话、荷兰话、意大利话或者法国话的，请他跟我说话，我可以告诉他弗罗棱萨军队中的秘密。

兵士甲　波斯哥斯·伏伐陀。我懂得你的话，会讲你的话。克累利旁托。朋友，你不能说谎，小心点吧，十七把刀儿指着你的胸口呢。

帕洛　哎哟！

兵士甲　哎哟！跪下来祷告吧。曼加·累凡尼亚·都尔契。

臣甲　奥斯考皮都尔却斯·伏利伏科。

兵士甲　将军答应暂时不杀你；现在我们要把你这样蒙着眼睛，带你回去盘问，也许你可以告诉我们一些军事上的秘密，赎回你的狗命。

帕洛　啊，放我活命吧！我可以告诉你们我们营里的一切秘密：

一共有多少人马，他们的作战方略，还有许多可以叫你们吃惊的事情。

兵士乙　可是你不会说谎话吧？

帕洛　要是我说了半句谎话，死后不得超生。

兵士甲　阿考陀·林他。来，饶你多活几个钟点。（率若干兵士押帕洛下，内起喧嚷声片刻。）

臣甲　去告诉罗西昂伯爵和我的兄弟，说我们已经把那只野鸟捉住了，他的眼睛给我们蒙着，请他们决定如何处置。

兵士乙　是，队长。

臣甲　你再告诉他们，他将要在我们面前泄露我们的秘密。

兵士乙　是，队长。

臣甲　现在我先把他好好地关起来再说。（同下。）

第二场　弗罗棱萨。寡妇家中一室

　　　　勃特拉姆及狄安娜上。

勃特拉姆　他们告诉我你的名字是芳提贝尔。

狄安娜　不，爵爷，我叫狄安娜。

勃特拉姆　果然你比月中的仙子还要美上几分！可是美人，难道你外表这样秀美，你的心里竟不让爱情有一席地位吗？要是青春的炽烈的火焰不曾燃烧着你的灵魂，那么你不是女郎，简直是一座石像了。你倘然是一个有生命的活人，就不该这样冷酷无情。你现在应该学学你母亲开始怀孕着你的时候那种榜样才对啊。

狄安娜　她是个贞洁的妇人。

勃特拉姆　你也是。

狄安娜　不，我的母亲不过尽她应尽的名分，正像您对您夫人也有应尽的名分一样。

勃特拉姆　别说那一套了！请不要再为难我了吧。我跟她结婚完全出于被迫，可是我爱你却是因为我自己心里的爱情在鞭策着我。我愿意永远供你驱使。

狄安娜　对啦，在我们没有愿意供你们驱使之前，你们是愿意供我们驱使的；可是一等到你们把我们枝上的蔷薇采去以后，你们就把棘刺留着刺痛我们，反倒来嘲笑我们的枝残叶老。

勃特拉姆　我不是向你发过无数次誓了吗？

狄安娜　许多誓不一定可以表示真诚，真心的誓只要一个就够了。我们在发誓的时候，哪一回不是指天誓日，以最高的事物为见证？请问要是我实在一点不爱你，我却指着上帝的名字起誓，说我深深地爱着你，这样的誓是不是可以相信的呢？口口声声说敬爱上帝，用他的名义起誓，干的却是违反他意旨的事，这太说不通了。所以你那些誓言都是空话，等于没有打印信的契约——至少我认为如此。

勃特拉姆　不要这样想。不要这样神圣而残酷。恋爱是神圣的，我的纯洁的心，也从来不懂得你所指斥男子们的那种奸诈。不要再这样冷淡我，请你快来安慰安慰我的饥渴吧。你只要说一声你是我的，我一定会始终如一地永远爱着你。

狄安娜　男人们都是用这种手段诱我们失身的。把那个指环给我。

勃特拉姆　好人，我可以把它借给你，可是我不能给你。

狄安娜　您不愿意吗，爵爷？

勃特拉姆　这是我家世世相传的荣誉，如果我把它丢了，那是莫大的不幸。

狄安娜　我的荣誉也就像这指环一样；我的贞操也是我家世世相传的宝物，如果我把它丢了，那是莫大的不幸。我正可借用您的说法,拿"荣誉"这个词来抗拒您的无益的试探。

勃特拉姆　好,你就把我的指环拿去吧;我的家、我的荣誉甚至于我的生命,都是属于你的,我愿意一切听从你。

狄安娜　今宵半夜时分,你来敲我卧室的窗门,我可以预先设法调开我的母亲。可是你必须依从我一个条件,当你征服了我的童贞之身以后,你不能耽搁一小时以上,也不要对我说一句话。为什么要这样是有很充分的理由的,等这指环还给你的时候,你就可以知道。今夜我还要把另一个指环套在你的手指上,留作日后的信物。晚上再见吧,可不要失约啊。你已经赢得了一个妻子,我的终身却也许从此毁了。

勃特拉姆　我得到了你,就像是踏进了地上的天堂。(下。)

狄安娜　有一天你会感谢上天,幸亏遇见了我。我的母亲告诉我他会怎样向我求爱,她就像住在他心里一样说得一点不错;她说,男人们所发的誓,都是千篇一律的。他发誓说等他妻子死了,就跟我结婚;我宁死也不愿跟他同床共枕。这种法国人这样靠不住,与其嫁给他,还不如终身做个处女好。他想用欺骗手段诱惑我,我现在也用欺骗手段报答他,想来总不能算是罪恶吧。(下。)

第三场　弗罗棱萨军营

　　二臣及兵士二三人上。

臣甲　你还没有把他母亲的信交给他吗?

臣乙　我已经在一点钟前给了他;信里好像有些什么话激发了他的天良,因为他读了信以后,就好像变了一个人似的。

臣甲　他抛弃了这样一位温柔贤淑的妻子,真不应该。

臣乙　他更不应该拂逆王上的旨意，王上不是为了他的幸福做出格外的恩赐吗？我可以告诉你一件事情，可是你不能讲给别人听。

臣甲　你告诉了我以后，我就把它埋葬在自己的心里，决不再向别人说起。

臣乙　他已经在这里弗罗棱萨勾搭上了一个良家少女，她的贞洁本来是很出名的；今夜他就要逞他的淫欲去破坏她的贞操，他已经把他那颗宝贵的指环送给她了，还认为自己这桩见不得人的勾当十分上算。

臣甲　上帝饶恕我们！我们这些人类真不是东西！

臣乙　人不过是他自己的叛徒；正像一切叛逆的行为一样，在达到罪恶的目的之前，总要泄露出自己的本性。他干这种事实际会损害他自己高贵的身份，但是他虽然自食其果，却不以为意。

臣甲　我们对自己龌龊的打算竟然这样吹嘘，真是罪该万死。那么今夜他不能来了吗？

臣乙　他的时间表已经排好，一定要在半夜之后方才回来。

臣甲　那么再等一会儿他也该来了。我很希望他能够亲眼看见他那个同伴的本来面目，让他明白明白他自己的判断有没有错误，他是很看重这个骗子的。

臣乙　我们还是等他来了再处置那个人吧，这样才好叫他无所遁形。

臣甲　现在还是谈谈战事吧，你近来听到什么消息没有？

臣乙　我听说两方面已经在进行和议了。

臣甲　不，我可以确实告诉你，和议已经成立了。

臣乙　那么罗西昂伯爵还有些什么事好做呢？他是再到别处去旅行呢，还是打算回法国去？

臣甲　你这样问我，大概他还没有把你当作一个心腹朋友看待。

臣乙　但愿如此，否则他干的事我也要脱不了干系了。

臣甲　告诉你吧，他的妻子在两个月以前已经从他家里出走，说是要去参礼圣约克·勒·格朗；把参礼按照最严格的仪式执行完毕以后，她就在那地方住下，因为她的多愁善感的天性经不起悲哀的袭击，所以一病不起，终于叹了最后一口气，现在是在天上唱歌了。

臣乙　这消息也许不确吧？

臣甲　她在临死以前的一切经过，都有她亲笔的信可以证明；至于她的死讯，当然她自己无法通知，但是那也已经由当地的牧师完全证实了。

臣乙　这消息伯爵也完全知道了吗？

臣甲　是的，他已经知道了详详细细的一切。

臣乙　他听见这消息，一定很高兴，想起来真是可叹。

臣甲　我们有时往往会把我们的损失当作莫大的幸事！

臣乙　有时我们却因为幸运而哀伤流泪！他在这里凭着他的勇敢，虽然获得了极大的光荣，可是他回家以后将遭遇的耻辱，也一定是同样大的。

臣甲　人生就像是一匹用善恶的丝线交错织成的布；我们的善行必须受我们的过失的鞭挞，才不会过分趾高气扬；我们的罪恶又赖我们的善行把它们掩盖，才不会完全绝望。

　　　　一仆人上。

臣甲　啊，你的主人呢？

仆人　他在路上遇见公爵，已经向他辞了行，明天早晨他就要回法国去了。公爵已经给他写好了推荐信，向王上竭力称道他的才干。

臣乙　为他说几句即使是溢美的好话，倒也是不可少的。

臣甲　怎样好听恐怕也不能平复国王的怒气。他来了。

勃特拉姆上。

臣甲　啊，爵爷！已经过了午夜了吗？

勃特拉姆　我今晚已经干好了十六件每一件需要一个月时间才办得了的事情。且听我一一道来：我已经向公爵辞行，跟他身边最亲近的人告别，安葬了一个妻子，为她办好了丧事，写信通知我的母亲我就要回家了，并且雇好了护送我回去的卫队；除了这些重要的事情以外，还干好了许多小事情；只有一件最重要的事情还不曾办妥。

臣乙　要是这件事情有点棘手，您又一早就要动身，那么现在您该把它赶快办好才是。

勃特拉姆　我想把它不了了之，以后也希望不再听见人家提起它了。现在我们还是来演一出傻子和大兵的对话吧。来，把那个冒牌货抓出来；他像一个妖言惑众的江湖术士一样欺骗了我。

臣乙　把他抓出来。（兵士下）他已经锁在脚桎里坐了一整夜了，可怜的勇士！

勃特拉姆　这也是活该，他平常脚跟上戴着马刺也太大模大样了。他被捕以后是怎样一副神气？

臣甲　我已经告诉您了，爵爷，要没有脚桎，他连坐都坐不直。说得明白些：他哭得像一个倒翻了牛奶罐的小姑娘。他把摩根当作了一个牧师，把他从有生以来直到锁在脚桎里为止的一生经历原原本本向他忏悔；您想他忏悔些什么？

勃特拉姆　他没有提起我的事情吧？

臣乙　他的供状已经笔录下来，等会儿可以当着他的面公开宣读；要是他曾经提起您的事情——我想您是被他提起过的——请您耐着性子听下去。

兵士押帕洛上。

勃特拉姆　该死的东西!还把脸都遮起来了呢!他不会说我什么的。我且不要作声,听他怎么说。

臣甲　蒙脸人来了!浦托·达达洛萨。

兵士甲　他说要对你用刑,你看怎样?

帕洛　你们不必逼我,我会把我所知道的一切招供出来;要是你们把我榨成了肉酱,我也还是说这么几句话。

兵士甲　波斯哥·契末却。

臣甲　波勃利平陀·契克末哥。

兵士甲　真是一位仁慈的将军。这里有一张开列着问题的单子,将爷叫我照着它问你,你须要老实回答。

帕洛　我希望活命,一定不会说谎。

兵士甲　"第一,问他公爵有多少马匹。"你怎么回答?

帕洛　五六千匹,不过全是老弱无用的,队伍分散各处,军官都像叫花子,我可以用我的名誉和生命向你们担保。

兵士甲　那么我就把你的回答照这样记下来了。

帕洛　好的,你要我发无论什么誓都可以。

勃特拉姆　他可以什么都不顾,真是个没有救药的狗才!

臣甲　您弄错了,爵爷;这位是赫赫有名的军事专家帕洛先生,这是他自己亲口说的,在他的领结里藏着全部战略,在他的刀鞘里安放着浑身武艺。

臣乙　我从此再不相信一个把他的剑擦得雪亮的人;我也再不相信一个穿束得整整齐齐的人会有什么真才实学。

兵士甲　好,你的话已经记下来了。

帕洛　我刚才说的是五六千匹马,或者大约这个数目,我说的是真话,记下来吧,我说的是真话。

臣甲　他说的这个数目,倒有八九分真。

勃特拉姆　像他这样的说真话,我是不感激他的。

255

帕洛　请您记好了,我说那些军官们都像叫花子。

兵士甲　好,那也记下了。

帕洛　谢谢您啦。真话就是真话,这些家伙都是寒碜得不成样子的。

兵士甲　"问他步兵有多少人数。"你怎么回答?

帕洛　你们要是放我活命,我一定不说谎话。让我看:史卑里奥,一百五十人;西巴斯辛,一百五十人;柯兰勃斯,一百五十人;杰奎斯,一百五十人;吉尔辛、考斯莫、洛多威克、葛拉提、各二百五十人;我自己所带的一队,还有契托弗、伏蒙特、本提,各二百五十人:一共算起来,好的歹的并在一起,还不到一万五千人,其中的半数连他们自己外套上的雪都不敢拂掉,因为他们唯恐身子摇了一摇,就会像朽木一样倒塌下来。

勃特拉姆　这个人应当把他怎样处治才好?

臣甲　我看不必,我们应该谢谢他。问他我这个人怎样,公爵对我信任不信任。

兵士甲　好,我已经把你的话记下来了。"问他公爵营里有没有一个法国人名叫杜曼上尉的;公爵对他的信用如何;他的勇气如何,为人是否正直,军事方面的才能怎样;假如用重金贿赂他,能不能诱他背叛。"你怎么回答?你所知道的怎样?

帕洛　请您一条一条问我,让我逐一回答。

兵士甲　你认识这个杜曼上尉吗?

帕洛　我认识他,他本来是巴黎一家缝衣铺里的徒弟,因为把市长家里的一个不知人事的傻丫头弄大了肚皮,被他的师傅一顿好打赶了出来。(臣甲举手欲打。)

勃特拉姆　且慢,不要打他;他的脑袋免不了要给一爿瓦掉下来砸碎的。

兵士甲　好,这个上尉在不在弗罗棱萨公爵的营里?

帕洛　他在公爵营里,他的名誉一塌糊涂。

臣甲　不要这样瞧着我，我的好爵爷，他就会说起您的。

兵士甲　公爵对他的信用怎样？

帕洛　公爵只知道他是我手下的一个下级军官，前天还写信给我叫我把他开革；我想他的信还在我的口袋里呢。

兵士甲　好，我们来搜。

帕洛　不瞒您说，我记得可不大清楚，也许它在我口袋里，也许我已经把它跟公爵给我的其余的信一起放在营里归档了。

兵士甲　找到了；这儿是一张纸，我要不要向你读一遍？

帕洛　我不知道那是不是公爵的信。

勃特拉姆　我们的翻译装得真像。

臣甲　的确像极了。

兵士甲　"狄安娜，伯爵是个有钱的傻大少——"

帕洛　那不是公爵的信，那是我写给弗罗棱萨城里一位名叫狄安娜的良家少女的信，我劝她不要受人家的引诱，因为有一个罗西昂伯爵看上了她，他是一个爱胡调的傻哥儿，一天到晚转女人的念头。请您还是把这封信放好了吧。

兵士甲　不，对不起，我要把它先读一遍。

帕洛　我写这封信的用意是非常诚恳的，完全是为那个姑娘的前途着想；因为我知道这个少年伯爵是个危险的淫棍，他是色中饿鬼，出名的破坏处女贞操的魔王。

勃特拉姆　该死的反复小人！

兵士甲

　　　他要是向你盟山誓海，
　　　　你就向他把金银索讨；
　　　你须要半推半就，若即若离，
　　　　莫让他把温柔的滋味尝饱。

257

一朝肥肉咽下了他嘴里，

　　你就永远不要想他付钞。

　　一个军人这样对你忠告：

　　宁可和有年纪人来往，

　　不要跟少年郎们胡调。

　　　　　你的忠仆帕洛上。

勃特拉姆　我要把这首诗贴在他的额角上，拖着他游行全营，一路上用鞭子抽他。

臣甲　爵爷，这就是您的忠心的朋友，那位精通万国语言的专家，全能百晓的军人。

勃特拉姆　我以前最讨厌的是猫，现在他在我眼中就是一头猫。

兵士甲　朋友，照我们将军的面色看来，我们就要把你吊死了。

帕洛　将爷，无论如何，请您放我活命吧。我并不是怕死，可是因为我自知罪孽深重，让我终其天年，也可以忏悔忏悔我的余生。将爷，把我关在地牢里，锁在脚桎里，或者丢在无论什么地方都好，千万饶我一命！

兵士甲　要是你能够老老实实招认一切，也许还有通融余地。现在还是继续问你那个杜曼上尉的事情吧。你已经回答过公爵对他的信用和他的勇气，现在要问你他这人为人是否正直？

帕洛　他会在和尚庙里偷鸡蛋；讲到强奸妇女，没有人比得上他；毁誓破约，是他的拿手本领；他撒起谎来，可以颠倒黑白，混淆是非；酗酒是他最大的美德，因为他一喝酒便会烂醉如猪，倒在床上，不会再去闯祸，唯一倒霉的只有他的被褥，可是人家知道他的脾气，总是把他抬到稻草上去睡。关于他的正直，我没有什么话好说；凡是一个正人君子所不应该有的品质，他无一不备；凡是一个正人君子所应该有的品质，他一无所有。

臣甲　他说得这样天花乱坠，我倒有点喜欢他起来了。

勃特拉姆 因为他把你形容得这样巧妙吗？该死的东西！他越来越像一头猫了。

兵士甲 你说他在军事上的才能怎样？

帕洛 我不愿说他的谎话，他曾经在英国戏班子里擂过鼓，此外我就不知道他的军事上的经验了；他大概还在英国某一个迈兰德广场上教过民兵两人一排地站队。我希望尽量说他的好话，可是这最后一件事我不能十分肯定。

臣甲 他的无耻厚脸，简直是空前绝后，这样一个宝货倒也是不可多得的。

勃特拉姆 该死！他真是一头猫。

兵士甲 他既然是这样一个卑鄙下流的人，那么我也不必问你贿赂能不能引诱他反叛了。

帕洛 给他几毛钱，他就可以把他的灵魂连同世袭继承权全部出卖，永不反悔。

兵士甲 他还有一个兄弟，那另外一个杜曼上尉呢？

臣乙 他为什么要问起我？

兵士甲 他是怎样一个人？

帕洛 也是一个窠里的老鸦；从好的方面讲，他还不如他的兄长，从坏的方面讲，可比他的哥哥胜过百倍啦。他的哥哥是出名的天字第一号的懦夫，可是在他面前还要甘拜下风。退后起来，他比谁都奔得快；前进起来，他就寸步难移了。

兵士甲 要是放你活命，你愿不愿意做内应，把弗罗棱萨公爵出卖给我们？

帕洛 愿意愿意，连同他们的骑兵队长就是那个罗西昂伯爵。

兵士甲 我去对将军说，看他意思怎样。

帕洛 （旁白）我从此再不打什么倒霉鼓了！我原想冒充一下好汉，骗骗那个淫荡的伯爵哥儿，结果闯下这样大的祸；可是谁又

259

　　　　想得到在我去的那个地方会有埋伏呢？
兵士甲　朋友，没有办法，你还是不免一死。将军说，你这样不要脸地泄露了自己军中的秘密，还把知名当世的贵人这样信口诋毁，留你在这世上，没有什么用处，所以必须把你执行死刑。来，刽子手，把他的头砍下来。
帕洛　哎哟，我的天爷爷，饶了我吧，倘然一定要我死，那么也让我亲眼看个明白。
兵士甲　那倒可以允许你，让你向你的朋友们辞行吧。（解除帕洛脸上所缚之布）你瞧一下，有没有你认识的人在这里？
勃特拉姆　早安，好队长！
臣乙　上帝祝福您，帕洛队长！
臣甲　上帝保佑您，好队长！
臣乙　队长，我要到法国去了，您要我带什么信去给拉佛大人吗？
臣甲　好队长，您肯不肯把您替罗西昂伯爵写给狄安娜小姐的情诗抄一份给我？可惜我是个天字第一号的懦夫，否则我一定会强迫您默写出来；现在我不敢勉强您，只好失陪了。（勃特拉姆及甲乙二臣下。）
兵士甲　队长，您这回可出了丑啦！
帕洛　明枪好躲，暗箭难防，任是英雄好汉，也逃不过诡计阴谋。
兵士甲　要是您能够发现一处除了荡妇淫娃之外没有其他的人居住的国土，您倒很可以在那里南面称王，建立起一个无耻的国家来。再见，队长；我也要到法国去，我们会在那里说起您的。（下。）
帕洛　管他哩，我还是我行我素。倘然我是个有几分心肝的人，今天一定会无地自容；可是虽然我从此掉了官，我还是照旧吃吃喝喝，照样睡得烂熟，像我这样的人，到处为家，什么地方不可以混混过去。可是我要警告那些喜欢吹牛的朋友，不要太吹过了头，有一天你会发现自己是一头驴子的。我的剑呀，你从此锈起来吧！帕洛呀，不要害臊。厚着脸皮活下去吧！人家作弄你，你也可以靠让人家作弄走运，天生世人，谁都不会没有办法的。他们都已经走了，待我追上前去。（下。）

第四场　弗罗棱萨。寡妇家中一室

　　海丽娜、寡妇及狄安娜上。

海丽娜　为了使你们明白我并没有欺弄你们，一个当今最伟大的人物可以替我做保证；在我还没有完成我的目的以前，我必须在他的宝座之前下跪。过去我曾经替他做过一件和他的生命差不多同样宝贵的事，即使是蛮顽无情的鞑靼人，也不能不由衷迸出一声感谢。有人告诉我他现在在马赛，正好有便人可以护送我们到那儿去。我还要告诉你们知道，人家都当我已经死了。现在军队已经解散，我的丈夫也回家去了，要是我能够得到上天的默佑和王上的准许，我们也可以早早回家。

寡妇　好夫人，请您相信我，我是您的最忠实的仆人，凡是您信托我做的事，我无不乐意为您效劳。

海丽娜　大娘，你也可以相信我是你的一个最好的朋友，无时无刻不在想着怎样才可以报答你的厚意。你应该相信，既然上天注定使你的女儿帮助我得到一个丈夫，它也一定会使我帮助她称心如意地嫁一位如意郎君。我就是不懂男子们的心理，他们竟会向一个被认为厌物的女子倾注他们的万种温情！沉沉的黑夜使他觉察不出自己已经受人愚弄，抱着一个避之唯恐不及的蛇蝎，还以为就是那已经杳如黄鹤的玉人，可是这些话我们以后再说吧。狄安娜，我还要请你为了我的缘故，稍为委屈一下。

狄安娜　您无论吩咐我做什么事，只要不亏名节，我都愿意为您忍受一切，死而无怨。

海丽娜　请再忍耐片时，转眼就是夏天了，野蔷薇快要绿叶满枝，遮掩了它周身的棘刺；苦尽之后会有甘来。我们可以出发了，车子已经预备好，疲劳的精神也已经养息过来。万事吉凶成败，须看后场结局；倘能如愿以偿，何患路途纡曲。（同下。）

第五场　罗西昂。伯爵夫人府中一室

伯爵夫人、拉佛及小丑上。

拉佛　不，不，不，令郎都是因为受了那个无赖的引诱，才会这样胡作非为，那家伙一日不除，全国的青年都要中他的流毒。倘然没有这只大马蜂，令媳现在一定好好地活在世上，令郎也一定仍旧在家里不出去，受着王上的眷宠。

伯爵夫人　我但愿我从来不曾认识他，都是他害死了一位世上最贤德的淑女。她即使是我亲生骨肉，曾经使我忍受过怀胎的痛苦的，也不能使我爱她更为深切了。

拉佛　她真是一位好姑娘，所谓灵芝仙草，可遇而不可求。

小丑　可不是吗，大人，把她拌在菜里吃，一定也很香。

拉佛　混蛋，谁跟你说香草来着？我们说的是仙草。

小丑　我不是《圣经》上说的尼布甲尼撒大王[①]。他发起疯来，整天吃草，大人，我对草可并不在行。

[①] 尼布甲尼撒（Nebuchadnezzar），巴比伦王，吃草故事见《圣经·但以理书》第四章。

拉佛　你认为自己是哪个——是坏蛋呢，还是傻瓜？

小丑　给女人干活的时候，我是个傻瓜，大人；给男人干活的时候，我是个坏蛋。

拉佛　这个分别由何而来？

小丑　我把男人的妻子骗走，替他越俎代庖。

拉佛　那你果然成了替男人干活的坏蛋。

小丑　我把我常耍的这小棍给他妻子，这就也为她干活了。

拉佛　言之有理；又是坏蛋，又是傻瓜。

小丑　请您多照顾。

拉佛　不，不，不。

小丑　没关系，您要不肯照顾我，我还可以找一个身份不下于您的贵人。

拉佛　那是谁？是个法国人吗？

小丑　说真的，大人，论起姓名来，他是个英国人；可是看模样，他在法国比在英国更得意。

拉佛　你说的是哪位贵人？

小丑　黑太子，大人；也就是黑暗之王，也就是魔鬼。

拉佛　别扯啦，把这袋钱拿去。我不是要引诱你离开你方才说起的主人；还是好生侍奉他吧。

小丑　我是从山林里来的，大人，最喜欢生火取暖；我方才说起的主人也总是把火烧得热热的。他是统治全世界的大王；可是，叫那班贵族在他的宫廷里待着吧，我还是到那窄门的小屋里住着去，那是坐享荣华的人不屑于光临的。少数肯贬低自己的也许能去，可是大多数娇生惯养的准会怕冷，他们宁可沿着布满鲜花的大路，走向宽门，直趋烈火。①

---

① 窄门宽门的比喻，见《圣经·马太福音》第七章，第十三节。

拉佛　去吧,我有点厌烦你了;我先告诉你,免得惹你不痛快。去吧,好好看着我那几匹马,别胡闹。

小丑　要是我在看马的时候胡闹,大人,那也不过是"马胡"而已。(下。)

拉佛　真是个机灵的,会捣乱的坏蛋。

伯爵夫人　您说得很对。先夫在世的时候很喜欢他,命令我们把他养在家里;这一来,他就认为自己有肆口胡言的权利了。他说话真是很没有分寸的,爱拿谁开玩笑,就拿谁开玩笑。

拉佛　我也觉得他怪有意思的,叫他说说没有关系。我刚才正要告诉您,自从我听见了少夫人的噩耗,并且知道令郎就要回来的消息以后,我就央求王上替小女做成一头亲事;实在说起来,他们两个人都还年幼,这是王上首先想起,向我当面提起过的。王上已经答应我亲任冰人;他对令郎本来颇有几分不高兴,借此正可使他忘怀旧事。不知道夫人的意思怎样?

伯爵夫人　我很满意,大人;希望这件事情能够圆满成功。

拉佛　王上已经从马赛动身来此,他的身体健壮得像刚满三十岁的人一样。他明天就可以到这里,这消息是一个一向靠得住的人告诉我的,大概不会有错。

伯爵夫人　我能够在未死之前,再见王上一面,真是此生幸事。我已经接到小儿来信,说他今晚便可以到家;大人要是不嫌舍间窄陋,就请在此耽搁一两天,等他们两人见了面再去好不好?

拉佛　夫人,我正在想他两人商谈的时候,我以怎样的资格参与。

伯爵夫人　只凭你尊贵的身份就够了。

拉佛　我谈不上什么尊贵,但是感谢上帝,总还算过得去。

小丑上。

小丑　啊,夫人!少爷就要来了,他脸上还贴着一块天鹅绒片呢;

那天鹅绒片底下有没有伤疤，要去问那天鹅绒才知道，可是它的确是一块很好的天鹅绒。他的左脸肿起来足有两寸半，可是右脸却是光光的。

拉佛　光荣的疤痕是最好的装饰。……我看那多半是疤痕。

小丑　我看准是杨梅疮。

拉佛　让我们去迎接令郎吧，我渴望跟这位英勇的少年战士谈谈呢。

小丑　他们一共有十多个人，大家戴着漂亮的帽子，帽子上插着羽毛，那羽毛看见每一个人都会点头招呼哩。（同下。）

第五幕

第一场　马赛。一街道

　　　　海丽娜、寡妇、狄安娜及二侍从上。

海丽娜　像这样急如星火的昼夜奔波，一定使两位十分疲倦了；这也实在没有办法。可是你们既然为了我的事情，不分昼夜地受了这许多辛苦，我一定会知恩图报，没齿不忘的。来得正好。

　　　　一朝士上。

海丽娜　这个人要是肯替我们出力，也许可以帮我带信给王上。上帝保佑您，先生！

朝士　上帝保佑您！

海丽娜　尊驾好像曾经在宫廷里见过。

朝士　我在那面曾经住过一些时间。

海丽娜　向来我听人家说您是个热心的好人，今天因为有一件非常迫切的事情，不揣冒昧，想要借重大力，倘蒙见助，永感大德。

朝士　您要我做什么事？

海丽娜　我想劳驾您把这一通诉状转呈王上，再请您设法带我去亲自拜见他。

朝士　王上已经不在这里了。

海丽娜　不在这里了!

朝士　不骗你们,他已经在昨天晚上离开此地,他去得很是匆忙,平常他可不是这样子的。

寡妇　主啊,我们白费了一场辛苦!

海丽娜　只要能够得到圆满的结果,何必顾虑眼前的挫折。请问他到什么地方去了?

朝士　大概是到罗西昂去;我也正要到那里去。

海丽娜　先生,您大概会比我早一步看见王上,可不可以请您把这一纸诉状递到他的手里?我相信您给我做了这一件事,不但不会受责,而且一定对您大有好处的。我们虽然缺少高车骏马,一定会尽我们的力量追踪着您前去。

朝士　我愿意效劳。

海丽娜　不管将来发生什么事,您的好心决不会没有酬报。咱们应该赶快上路了,去,去,把车马驾好了。(同下。)

第二场　罗西昂。伯爵夫人府中的内厅

小丑及帕洛上。

帕洛　好拉瓦契先生,请你把这封信交给拉佛大人。我从前穿绸着缎的时候,你也是认识我的;现在因为失欢于命运,所以才沾上了这一身肮脏的气味。

小丑　嘿,若照你那么说,失欢于命运可真够臭的。以后,凡是从命运的泥坑里捞上来的鱼,我是一条也不吃了。请你往那边站站。

帕洛　不，你不必堵住你的鼻子，我不过比方这样说说而已。

小丑　不管是你的比方也好，别人的比方也好，气味这样难闻，我总是得堵鼻子的。请你再站远点。

帕洛　有劳你，大哥，给我送一送这封信。

小丑　嘿！对不起，你站开点吧；从命运的茅厕里送信给一位贵人！瞧，他自己来啦。

　　　　拉佛上。

小丑　大人，这儿有一头猫，可不是带麝香味的猫，他自己说因为失欢于命运，所以跌在他的烂泥潭里，沾上了满身的肮脏。我瞧他的样子，像是一个寒酸倒霉的蠢东西坏家伙，我很可怜他这副穷相，所以才用那番话捧他，现在请大人随便发落他吧。（下。）

帕洛　大人，我是一个不幸在命运的利爪下受到重伤的人。

拉佛　那么你要我怎么办呢？现在再去剪掉命运的利爪也太迟了。命运是一个很好的女神，她不愿让小人永远得志，一定是你自己做了坏事，她才会加害于你。这几个钱你拿去吧。让保甲长给你找点活干，替你向命运说合说合。我还有别的事情，少陪了。

帕洛　请大人再听我说一句话。

拉佛　你嫌这钱太少吗？好，再给你一个，不用多说啦。

帕洛　好大人，我的名字是帕洛。

拉佛　这可不只是一句话。哎哟，失敬失敬！你的那面宝贝鼓儿怎样啦？

帕洛　啊，我的好大人，您是第一个揭破我的人。

拉佛　是真的吗？我也是第一个甩掉你的人。

帕洛　您是有能力拉我一把的，大人，因为我是由于您才落到这个地步。

拉佛　滚开，混蛋！你要我一面做坏人，一面做好人，推了你下去，再把你拉上来吗？（内喇叭声）王上来了，这是他的喇叭的声音。你等几天再来找我吧。我昨天晚上还说起你；你虽然是一个傻瓜又是一个坏人，可是我也不愿瞧着你饿死。你去吧。

帕洛　谢谢大人。（各下。）

第三场　同前。伯爵夫人府中一室

　　　　喇叭奏花腔。国王、伯爵夫人、拉佛、群臣、朝士、侍卫等上。

国王　她的死对于我无异是丧失了一件珍贵的宝物，可是我真想不到你的儿子竟会这样痴愚狂悖，不知道她的真正的价值。

伯爵夫人　陛下，现在事情已经过去了，总是他年少无知，乘着一时的血气，受不住理智的节制，才会有这样乖张的行动，请陛下不必多计较了吧。

国王　可尊敬的夫人，我曾经对他怀着莫大的愤怒，只待找到机会，便想把重罚降在他的身上，可是现在我已经宽恕一切、忘怀一切了。

拉佛　请陛下恕我多言，我说，这位小爵爷太对不起陛下，太对不起他的母亲，也太对不起他的夫人了，可是他尤其对不起他自己；他所失去的这位妻子，她的美貌足以使人间粉黛一齐失色，她的言辞足以迷醉每一个人的耳朵，她的尽善尽美，足以使最高傲的人俯首臣服。

国王　赞美已经失去的事物，使它在记忆中格外显得可爱。好，叫他过来吧；我们已经言归于好，从此不再重提旧事了。他无须向我求恕；他所犯的重大过失，已经成为过去的陈迹，埋葬在永久的遗忘里了。让他过来见我吧，他现在是一个不相识者，不是一个罪人，告诉他，这就是我的旨意。

近侍 是，陛下。（下。）

国王 他对于你的女儿怎么说？你跟他说起过这回事吗？

拉佛 他说一切都要听候陛下的旨意。

国王 那么我们可以做成这一头婚事了。我已经接到几封信，对他都是备极揄扬。

　　　　勃特拉姆上。

拉佛 他今天打扮得果然英俊不凡。

国王 我的心情是变化无常的天气，你在我身上可以同时看到温煦的日光和无情的霜霰；可是当太阳大放光明的时候，蔽天的阴云是会扫荡一空的。你近前来吧，现在又是晴天了。

勃特拉姆 小臣罪该万死，请陛下原谅。

国王 已往不咎，从前的种种，以后不用再提了，让我们还是迎头抓住眼前的片刻吧。我老了，时间的无声的脚步，往往不等我完成最紧急的事务就溜过去了。你记得这位大臣的女儿吗？

勃特拉姆 陛下，她在我脑中留着极好的印象。当我第一眼看见她的时候，我就钟情于她；可是我的含情欲吐的舌头还没有敢大胆倾诉我的衷心的爱慕；她的记忆深深铭刻在我的心里，使我看世间粉黛只能用轻蔑的歪曲的眼光，觉得任何女子的面貌都不及她齐整秀丽，任何女子的肤色都不及她自然匀称，任何女子的身材都不及她修短合度。正因为如此，我那受尽世人赞美而我自己直到她死后才觉得她可爱的亡妻，才像是迷眼的灰尘，使我不能看中。

国王 你给自己辩护得很好，你对她还有这么一些情谊，也可以略略抵消你这一笔负心的债了。可是来得太迟了的爱情，就像已经执行死刑以后方才送到的赦状，不论如何后悔，都没

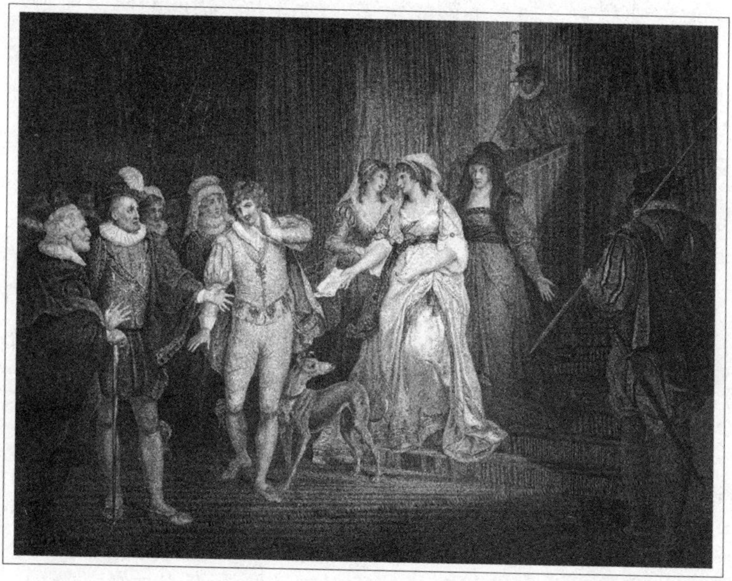

有法子再挽回了。我们的粗心的错误，往往不知看重我们自己所有的可贵的事物，直至丧失了它们以后，方始认识它们的真价。我们的无理的憎嫌，往往伤害了我们的朋友，然后再在他们的坟墓之前椎胸哀泣。我们让整个白昼在憎恨中昏睡过去，而当我们清醒转来以后，再让我们的爱情因为看见已经铸成的错误而恸哭。温柔的海伦是这样地死了，我们现在把她忘记了吧。把你的定情礼物送去给美丽的穆德琳吧；两家的家长都已彼此同意，我们现在正在等着参加我们这位丧偶郎君的再婚典礼呢。

伯爵夫人　天哪，求你祝福这一次婚姻比上一次美满！不然，在他们会面之前，就叫我命终吧！

拉佛　来，贤婿。从今以后，我家的姓名也归并给你了，请你快快拿出一点什么东西来，让我的女儿高兴高兴，好叫她快点儿来。（勃特拉姆取指环与拉佛）哎哟！已故的海伦是一个可爱的姑娘，我还记得最后一次我在宫廷里和她告别的时候，我也看见她的手指上有这样一个指环。

勃特拉姆　这不是她的。

国王　请你让我看一看；我刚才在说话的时候，就已经注意到这个指环了。——这是我的；我把它送给海伦的时候，曾经对她说过，要是她有什么为难的事，凭着这个指环，我就可以给她帮助。你居然会用诡计把她这随身的至宝夺了下来吗？

勃特拉姆　陛下，您一定是看错了，这指环从来不曾到过她的手上。

伯爵夫人　儿呀，我可以用我的生命为誓，我的确曾经看见她戴着这指环，她把它当作生命一样重视。

拉佛　我也可以确确实实地说我看见她戴过它。

勃特拉姆　大人，您弄错了，她从来不曾看见过这个指环。它是从弗罗棱萨一家人家的窗户里丢出来给我的，包着它的一张

272

纸上还写着丢掷这指环的人的名字。她是一位名门闺秀，她以为我受了这指环，等于默许了她的婚约；可是我自忖自己是一个有妇之夫，不敢妄邀非分，所以坦白地告诉了她我不能接受她的好意；她知道事情无望，也就死下心来，可是一定不肯收回这个指环。

国王　能够辨别和冶炼各种金属的财神也不能比我自己更清楚地认出这个指环了。不管你从哪一个人手里得到它，它是我的，也是海伦的。所以你要放明白一些，快给我招认出来，你用怎样的暴力从她手里把它夺了来。她曾经指着神圣的名字为证，发誓决不让它离开她的手指，只有当她遭到极大不幸的时候，她才会把它送给我，或者当你和她同床的时候，她可以把它交给你，可是你从来不曾和她同过枕席。

勃特拉姆　她从来不曾见过这指环。

国王　你还要胡说？凭我的名誉起誓，你使我心里起了一种不敢想起的可怕的推测。要是你竟会这样忍心害理——这样的事情是不见得会有，可是我不敢断定；她是你痛恨的人，现在她死了；除非我亲自在她旁边看她死去，不然只有这指环才能使我相信她确已不在人世。把他押起来。（卫士捉勃特拉姆）已有的证据已经足够说明我的怀疑不是没有根据的，相反，我过去倒是太大意了。抓他下去！我们必须把事情查问一个水落石出。

勃特拉姆　您要是能够证明这指环曾经属她所有，那么您也可以证明我曾经在弗罗棱萨和她睡在一个床上，可是她从来不曾到过弗罗棱萨。（卫士押下。）

国王　我心中充满了可怖的思想。

　　　　第一场中之朝士上。

朝士　请陛下恕小臣冒昧，小臣在路上遇见一个弗罗棱萨妇人，要向陛下呈上一张状纸，因为赶不上陛下大驾，要我代她收下转呈御目。小臣因为看这个告状的妇人举止温文，言辞优雅，听她说来，好像她的事情非常重要，而且和陛下也有几分关系，所以大胆答应了她。她本人大概也就可以到了。

国王　"告状人狄安娜·卡必来特，呈为被诱失身恳祈昭雪事：窃告状人前在弗罗棱萨因遭被告罗西昂伯爵甘言引诱，允于其妻去世后娶告状人为妻，告状人一时不察，误受其愚，遂致失身。今被告已成鳏夫，理应践履前约，庶告状人终身有托；乃竟意图遗弃，不别而行。告状人迫不得已，唯有追踪前来贵国，叩阍鸣冤，伏希王上陛下俯察下情，主持公道，拯弱质于颠危，示淫邪以儆惕，实为德便。"

拉佛　我宁愿在市场上买一个女婿，把这一个摇着铃出卖给人家。

国王　拉佛，这是上天有心照顾你才会有这一场发现。把这些告状的人找来，快去再把那伯爵带过来。（朝士及若干侍从下）夫人，我怕海伦是死于非命的。

伯爵夫人　但愿干这样事的人都逃不了国法的制裁！

　　　　卫士押勃特拉姆上。

国王　伯爵，我可不懂，既然在你看来，妻子就像妖怪一样可怕，你因为不愿做丈夫，嘴里刚答应了立刻就远奔异国，那么你何必又想跟人家结婚呢？

　　　　朝士率寡妇及狄安娜重上。

国王　那个妇人是谁？

狄安娜　启禀陛下，我是一个不幸的弗罗棱萨女子，旧家卡必来特的后裔；我想陛下已经知道我来此告状的目的了，请陛下量情公断，给我做主。

寡妇　陛下，我是她的母亲。我活到这一把年纪，想不到还要出头露面，受尽羞辱，要是陛下不给我们做主，那么我的名誉固然要从此扫地，我这风烛残年，也怕就要不保了。

国王　过来，伯爵，你认识这两个妇人吗？

勃特拉姆　陛下，我不能否认，也不愿否认我认识她们；她们还控诉我些什么？

狄安娜　你不认识你的妻子了吗？

勃特拉姆　陛下，她不是我的什么妻子。

狄安娜　你要是跟人家结婚，必须用这一只手表示你的诚意，而这一只手是已经属于我的了；你必须对天立誓，而那些誓也已经属于我的了。凭着我们两人的深盟密誓，我已经与你成为一体，谁要是跟你结婚，就必须同时跟我结婚，因为我也是你的一部分。

拉佛　（向勃特拉姆）你的名誉太坏了，配不上我的女儿，你不配做她的丈夫。

勃特拉姆　陛下，这是一个痴心狂妄的女子，我以前不过跟她开过一些玩笑；请陛下相信我的人格，我还不至于堕落到这样一个地步。

国王　除非你能用行动赢回我的信任，不然我对你的人格只能做很低的评价。但愿你的人格能证明比我想的要好一些！

狄安娜　陛下，请您叫他宣誓回答，我的贞操是不是他破坏的？

国王　你怎么回答她？

勃特拉姆　陛下，她太无耻了，她是军营里一个人尽可夫的娼妓。

狄安娜　陛下，他冤枉了我；我倘然是这样一个人，他就可以用普通的价钱买到我的身体。不要相信他。瞧这指环吧！这是一件稀有的贵重的宝物，可是他却会毫不在意地丢给一个军营里人尽可夫的娼妓！

伯爵夫人　他在脸红了，果然是的；这指环是我们家里六世相传的宝物。这女人果然是他的妻子，这指环便是一千个证据。

国王　你说你看见这里有一个人,可以为你做证吗?

狄安娜　是的,陛下,可是他是个坏人,我很不愿意提出这样一个人来;他的名字叫帕洛。

拉佛　我今天看见过那个人,如果他也可以算是个人的话。

国王　去把这人找来。(一侍从下。)

勃特拉姆　叫他来干吗呢?谁都知道他是一个无耻之尤的小人,什么坏事他都做得,讲一句老实话就会不舒服。难道随着他的信口胡说,就可以断定我的为人吗?

国王　你的指环在她手上,这可是抵赖不了的。

勃特拉姆　我想这是事实,我的确曾经喜欢过她,也曾经和她发生过一段缱绻,年轻人爱好风流,这些逢场作戏的事实是免不了的。她知道与我身份悬殊,有心诱我上钩,故意装出一副冷若冰霜的神气来激动我。因为在恋爱过程中的一切障碍,都是足以挑起更大的情热的。凭着她的层出不穷的手段和迷人的娇态,她终于把我征服了。她得到了我的指环,我向她换到的,却是出普通市价都可以买得到的东西。

狄安娜　我必须捺住我的怒气。你会抛弃你从前那位高贵的夫人,当然像我这样的女人,更不值得你一顾,玩够了就可以丢了。可是我还要请求你一件事,你既然是这样一个薄情无义的男人,我也情愿失去你这样一个丈夫,叫人去把你的指环拿来还给我,让我带回家去;你给我的指环,我也可以还你。

勃特拉姆　我没有什么指环。

国王　你的指环是什么样子的?

狄安娜　陛下,就跟您手指上的那个差不多。

国王　你认识这个指环吗?它刚才还是他的。

狄安娜　这就是他在我床上的时候我给他的那一个。

国王　那么说你从窗口把它丢下去给他的话,完全是假的了。

狄安娜　我说的句句都是真话。

　　　　　侍从率帕洛重上。

勃特拉姆　陛下,我承认这指环是她的。

国王　你太会躲闪了,好像见了一根羽毛的影子都会吓了一跳似的。这就是你说起的那个人吗?

狄安娜　是,陛下。

国王　来,老老实实告诉我,你知道你的主人和这个妇人有什么关系?尽管照你所知道的说来,不用害怕你的主人,我不会让他碰你的。

帕洛　启禀陛下,我的主人是一位规规矩矩的绅士,有时他也有点儿不大老实,可是那也是绅士们所免不了的。

国王　来,来,别说废话,他爱这个妇人吗?

帕洛　不瞒陛下说,他爱过她;可是——

国王　可是什么?

帕洛　陛下,他爱她就像绅士们爱着女人一样。

国王　这是怎么说的?

帕洛　陛下,他爱她,但是他也不爱她。

国王　你是个混蛋,但是你也不是个混蛋。这家伙怎么说话这样莫名其妙的?

帕洛　我是个苦人儿,一切听候陛下的命令。

拉佛　陛下,他只会打鼓,不会说话。

狄安娜　你知道他答应娶我吗?

帕洛　不说假话,我有许多事情心里明白,可是嘴上却不便说。

国王　你不愿意说出你所知道的一切吗?

帕洛　陛下要我说,我就说,我的确替他们两人做过媒;而且他真是爱她,简直爱到发了疯,什么魔鬼呀,地狱呀,还有什么什么,这一类话他都说过;那个时候他们把我当作心腹看待,所以我知道他们在一起睡过觉，还有其余的花样儿，例如答应娶她哪，还有什么什么哪，这些我实在不好意思说出来，所以我想我还是不要把我所知道的事情说出来的好。

国王　你已经把一切都说出来了，除非你还能够说他们已经结了婚。可是你这证人说话太绕弯了。站在一旁。——你说这指环是你的吗？

狄安娜　是，陛下。

国王　你从什么地方买来的？还是谁给你的？

狄安娜　那不是人家给我，也不是我去买来的。

国王　那么是谁借给你的？

狄安娜　也不是人家借给我的。

国王　那么你在什么地方拾来的？

狄安娜　我也没有在什么地方拾来。

国王　不是买来，又不是人家送给你，又不是人家借给你，又不是在地上拾来，那么它怎么会到你手里，你怎么会把它给了他呢？

狄安娜　我从来没有把它给过他。

拉佛　陛下，这女人的一条舌头翻来覆去，就像一只可以随便脱下套上的宽手套一样。

国王　这指环是我的，我曾经把它赐给他的前妻。

狄安娜　它也许是陛下的，也许是她的，我可不知道。

国王　把她带下去，我不喜欢这个女子。把她关在监牢里；把他也一起带下去。你要是不告诉我你在什么地方得到这个指环，我就立刻把你处死。

狄安娜　我永远不告诉你。

国王　把她带下去。

狄安娜　陛下，请您让我交保吧。

国王　我现在知道你也不是好东西。

狄安娜　老天在上，要说我和什么男人结识过，那除非是你。

国王　那么你究竟为什么要控诉他呢？

狄安娜　因为他有罪，但是他没有罪。他知道我已经不是处女，他会发誓说我不是处女；可是我可以发誓说我是一个处女，这是他所不知道的。陛下，我愿意以我的生命为誓，我并不是一个娼妓，我的身体是清白的，要不然我就配给这老头子为妻。

国王　她越说越不像话了；把她带下监牢里去。

狄安娜　妈，你给我去找那个保人来吧。（寡妇下）且慢，陛下，我已经叫她去找那指环的原主人来了，他可以做我的保人的。至于这位贵人，他虽然不曾害了我，他自己心里是知道他做过什么对不起我的事的，现在我且放过了他吧。他知道他曾经玷污过我的枕席，就在那个时候，他的妻子跟他有了身孕，她虽然已经死去，却能够觉得她的孩子在腹中跳动。你们要是不懂得这个生生死死的哑谜，那么且看，解哑谜的人来了。

　　　　寡妇偕海丽娜重上。

国王　我的眼睛花了吗？我看见的是真的还是假的？

海丽娜　不，陛下，您所看见的只是一个妻子的影子，但有虚名，并无实际。

勃特拉姆　虚名也有，实际也有。啊，原谅我吧！

海丽娜　我的好夫君！当我冒充着这位姑娘的时候，我觉得您真是温柔体贴，无微不至。这是您的指环；瞧，这儿还有您的信，它说："汝倘能得余永不离手之指环，且能腹孕一子，确为余之骨肉者，始可称余为夫。"现在这两件事情我都做到了，您愿意做我的丈夫吗？

勃特拉姆　陛下，她要是能够把这回事情向我解释明白，我愿意永远永远爱她。

海丽娜　要是我不能把这回事情解释明白,要是我的话与事实不符,我们可以从此劳燕分飞,人天永别!啊,我的亲爱的妈,想不到今生还能够看见您!

拉佛　我的眼睛里酸溜溜的,真的要哭起来了。(向帕洛)朋友,借块手帕儿给我,谢谢你。等会儿你跟我回去吧,你可以给我解解闷儿。算了,别打躬作揖了,我讨厌你这个鬼腔调儿。

国王　让我们听一听这故事的始终本末,叫大家高兴高兴。(向狄安娜)你倘然果真是一朵未经攀折的鲜花,那么你也自己选一个丈夫吧,我愿意送一份嫁奁给你;因为我可以猜到多亏你的好心的帮助,这一双怨偶才会变成佳偶,你自己也保全了清白。这一切详详细细的经过情形,等着我们慢慢儿再谈吧。正是——

　　　　团圆喜今夕,艰苦愿终偿,
　　　　不历辛酸味,奚来齿颊香。(喇叭奏花腔。众下。)

收场诗(饰国王者向观众致辞)

　　　　袍笏登场本是虚,王侯卿相总堪嗤,
　　　　但能博得观众喜,便是功成圆满时。(下。)

一报还一报

剧中人物

文森修　公爵
安哲鲁　公爵在假期中的摄政
爱斯卡勒斯　辅佐安哲鲁的老臣
克劳狄奥　少年绅士
路西奥　纨绔子
两个纨绔绅士
凡里厄斯　公爵近侍
狱吏

托马斯 ⎫
彼得　 ⎬ 两个教士

陪审官
爱尔博　糊涂的差役
弗洛斯　愚蠢的绅士
庞贝　妓院中的当差
阿伯霍逊　刽子手
巴那丁　酗酒放荡的囚犯

依莎贝拉　克劳狄奥的姊姊

玛利安娜　安哲鲁的未婚妻

朱丽叶　克劳狄奥的恋人

弗兰西丝卡　女尼

咬弗动太太　鸨妇

大臣、差役、市民、童儿、侍从等

地　点

维也纳

第一幕

第一场　公爵宫廷中一室

　　公爵、爱斯卡勒斯、群臣及侍从等上。

公爵　爱斯卡勒斯！

爱斯卡勒斯　有，殿下。

公爵　关于政治方面的种种机宜，我不必多向你絮说，因为我知道你在这方面的经验阅历，胜过我所能给你的任何指示；对于地方上人民的习性，以及布政施教的宪章、信赏必罚的律法，你也都了如指掌，比得上任何博学练达之士，所以我尽可信任你的才能，让你自己去适宜应付。我给你这一道诏书，愿你依此而行。（以诏书授爱斯卡勒斯）来人，去唤安哲鲁过来。（一侍从下）你看：他这人能不能代理我的责任？因为我在再三考虑之下，已经决定当我出巡的时候，叫他摄理政务；他可以充分享受众人的畏惧爱敬，全权处置一切的事情。你以为怎样？

爱斯卡勒斯　在维也纳地方，要是有人值得受这样隆重的眷宠恩荣，那就是安哲鲁大人了。

公爵　他来了。

　　　安哲鲁上。

安哲鲁　听见殿下的召唤,小臣特来恭听谕令。

公爵　安哲鲁,在你的生命中有一种与众不同的地方,使人家一眼便知道你的全部的为人。你自己和你所有的一切,倘不拿出来贡献于人世,仅仅一个人独善其身,那实在是一种浪费。上天生下我们,是要把我们当作火炬,不是照亮自己,而是普照世界;因为我们的德行倘不能推及他人,那就等于没有一样。一个人有了才华智慧,必须使它产生有益的结果;造物是一个工于算计的女神,她所给予世人的每一分才智,都要受赐的人知恩感激,加倍报答。可是我虽然这样对你说,也许我倒是更应该受你教益的;所以请你受下这道诏书吧,安哲鲁;(以诏书授安哲鲁)当我不在的时候,你就是我的全权代表,你的片言一念,可以决定维也纳人民的生死,年高的爱斯卡勒斯虽然先受到我的嘱托,他却是你的辅佐。

安哲鲁　殿下,当您还没有在我这块顽铁上面打下这样光荣伟大的印记之前,最好请您先让它多受一番试验。

公爵　不必推托了,我在详细考虑之后,才决定选中你,所以你可以受之无愧。我因为此行很是匆促,对于一切重要事务不愿多加过问。我去了以后,随时会把我在外面的一切情形写信给你;我也盼望你随时把这儿的情形告诉我。现在我们再会吧,希望你们好好执行我的命令。

安哲鲁　可是殿下,请您容许我们为您壮壮行色吧。

公爵　我急于动身,这可不必了。你在代我摄政的时候,尽管放手干去,不必有什么顾虑;你的权力就像我自己一样,无论是需要执法从严的,或者不妨衡情宽恕的,都凭着你的判断执行。让我握你的手。我这回出行不预备给大家知道;我虽然爱我的人民，可是不愿在他们面前铺张扬厉，他们热烈的夹道欢呼，虽然可以表明他们对我的好感，可是我想，喜爱这一套的人是难以称为审慎的。再会吧！

安哲鲁　上天保佑您一路平安！

爱斯卡勒斯　愿殿下早日平安归来！

公爵　谢谢你们。再见！（下。）

爱斯卡勒斯　大人，我想请您准许我跟您开诚布公地谈一下，我必须知道我自己的地位。主上虽然付我以重托，可是我还不曾明白我的权限是怎样。

安哲鲁　我也是一样。让我们一块儿回去对这个问题做出圆满的安排吧。

爱斯卡勒斯　敬遵台命。（同下。）

第二场　街道

路西奥及二绅士上。

路西奥　我们的公爵和其他的公爵们要是跟匈牙利国王谈判不成功，那么这些公爵要一致向匈牙利国王进攻了。

绅士甲　上天赐我们和平，可是不要让我们和匈牙利国王讲和平！

绅士乙　阿门！

路西奥　你倒像那个虔敬的海盗，带着十诫出去航海，可是把其中的一诫涂掉了。

绅士乙　是"不可偷盗"那一诫吗？

路西奥　对了，他把那一诫涂掉了。

绅士甲　是啊，有了这一诫，那简直是打碎了那海盗头子和他们这一伙的饭碗，他们出去就是为了劫取人家的财物。哪一个当兵的人在饭前感恩祈祷的时候，愿意上帝给他和平？

绅士乙　我就没有听见过哪个兵士不喜欢和平。

路西奥　我相信你没有听见过，因为你是从来不到祈祷的地方去的。

绅士乙　什么话？至少也去过十来次。

绅士甲　啊，你也听见过有韵的祈祷文吗？

路西奥　长长短短各国语言的祈祷他都听见过。

绅士甲　我想他不论什么宗教的祈祷都听见过。

路西奥　对啊，宗教尽管不同，祈祷总是祈祷；这就好比你尽管祈祷，总是一个坏人一样。

绅士甲　嘿，我看老兄也差不多吧。

路西奥　这我倒承认；就像花边和闪缎差不多似的。你就是花边。

绅士甲　你就是闪缎，上好闪缎；真称得起是光溜溜的。我宁可作英国粗纱的花边，也不愿意像你这样，头发掉得精光，冒充法国闪缎。这话说得够味儿吧？

路西奥　够味儿；说实话，这味儿很让人恶心。你既然不打自招，以后我可就学乖了，这辈子总是先向你敬酒，不喝你用过的杯子，免得染上脏病。

绅士甲　我这话反倒说出破绽来了，是不是？

绅士乙　可不是吗？有病没病也不该这么说。

路西奥　瞧，瞧，我们那位消灾解难的太太来了！我这一身毛病都是在她家里买来的，简直破费了——

绅士乙　请问，多少？

路西奥　猜猜看。

绅士乙　一年三千块冤大头的洋钱。

绅士甲　哼，还许不止呢。

路西奥　还得添一个法国光头克朗。

绅士甲 你老以为我有病；其实你错了，我很好。

路西奥 对啦，不是普通人所说的健康；而是好得像中空的东西那样会发出好听的声音；你的骨头早就空了，骨髓早让风流事儿吸干了。

　　　咬弗动太太上。

绅士甲 啊，久违了！您的屁股上哪一面疼得厉害？

咬弗动太太 哼，哼，那边有一个人给他们捉去关在监牢里了，像你们这样的人，要五千个才抵得上他一个呢。

绅士乙 请问是谁啊？

咬弗动太太 嘿，是克劳狄奥大爷哪。

绅士甲 克劳狄奥关起来了！哪有此事！

咬弗动太太 嘿，可是我亲眼看见他给人捉住抓了去，而且就在三天之内，他的头要给割下来呢。

路西奥 别说笑话，我想这是不会的。你真的知道有这样的事吗？

咬弗动太太 千真万真，原因是他叫朱丽叶小姐有了身孕。

路西奥 这倒有几分可能。他约我在两点钟以前和他会面，到现在还没有来，他这人是从不失信的。

绅士乙 再说，这和我们方才谈起的新摄政的脾气也有几分符合。

绅士甲 尤其重要的是：告示的确是这么说的。

路西奥 快走！我们去打听打听吧。（路西奥及二绅士下。）

咬弗动太太 打仗的打仗去了，病死的病死了，上绞刑架的上绞刑架去了，本来有钱的穷下来了，我现在弄得没有主顾上门啦。

　　　庞贝上。

咬弗动太太 喂，你有什么消息？

庞贝 那边有人给抓了去坐牢了。

咬弗动太太 他干了什么事？

庞贝 关于女人的事。

289

咬弗动太太　可是他犯的什么罪?

庞贝　他在禁河里摸鱼。

咬弗动太太　怎么,谁家的姑娘跟他有了身孕了吗?

庞贝　反正是有一个女人怀了胎了。您还没有听见官府的告示吗?

咬弗动太太　什么告示?

庞贝　维也纳近郊的妓院一律拆除。

咬弗动太太　城里的怎么样呢?

庞贝　那是要留着传种的;它们本来也要拆除,幸亏有人说情。

咬弗动太太　那么咱们在近郊的院子都要拆除了吗?

庞贝　是啊,连片瓦也不留。

咬弗动太太　哎哟,这世界真是变了!我可怎么办呢?

庞贝　您放心吧,好讼师总是有人请教的,您可以迁地为良,重操旧业,我还是做您的当差。别怕,您侍候人家辛苦了这一辈子,人家总会可怜您照应您的。

咬弗动太太　那边又有什么事啦,酒保大爷?咱们避避吧。

庞贝　狱官带着克劳狄奥大爷到监牢里去啦,后面还跟着朱丽叶小姐。(咬弗动太太、庞贝同下。)

　　　　狱吏、克劳狄奥、朱丽叶及差役等上。

克劳狄奥　官长,你为什么要带着我这样游行全城,在众人面前羞辱我?快把我带到监狱里去吧。

狱吏　我也不是故意要你难堪,这是安哲鲁大人的命令。

克劳狄奥　威权就像是一尊天神,使我们在犯了过失之后必须受到重罚;它的命令是天上的纶音,不临到谁自然最好,临到谁的身上就没法反抗;可是我这次的确是咎有应得。

　　　　路西奥及二绅士重上。

路西奥　哎哟,克劳狄奥!你怎么戴起镣铐来啦?

克劳狄奥　因为我从前太自由了,我的路西奥。过度的饱食有伤

290

胃口，毫无节制的放纵，结果会使人失去了自由。正像饥不择食的饿鼠吞咽毒饵一样，人为了满足他的天性中的欲念，也会饮鸩止渴，送了自己的性命。

路西奥　我要是也像你一样，到了吃官司的时候还会讲这么一番大道理，我一定去把我的债主请几位来，叫他们告我。可是，说实话，与其道貌岸然地坐监，还是当个自由自在的蠢货好。你犯的是什么罪，克劳狄奥？

克劳狄奥　何必说起，说出来也是罪过。

路西奥　什么，是杀了人吗？

克劳狄奥　不是。

路西奥　是奸淫吗？

克劳狄奥　就算是吧。

狱吏　别多说了，去吧。

克劳狄奥　官长，让我再讲一句话吧。路西奥，我要跟你说话。（把路西奥扯至一旁。）

路西奥　只要是对你有好处的，你尽管说吧。官府把奸淫罪看得如此认真吗？

克劳狄奥　事情是这样的：我因为已经和朱丽叶互许终身，和她发生了关系；你是认识她的；她就要成为我的妻子了，不过没有举行表面上的仪式而已，因为她还有一注嫁奁在她亲友的保管之中，我们深恐他们会反对我们相爱，所以暂守秘密，等到那注嫁奁正式到她自己手里的时候，方才举行婚礼，可是不幸我们秘密的交欢，却在朱丽叶身上留下了无法遮掩的痕迹。

路西奥　她有了身孕了吗？

克劳狄奥　正是。现在这个新任的摄政，也不知道是因为不熟悉向来的惯例；或是因为初掌大权，为了威慑人民起见，有意来一次下马威；不知道这样的虐政是在他权限之内，还是由于他一旦高升，擅自作为——这些我都不能肯定。可是他已经把这十九年来束诸高阁的种种惩罚，重新加在我的身上了。他一定是为了要博取名誉才这样做的。

路西奥　我相信一定是这个缘故。现在你的一颗头颅搁在你的肩膀上，已经快要摇摇欲坠了，一个挤牛奶的姑娘在思念情郎的时候，叹一口气也会把它吹下来的。你还是想法叫人追上公爵，向他求情开脱吧。

克劳狄奥　这我也试过，可是不知道他究竟在什么地方。路西奥，我想请你帮我一下忙。我的姊姊今天要进庵院修道受戒，你快去把我现在的情形告诉她，代我请求她向那严厉的摄政说情。我相信她会成功，因为在她的青春的魅力里，有一种无言的辩才，可以使男子为之心动；当她在据理力争的时候，她的美妙的辞令更有折服他人的本领。

路西奥　我希望她能够成功，因为否则和你犯同样毛病的人，大家都要惴惴自危，未免太教爱好风流的人丧气；而且我也不愿意看见你为了一时玩耍，没来由送了性命。我就去。

克劳狄奥　谢谢你，我的好朋友。

路西奥　两点钟之内给你回音。

克劳狄奥　来，官长，我们去吧。（各下。）

第三场　寺院

　　　　　公爵及托马斯神父上。

公爵　不，神父，别那么想，不要以为爱情的微弱的箭镞会洞穿一个铠甲严密的胸膛。我所以要请你秘密地收容我，并不是因为我有一般年轻人那种燃烧着的情热，而是为了另外更严肃的事情。

托马斯　那么请殿下告诉我吧。

公爵　神父，你是最知道我的，你知道我多么喜爱恬静隐退的生活，而不愿把光阴消磨在少年人奢华靡费、争奇炫饰的所在。我已经把我的全部权力交给安哲鲁——他是一个持身严谨、屏绝嗜欲的君子——叫他代理我治理维也纳。他以为我是到波兰去了，因为我向外边透露着这样的消息，大家也都是这样相信着。神父，你要知道我为什么要这样做吗？

托马斯　我很愿意知道，殿下。

公爵　我们这儿有的是严峻的法律，对于放肆不驯的野马，这是少不了的羁勒，可是在这十四年来，我们却把它当作具文，就像一头蛰居山洞、久不觅食的狮子，它的爪牙全然失去了锋利。溺爱儿女的父亲倘使把藤鞭束置不用，仅仅让它作为吓人的东西，到后来它就会被孩子们所藐视，不会再对它生畏。我们的法律也是一样，因为从不施行的缘故，变成了毫无效力的东西，胆大妄为的人，可以把它恣意玩弄；正像婴孩殴打他的保姆一样，法纪完全荡然扫地了。

托马斯　殿下可以随时把这束置不用的法律实施起来，那一定比交给安哲鲁大人执行更能令人畏服。

公爵　我恐怕那样也许会叫人过分畏惧了。因为我对于人民的放纵，原是我自己的过失；罪恶的行为，要是姑息纵容，不加惩罚，那就是无形的默许，既然准许他们这样做了，现在再重新责罚他们，那就是暴政了。所以我才叫安哲鲁代理我的职权，他可以凭借我的名义重整颓风，可是因为我自己不在其位，人民也不致对我怨谤。一方面我要默察他的治绩，预备装扮作一个贵宗的僧侣，在各处巡回察访，不论皇亲国戚或是庶民，我都要一一访问。所以我要请你借给我一套僧服，还要有劳你指教我一个教士所应有的一切行为举止。我这样的行动还有其他的原因，我可以慢慢告诉你，可是其中的一个原因，是因为安哲鲁这人平日拘谨严肃，从不承认他的感情会冲动，或是面包的味道胜过石子，所以我们倒要等着看看，要是权力能够转移人的本性，那么世上正人君子的本来面目究竟是怎样的。（同下。）

第四场　尼庵

依莎贝拉及弗兰西丝卡上。

依莎贝拉　那么你们做尼姑的没有其他的权利了吗？

弗兰西丝卡　你以为这样的权利还不够吗？

依莎贝拉　够了够了；我这样说并不是希望更多的权利，我倒希望我们皈依圣克来的姊妹们，应该守持更严格的戒律。

路西奥　（在内）喂！上帝赐平安给你们。

依莎贝拉　谁在外面喊叫？

弗兰西丝卡　是个男人的声音。好依莎贝拉，你把钥匙拿去开门，问他有什么事。你可以去见他，我却不能，因为你还没有受戒。等到你立愿修持以后，你就不能和男人讲话，除非当着住持的面；而且讲话的时候，不准露脸，露脸的时候不准讲话。他又在叫了，请你就去回答他吧。（下。）

依莎贝拉　平安如意！谁在那里叫门？

　　　路西奥上。

路西奥　愿你有福，姑娘！我看你脸上的红晕，就知道你是个童贞女。你可以带我去见见依莎贝拉吗？她也是在这儿修行的，

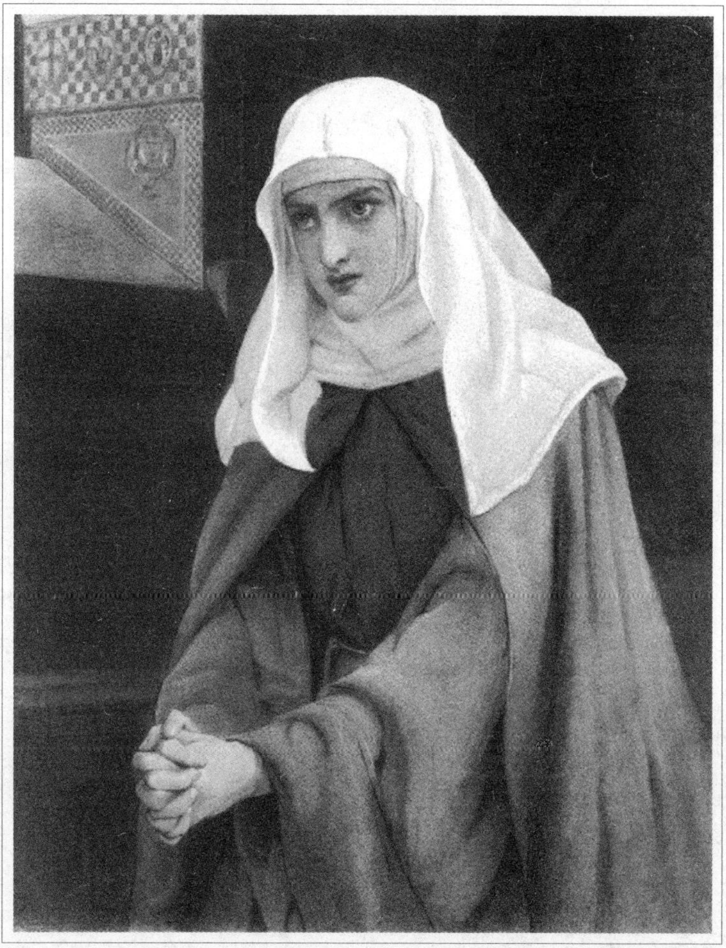

她有一个不幸的兄弟叫克劳狄奥。

依莎贝拉　请问您为什么要说"不幸的兄弟"？因为我就是他的姊姊依莎贝拉。

路西奥　温柔美丽的姑娘，令弟叫我向您多多致意。废话少说，令弟现在已经下狱了。

依莎贝拉　哎哟！为了什么？

路西奥　假如我是法官，那么为了他所干的事，我不但不判他罪，还要大大地褒奖他哩。他跟他的女朋友要好，她已经有了身孕啦。

依莎贝拉　先生，请您少开玩笑吧。

路西奥　我说的是真话。虽然我惯爱跟姑娘们搭讪取笑，乱嚼舌头，可是您在我的心目中是崇高圣洁、超世绝俗的，我在您面前就像对着神明一样，不敢说半句谎话。

依莎贝拉　您这样取笑我，未免太亵渎神圣了。

路西奥　请您别那么想。简简单单、确确实实是这么一回事情：令弟和他的爱人已经同过床了。万物受过滋润灌溉，就会丰盛饱满，种子播了下去，一到开花的季节，荒芜的土地上就会变成万卉争荣；令弟的辛苦耕耘，也已经在她的身上结起果实来了。

依莎贝拉　有人跟他有了身孕了吗？是我的妹妹朱丽叶吗？

路西奥　她是您的妹妹吗？

依莎贝拉　是我的义妹，我们是同学，因为彼此相亲相爱，所以姊妹相称。

路西奥　正是她。

依莎贝拉　啊，那么让他跟她结婚好了。

路西奥　问题就在这里。公爵突然离开本地，许多人信以为真，准备痛痛快快地玩一下，我自己也是其中的一个；可是我们从熟悉政界情形的人们那里知道,公爵这次的真正目的,完全不是他向外边所宣布的那么一回事。代替他全权综持政务的是安哲鲁,这个人的血就像冰雪一样冷,从来不觉得感情的冲动,欲念的刺激,只知道用读书克制的工夫锻炼他的德性。他看到这里的民风习于淫佚,虽然有严刑峻法,并不能使人畏惧,正像一群小鼠在睡狮的身旁跳梁无忌一样,所以决心重整法纪;令弟触犯刑章,按律例应处死刑,现在给他捉去,正是要杀一儆百,给众人看一个榜样。他的生命危在旦夕,除非您肯去向安哲鲁婉转求情,也许有万一之望;我所以受令弟之托前来看您的目的,也就在于此。

依莎贝拉　他一定要把他处死吗?

路西奥　他已经把他判罪了,听说处决的命令已经下来。

依莎贝拉　唉!我有什么能力能够搭救他呢?

路西奥　尽量运用您的全力吧。

依莎贝拉　我的全力?唉!我恐怕——

路西奥　疑惑足以败事,一个人往往因为遇事畏缩的缘故,失去了成功的机会。到安哲鲁那边去,让他知道当一个少女有什么恳求的时候,男人应当像天神一样慷慨;当她长跪哀吁的时候,无论什么要求都应该毫不迟疑地允许她的。

依莎贝拉　那么我就去试试看吧。

路西奥　可是事不宜迟。

依莎贝拉　我马上就去;不过现在我还要去关照一声住持。谢谢您的好意,请向舍弟致意,事情成功与否,今天晚上我就给他消息。

路西奥　那么我就告别了。

依莎贝拉　再会吧,好先生。(各下。)

第二幕

第一场　安哲鲁府中厅堂

　　　　安哲鲁、爱斯卡勒斯、陪审官、狱吏、差役及其他侍从上。

安哲鲁　我们不能把法律当作吓鸟用的稻草人，让它安然不动地矗立在那边，鸟儿们见惯以后，会在它顶上栖息而不再对它害怕。

爱斯卡勒斯　是的，可是我们的刀锋虽然要锐利，操刀的时候却不可大意，略伤皮肉就够了，何必一定要致人于死命？唉！我所要营救的这位绅士，他有一个德高望重的父亲。我知道你在道德方面是一丝不苟的，可是你要想想当你在感情用事的时候，万一时间凑合着地点，地点凑合着你的心愿，或是你自己任性的行动，可以达到你的目的，你自己也很可能——在你一生中的某一时刻——犯下你现在给他判罪的错误，从而堕入法网。

安哲鲁　受到引诱是一件事，爱斯卡勒斯，堕落又是一件事。我并不否认，在宣过誓的十二个陪审员中间，也许有一两个盗贼在内，他们所犯的罪，也许比他们所判决的犯人所犯的更重；可是法律所追究的只是公开的事实，审判盗贼的人自己是不是盗贼，却是法律所不问的。我们俯身下去拾起掉在地上的珠宝，因为我们的眼睛看见它；可是我们没看见的，就毫不介意而践踏过去。你不能因为我也犯过同样的过失而企图轻减他的罪名；倒是应该这样告诫我：现在我既然判他的罪，有朝一日我若蹈他的覆辙，就要毫无偏袒地宣布自己的死刑。至于他，是难逃一死的。

爱斯卡勒斯　既然如此，就照你的意思办吧。

安哲鲁　狱官在哪里？

狱吏　有，大人。

安哲鲁　明天早上九点钟把克劳狄奥处决；让他先在神父面前忏悔一番，因为他的生命的旅途已经完毕了。（*狱吏下。*）

爱斯卡勒斯　上天饶恕他，也饶恕我们众人！也有犯罪的人飞黄腾达，也有正直的人负冤含屈；十恶不赦的也许逍遥法外，一时失足的反而铁案难逃。

　　　　　爱尔博及若干差役牵弗洛斯及庞贝上。

爱尔博　来，把他们抓去。这种人什么事也不做，只晓得在窑子里鬼混，假如他们可以算是社会上的好公民，那么我也不知道什么是法律了。把他们抓去！

安哲鲁　喂，你叫什么名字？吵些什么？

爱尔博　禀老爷，小的是公爵老爷手下的一名差役，名字叫作爱尔博。这两个穷凶极恶的好人，要请老爷秉公发落。

安哲鲁　好人！呃，他们是什么好人？他们不是坏人吗？

爱尔博　禀老爷，他们是好人是坏人小的也不大明白，总之他们不是好东西，完全不像一个亵渎神圣的好基督徒。

爱斯卡勒斯　好一个聪明的差役，越说越玄妙了。

安哲鲁　说明白些，他们究竟是什么人？你叫爱尔博吗？你干吗不说话了，爱尔博？

庞贝　老爷，他不会说话；他是个穷光蛋。

安哲鲁　你是什么人？

爱尔博　他吗，老爷？他是个妓院里的酒保，兼充乌龟；他在一个坏女人那里做事，她的屋子在近郊的都给封起来了；现在她又开了一个窑子，我想那也不是好地方。

爱斯卡勒斯　那你怎么知道呢？

爱尔博　禀老爷，那是因为我的老婆，我当着天在您老爷面前发誓，我恨透了我的老婆——

爱斯卡勒斯　啊，这跟你老婆有什么相干？

爱尔博　是呀，老爷，谢天谢地，我的老婆是个规矩的女人。

爱斯卡勒斯　所以你才恨透了她吗？

爱尔博　我是说，老爷，这一家人家倘不是窑子，我就不但恨透我的老婆，而且我自己也是狗娘养的，因为那里从来不干好事。

爱斯卡勒斯　你怎么知道？

爱尔博　那都是因为我的老婆，老爷。她倘不是个天生规矩的女人，那么说不定在那边什么和奸略诱、不干不净的事都做出来了。

爱斯卡勒斯　一个女人会干这种事吗？

爱尔博　老爷，干这种事的正是一个女人，咬弗动太太；亏得她呸地啐他一脸唾沫，没听他那一套。

庞贝　禀老爷，他说得不对。

爱尔博　你是个好人，你就向这些混账东西说说看我怎么说得不对。

爱斯卡勒斯　（向安哲鲁）你听他说的话多么颠颠倒倒。

庞贝　老爷，她进来的时候凸起一个大肚子，嚷着要吃煮熟的梅子——我这么说请老爷别见怪。说来这也是很久以前的事了。那时我们屋子里就只剩两颗梅子，放在一只果碟里，那碟子是三便士买来的，您老爷大概也看见过这种碟子，不是磁碟子，可也是很好的碟子。

爱斯卡勒斯　算了算了，别尽碟子、碟子地闹个不清了。

庞贝　是，老爷，您说得一点不错。言归正传，我刚才说的，这位爱尔博奶奶因为肚子里有了孩子，所以肚子凸得高高的；我刚才也说过，她嚷着要吃梅子，可是碟子里只剩下两颗梅子，其余的都给这位弗洛斯大爷吃去了，他是规规矩矩会过钞的。您知道，弗洛斯大爷，我还短您三便士呢。

弗洛斯　可不是吗？

庞贝　那么很好，您还记得吗？那时候您正在那儿嗑着梅子的核儿。

弗洛斯　不错，我正在那里嗑梅子核儿。

庞贝　很好，您还记得吗？那时候我对您说，某某人某某人害的那种病，一定要当心饮食，否则无药可治。

弗洛斯　你说得一点不错。

庞贝　很好——

爱斯卡勒斯　废话少说，你这讨厌的傻瓜！究竟你们对爱尔博的妻子做了些什么不端之事，他才来控诉你们？快快给我来个明白。

庞贝　唉哟，老爷，您可来不得。

爱斯卡勒斯　不，我不是那个意思。

庞贝　可是，老爷，您先别性急，可以慢慢儿来。我先要请老爷瞧瞧这位弗洛斯大爷，他一年有八十镑钱进益，他的老太爷是在万圣节去世的。弗洛斯大爷，是在万圣节吗？

弗洛斯　在万圣节的前晚。

庞贝　很好，这才是千真万确的老实话。老爷，那时候他坐在葡萄房间里的一张矮椅上面；那是您顶欢喜坐的地方，不是吗？

弗洛斯　是的，因为那里很开敞，冬天有太阳晒。

庞贝　很好，这才没有半点儿假。

安哲鲁　这样说下去，就是在夜长的俄罗斯也可以说上整整一夜。我可要先走一步，请你代劳审问，希望你能够把他们每人抽一顿鞭子。

爱斯卡勒斯　我也希望这样。再见，大人。（安哲鲁下）现在你说吧，你们对爱尔博的妻子做了些什么事？

庞贝　什么也没有做呀，老爷。

爱尔博　老爷，我请您问他这个人对我的老婆干了些什么。

庞贝　请老爷问我吧。

爱斯卡勒斯　好，那么你说，这个人对她干了些什么？

庞贝　请老爷瞧瞧他的脸。好弗洛斯大爷，请您把脸对着上座的老爷，我自有道理。老爷，您有没有瞧清楚他的脸？

爱斯卡勒斯　是的，我看得很清楚。

庞贝　不，请您再仔细看一看。

爱斯卡勒斯　好，现在我仔细看过了。

庞贝　老爷，您看他的脸是不是会欺侮人的？

爱斯卡勒斯　不，我看不会。

庞贝　我可以按着《圣经》发誓，他的脸是他身上最坏的一部分。好吧，既然他的脸是他身上最坏的一部分，可是您老爷说的它不会欺侮人，那么弗洛斯大爷怎么会欺侮这位差役的奶奶？我倒要请您老爷评评看。

爱斯卡勒斯　他说得有理。爱尔博，你怎么说？

爱尔博　启上老爷，他这屋子是一间清清白白的屋子，他是个清清白白的小子，他的老板娘是个清清白白的女人。

庞贝　老爷，我举手发誓，他的老婆才比我们还要清清白白得多呢。

爱尔博　放你的屁，混账东西！她从来不曾跟什么男人、女人、小孩子清清白白过。

庞贝　老爷，他还没有娶她的时候，她就跟他清清白白过了。

爱斯卡勒斯　这场官司可越审越糊涂了。到底是谁执法，谁犯法呀？他说的是真话吗？

爱尔博　狗娘养的王八蛋！你说我还没有娶她就跟她清清白白过吗？要是我曾经跟她清清白白过，或是她曾经跟我清清白白过，那么请老爷把我革了职吧。好家伙，你给我拿出证据来，否则我就要告你一个殴打罪。

爱斯卡勒斯　要是他打了你一记耳光，你还可以告他诽谤罪。

爱尔博　谢谢老爷的指教。您看这个王八蛋应该怎样发落呢？

爱斯卡勒斯　既然他做了错事，你想尽力地揭发他，那么为了知道到底是什么错事，还是让他继续吧。

爱尔博　谢谢老爷。你看吧，你这混账东西，现在可叫你知道些厉害了，你继续吧，你这狗娘养的，非叫你继续不可。

爱斯卡勒斯　朋友，你是什么地方人？

弗洛斯　回大人，我是本地生长的。

爱斯卡勒斯　你一年有八十镑收入吗？

弗洛斯　是的，大人。

爱斯卡勒斯　好！（向庞贝）你是干什么营生的？

庞贝　小的是个酒保，在一个苦寡妇的酒店里做事。

爱斯卡勒斯　你的女主人叫什么名字？

庞贝　她叫咬弗动太太。

爱斯卡勒斯　她嫁过多少男人？

庞贝　回老爷，一共九个，最后一个才是咬弗动。

爱斯卡勒斯　九个！——过来，弗洛斯先生。弗洛斯先生，我希望你以后不要再跟酒保、当差这一批人来往，他们会把你诱坏了的，你也会把他们送上绞刑架。现在你给我去吧，别让我再听见你和别人闹事。

弗洛斯　谢谢大人。我从来不曾自己高兴上什么酒楼妓院，每次都是给他们吸引进去的。

爱斯卡勒斯　好，以后你可别让他们吸引你进去了，再见吧。（弗洛斯下）过来，酒保哥儿，你叫什么名字？

庞贝　小的名叫庞贝。

爱斯卡勒斯　有别名吗？

庞贝　别名叫屁股，大爷。

爱斯卡勒斯　你的裤子倒是又肥又大，够得上称庞贝大王。庞贝，你虽然打着酒保的幌子，也是个乌龟，是不是？给我老实说，我不来难为你。

庞贝　老老实实禀告老爷，小的是个穷小子，不过混碗饭吃。

爱斯卡勒斯　你要吃饭，就去当乌龟吗？庞贝，你说你这门生意是不是合法的？

庞贝　只要官府允许我们，它就是合法的。

爱斯卡勒斯　可是官府不能允许你们，庞贝，维也纳地方不能让你们干这种营生。

庞贝　您老爷的意思，是打算把维也纳城里的年轻人都阉起来吗？

爱斯卡勒斯　不，庞贝。

庞贝　那么，照小的看，他们是还会干下去的。老爷只要下一道命令把那些婊子、光棍抓住重办，像我们这种王八羔子也就惹不了什么祸了。

爱斯卡勒斯　告诉你吧，上面正在预备许多命令，杀头的、绞死的人多着呢。

庞贝　您要是把犯风流罪的一起杀头、绞死，不消十年工夫，您就要无头可杀了。这种法律在维也纳行上十年，我就可以出三便士租一间最好的屋子。您老爷到那时候要是还健在的话，请记住庞贝曾经这样告诉您。

爱斯卡勒斯　谢谢你，好庞贝；为了报答你的预言，请你听好：我劝你以后小心一点，不要再给人抓到我这儿来；要是你再闹什么事情，或者仍旧回去干你那老营生，那时候我可要像当年的恺撒对待庞贝一样，狠狠地给你些颜色看。说得明白些，我可得叫人赏你一顿鞭子。现在姑且放过了你，快给我去吧。

庞贝　多谢老爷的嘱咐；（旁白）可是我听不听你的话，还要看我自己高兴呢，用鞭子抽我！哼！好汉不是拖车马，不怕鞭子不怕打，我还是做我的王八羔子去。（下。）

爱斯卡勒斯　过来，爱尔博。你当官差当了多久了？

爱尔博　禀老爷，七年半了。

爱斯卡勒斯　我看你办事这样能干，就知道你是一个多年的老手。你说一共七年了吗？

爱尔博　七年半了，老爷。

爱斯卡勒斯　唉！那你太辛苦了！他们不应该叫你当一辈子的官差。在你同里之中，就没别人可以当这个差事吗？

爱尔博　禀老爷，要找一个有脑筋干得了这个差事的人，可也不大容易，他们选来选去，还是选中了我。我为了拿几个钱，苦也吃够了。

爱斯卡勒斯　你回去把你同里之中最能干的拣六七个人，开一张名单给我。

爱尔博　名单开好以后，送到老爷府上吗？

爱斯卡勒斯　是的，拿到我家里来。你去吧。（爱尔博下）现在大概几点钟了？

陪审官　十一点钟了，大人。

爱斯卡勒斯　请你到舍间便饭去吧。

陪审官　多谢大人。

爱斯卡勒斯　克劳狄奥不免一死，我心里很是难过，可是这也没有办法。

陪审官　安哲鲁大人是太厉害了些。

爱斯卡勒斯　那也是不得不然。慈悲不是姑息,过恶不可纵容。可怜的克劳狄奥!咱们走吧。(同下。)

第二场　同前。另一室

狱吏及仆人上。

仆人　他正在审案子,马上就会出来。我去给你通报。

狱吏　谢谢你。(仆人下)不知道他会不会回心转意。唉!他不过好像在睡梦之中犯下了过失,三教九流,年老的年少的,哪一个人没有这个毛病,偏偏他因此送掉了性命!

安哲鲁上。

安哲鲁　狱官,你有什么事见我?

狱吏　是大人的意思,克劳狄奥明天必须处死吗?

安哲鲁　我不是早就吩咐过你了吗?你难道没有接到命令?干吗又来问我?

狱吏　卑职因为事关人命,不敢儿戏,心想大人也许会收回成命。卑职曾经看见过法官在处决人犯以后,重新追悔他宣判的失当。

安哲鲁　追悔不追悔,与你无关。我叫你怎么做,你就怎么做;假如你不愿意,尽可呈请辞职,我这里不缺少你。

狱吏　请大人恕卑职失言,卑职还要请问大人,朱丽叶快要分娩了,她现在正在枕蓐呻吟,我们应当把她怎样处置才好?

安哲鲁　把她赶快送到适宜一点的地方去。

仆人重上。

仆人　外面有一个犯人的姊姊求见大人。

安哲鲁　他有一个姊姊吗？

狱吏　是，大人。她是一位贞洁贤淑的姑娘，听说她预备做尼姑，不知道现在有没有受戒。

安哲鲁　好，让她进来。（仆人下）你就去叫人把那个淫妇送出去，给她预备好一切需用的东西，可是不必过于浪费，我就会签下命令来。

　　　　依莎贝拉及路西奥上。

狱吏　大人，卑职告辞了！（欲去。）

安哲鲁　再等一会儿。（向依莎贝拉）有劳芳踪莅止，请问贵干？

依莎贝拉　我是一个不幸之人，要向大人请求一桩恩惠，请大人俯听我的哀诉。

安哲鲁　好，你且说来。

依莎贝拉　有一件罪恶是我所深恶痛绝，切望法律把它惩治的，可是我却不能不违背我的素衷，要来请求您网开一面；我知道我不应当为它渎请，可是我的心里却徘徊莫决。

安哲鲁　是怎么一回事？

依莎贝拉　我有一个兄弟已经判处死刑，我要请大人严究他所犯的过失，宽恕了犯过失的人。

狱吏　（旁白）上帝赐给你动人的辞令吧！

安哲鲁　严究他所犯的过失，而宽恕了犯过失的人吗？所有的过失在未犯以前，都已定下应处的惩罚，假使我只管严究已经有明文禁止的过失，而让犯过失的人逍遥法外，我的职守岂不等于是一句空话吗？

依莎贝拉　唉，法律是公正的，可是太残酷了！那么我已经失去了一个兄弟。上天保佑您吧！（转身欲去。）

路西奥　（向依莎贝拉旁白）别这么就算罢了；再上前去求他，

跪下来，拉住他的衣角；你太冷淡了，像你刚才那样子，简直就像向人家讨一枚针一样不算一回事。你再去说吧。

依莎贝拉　他非死不可吗？

安哲鲁　姑娘，毫无挽回余地了。

依莎贝拉　不，我想您会宽恕他的，您要是肯开恩的话，一定会得到上天和众人的赞许。

安哲鲁　我不会宽恕他。

依莎贝拉　可是要是您愿意，您可以宽恕他吗？

安哲鲁　听着，我所不愿意做的事，我就不能做。

依莎贝拉　可是您要是能够对他发生怜悯，就像我这样为他悲伤一样，那么也许您会心怀不忍而宽恕了他吧？您要是宽恕了他，对于这世界是毫无损害的。

安哲鲁　他已经定了罪，太迟了。

路西奥　（向依莎贝拉旁白）你太冷淡了。

依莎贝拉　太迟吗？不，我现在要是说错了一句话，就可以把它收回。相信我的话吧，任何大人物的章饰，无论是国王的冠冕、摄政的宝剑、大将的权标，或是法官的礼服，都比不上仁慈那样更能衬托出他们的庄严高贵。倘使您和他易地相处，也许您会像他一样失足，可是他决不会像您这样铁面无情。

安哲鲁　请你快去吧。

依莎贝拉　我愿我有您那样的权力，而您是处在我的地位！那时候我也会这样拒绝您吗？不，我要让您知道做一个法官是怎样的，做一个囚犯又是怎样的。

路西奥　（向依莎贝拉旁白）不错，打动他的心，这才对了。

安哲鲁　你的兄弟已经受到法律的裁判，你多说话也没有用处。

依莎贝拉　唉！唉！一切众生都是犯过罪的，可是上帝不忍惩罚他们，却替他们设法赎罪。要是高于一切的上帝毫无假借地审判到您，您能够自问无罪吗？请您这样一想，您就会恍然自失，嘴唇里吐出怜悯的话来的。

安哲鲁　好姑娘，你别伤心吧；法律判你兄弟的罪，并不是我。他即使是我的亲戚、我的兄弟，或是我的儿子，我也是一样对待他。他明天一定要死。

依莎贝拉　明天！啊，那太快了！饶了他吧！饶了他吧！他还没有准备去死呢。我们就是在厨房里宰一只鸡鸭，也要按着季节；为了满足我们的口腹之欲，尚且不能随便杀生害命，那么难道我们对于上帝所造的人类，就可以这样毫无顾虑地杀死吗？大人，请您想一想，有多少人犯过和他同样的罪，谁曾经因此而死去？

路西奥　（向依莎贝拉旁白）是，说得好。

安哲鲁　法律虽然暂时昏睡，它并没有死去。要是第一个犯法的人受到了处分，那么许多人也就不敢为非作恶了。现在法律已经醒了过来，看到了人家所做的事，像一个先知一样，它在镜子里望见了许多未来的罪恶，在因循怠息之中滋长起来，所以它必须乘它们尚未萌芽的时候，及时设法制止。

依莎贝拉　可是您也应该发发慈悲。

安哲鲁　我在秉公执法的时候，就在大发慈悲。因为我怜悯那些我所不知道的人，惩罚了一个人的过失，可以叫他们不敢以身试法。而且我也没有亏待了他，他在一次抵罪以后，也可以不致再在世上重蹈覆辙。你且宽心吧，你的兄弟明天是一定要死的。

依莎贝拉　那么您一定要做第一个判罪的人，而他是第一个受到这样刑罚的人吗？唉！有着巨人一样的膂力是一件好事，可是把它像一个巨人一样使用出来，却是残暴的行为。

路西奥　（向依莎贝拉旁白）说得好。

依莎贝拉　世上的大人先生们倘使都能够兴雷作电,那么天上的神明将永远得不到安静,因为每一个微僚末吏都要卖弄他的威风,让天空中充满了雷声。上天是慈悲的,它宁愿把雷霆的火力,去劈碎一株槎枒壮硕的橡树,却不去损坏柔弱的郁金香;可是骄傲的世人掌握到暂时的权力,却会忘记了自己琉璃易碎的本来面目,像一头盛怒的猴子一样,装扮出种种丑恶的怪相,使天上的神明们因为怜悯他们的痴愚而流泪;其实诸神的脾气如果和我们一样,他们笑也会笑死的。

路西奥　(向依莎贝拉旁白)说下去,说下去,他会懊悔的。他已经有点动心了,我看得出来。

狱吏　(旁白)上天保佑她把他说服!

依莎贝拉　我们不能按着自己去评判我们的兄弟;大人物可以戏侮圣贤,显露他们的才华,可是在平常人就是亵渎不敬。

路西奥　(向依莎贝拉旁白)你说得对,再说下去。

依莎贝拉　将官嘴里一句一时气愤的话,在兵士嘴里却是大逆不道。

路西奥　(向依莎贝拉旁白)你明白了吧?再说下去。

安哲鲁　你为什么要向我说这些话?

依莎贝拉　因为当权的人虽然也像平常人一样有错误,可是他却可以凭借他的权力,把自己的过失轻轻忽略过去。请您反躬自省,问一问您自己的心,有没有犯过和我的弟弟同样的错误;要是它自觉也曾沾染过这种并不超越人情的罪恶,那么请您舌上超生,恕了我弟弟的一命吧。

安哲鲁　她说得那样有理,倒叫我心思摇惑不定。——恕我失陪了。

依莎贝拉　大人,请您回过身来。

安哲鲁　我还要考虑一番。你明天再来吧。

依莎贝拉　请您听我说我要怎样报答您的恩惠。

安哲鲁　怎么！你要贿赂我吗？

依莎贝拉　是的，我要用上天也愿意嘉纳的礼物贿赂您。

路西奥　（向依莎贝拉旁白）亏得你这么说，不然事情又糟了。

依莎贝拉　我不向您呈献黄金铸成的钱财，也不向您呈献贵贱随人喜恶的宝石；我要献给您的，是黎明以前上达天听的虔诚的祈祷，它从太真纯朴的处女心灵中发出，是不沾染半点俗尘的。

安哲鲁　好，明天再来见我吧。

路西奥　（向依莎贝拉旁白）很好，我们去吧。

依莎贝拉　上天赐大人平安！

安哲鲁　（旁白）阿门；因为我已经受到诱惑了，我们两人的祈祷是貌同心异的。

依莎贝拉　明天我在什么时候访候大人呢？

安哲鲁　午前无论什么时候都行。

依莎贝拉　愿您消灾免难！（依莎贝拉、路西奥及狱吏下。）

安哲鲁　免受你和你的德行的引诱！什么？这是从哪里说起？是她的错处？还是我的错处？诱惑的人和受诱惑的人，哪一个更有罪？嘿！她没有错，她也没有引诱我。像芝兰旁边的一块臭肉，在阳光下蒸发腐烂的是我，芝兰却不曾因为枯萎而失去了芬芳，难道一个贞淑的女子，比那些狂花浪柳更能引动我们的情欲吗？难道我们明明有许多荒芜的旷地，却必须把圣殿拆毁，种植我们的罪恶吗？呸！呸！呸！安哲鲁，你在干些什么？你是个什么人？你因为她的纯洁而对她爱慕，因为爱慕她而必须玷污她的纯洁吗？啊，让她的弟弟活命吧！要是法官自己也偷窃人家的东西，那么盗贼是可以振振有词的。啊！我竟是这样爱她，所以才想再听见她说话、饱餐她的美色吗？我在做些什么梦？狡恶的魔鬼为了引诱圣徒，会把圣徒作他钩上的美饵；因为爱慕纯洁的事物而驱令我们犯罪的诱惑，才是最危险的。娼妓用尽她天生的魅力，人工的狐媚，都不能使我的心中略起微波，可是这位贞淑的女郎却把我完全征服了。我从前看见人家为了女人发痴，总是讥笑他们，想不到我自己也会有这么一天！（下。）

第三场　狱中一室

公爵作教士装及狱吏上。

公爵　尊驾是狱官吗？愿你有福！

狱吏　正是，师傅有何见教？

公爵　为了存心济世，兼奉教中之命，我特地来此访问苦难颠倒的众生。请你许我看看他们，告诉我他们各人所犯的罪名，好让我向他们劝导指点一番。

狱吏　师傅但有所命，敢不乐从。瞧，这儿来的一位姑娘，因为年轻识浅，留下了终身的玷辱，现在她怀孕在身，她的情人又被判死刑；他是一个风流英俊的青年，却为风流葬送了一生！

朱丽叶上。

公爵　他的刑期定在什么时候？

狱吏　我想是明天。（向朱丽叶）我已经给你一切预备好了，稍待片刻，就可以送你过去。

公爵　美貌的人儿，你自己知道悔罪吗？

朱丽叶　我忏悔，我现在忍辱含羞，都是我自己不好。

公爵　我可以教你怎样悔罪的方法。

朱丽叶　我愿意诚心学习。

公爵　你爱那害苦你的人吗？

朱丽叶　我爱他，是我害苦了他。

公爵　这么说来，那么你们所犯的罪恶，是彼此出于自愿的吗？

朱丽叶　是的。

公爵　那么你的罪比他更重。

朱丽叶　是的，师傅，我现在忏悔了。

公爵　那很好，孩子；可是也许你的忏悔只是因为你的罪恶给你带来了耻辱，这种哀痛的心情还是为了自己，说明我们不再为非作歹不是因为爱上帝，而是因为畏惧惩罚——

朱丽叶　我深知自己的罪恶，所以诚心忏悔，虽然身受耻辱，我也欣然接受。

公爵　这就是了。听说你的爱人明天就要受死，我现在要去向他开导开导。上帝保佑你！（下。）

朱丽叶　明天就要死！痛苦的爱情呀！你留着我这待死之身，却叫惨死的恐怖永远缠绕着我！

狱吏　可怜！（同下。）

第四场　安哲鲁府中一室

安哲鲁上。

安哲鲁　我每次要祈祷沉思的时候，我的心思总是纷乱无主：上天所听到的只是我的口不应心的空言，我的精神却贯注在依莎贝拉身上；上帝的名字挂在我的嘴边咀嚼，心头的欲念，兀自在那里奔腾。我已经厌倦于我所矜持的尊严，正像一篇大好的文章一样，在久读之后，也会使人掩耳；现在我宁愿把我这岸然道貌，去换一根因风飘荡的羽毛。什么地位！什么面子!多少愚人为了你这虚伪的外表而凛然生畏,多少聪明人为了它而俯首帖服!可是人孰无情,不妨把善良天使的名号写在魔鬼的角上,冒充他的标志。

    一仆人上。

安哲鲁 啊,有谁来了?

仆人 一个叫依莎贝拉的尼姑求见大人。

安哲鲁 领她进来。(仆人下)天哪!我周身的血液为什么这样涌上心头,害得我心旌摇摇不定,浑身失去了气力?正像一群愚人七手八脚地围集在一个晕去的人的身边一样,本想救他,却因阻塞了空气的流通而使他醒不过来;又像一个圣明的君主手下的子民,各弃所业争先恐后地拥挤到宫廷里来瞻望颜色,无谓的忠诚反而造成了不愉快。

    依莎贝拉上。

安哲鲁 啊,姑娘!

依莎贝拉 我来听候大人的旨意。

安哲鲁 我希望你自己已经知道,用不着来问我。你的弟弟不能活命。

依莎贝拉 好。上天保佑您!

安哲鲁 可是他也许可以多活几天;也许可以活得像你我一样长;可是他必须死。

依莎贝拉 最后还是要受到您的判决吗?

安哲鲁 是的。

依莎贝拉 那么请问他在什么时候受死?好让他在未死之前忏悔一下,免得灵魂受苦。

安哲鲁 哼!这种下流的罪恶!用暧昧的私情偷铸上帝的形象,就像从造化窃取一个生命,同样是不可逭恕的。用诈伪的手段剥夺合法的生命,和非法地使一个私生的孩子问世,完全没有差别。

依莎贝拉　这是天上的法律,人间却不是如此。

安哲鲁　你以为是这样的吗?那么我问你:你还是愿意让公正无私的法律取去你兄弟的生命呢,还是愿意像那个被他奸污的姑娘一样,牺牲肉体的清白,从而把他救赎出来?

依莎贝拉　大人,相信我,我情愿牺牲肉体,却不愿玷污灵魂。

安哲鲁　我不是跟你讲什么灵魂。你知道迫不得已犯下的罪恶是只能充数,不必计较的。

依莎贝拉　您这话是什么意思?

安哲鲁　当然,我不能保证这点;因为我所说的将来还可以否认。回答我这一个问题:我现在代表着明文规定的法律,宣布你兄弟的死刑;假使为了救你的兄弟而犯罪,这罪恶是不是一件好事呢?

依莎贝拉　请您尽管去作吧,有什么不是,我愿用灵魂去担承;这是好事,根本不是什么罪恶。

安哲鲁　那么按照同样的方式权衡轻重,你也可以让灵魂冒险去犯罪呀!

依莎贝拉　倘使我为他向您乞恕是一种罪恶,那么我愿意担当上天的惩罚;倘使您准许我的请求是一种罪恶,那么我会每天清晨祈祷上天,让它归并到我的身上,决不让您负责。

安哲鲁　不,你听我。你误会了我的意思了。也许是你不懂我的话,也许你假装不懂,那可不大好。

依莎贝拉　我除了有一点自知之明之外,宁愿什么都不懂,事事都不好。

安哲鲁　智慧越是遮掩,越是明亮,正像你的美貌因为蒙上黑纱而十倍动人。可是听好,我必须明白告诉你,你兄弟必须死。

依莎贝拉　噢。

安哲鲁　按照法律，他所犯的罪名应处死刑。

依莎贝拉　是。

安哲鲁　我现在要这样问你，你的兄弟已经难逃一死，可是假使有这样一条出路——其实无论这个或任何其他作法，当然都不可能，这只是为了抽象地说明问题——假使你，他的姊姊，给一个人爱上了，他可以授意法官，或者运用他自己的权力，把你的兄弟从森严的法网中解救出来，唯一的条件是你必须把你肉体上最宝贵的一部分献给此人，不然他就得送命，那么你预备怎样？

依莎贝拉　为了我可怜的弟弟，也为了我自己，我宁愿接受死刑的宣判，让无情的皮鞭在我身上留下斑斑的血迹，我会把它当作鲜明的红玉；即使把我粉身碎骨，我也会从容就死，像一个疲倦的旅人奔赴他的渴慕的安息，我却不愿让我的身体蒙上羞辱。

安哲鲁　那么你的兄弟就再不能活了。

依莎贝拉　还是这样的好，宁可让一个兄弟在片刻的惨痛中死去，不要让他的姊姊因为救他而永远沉沦。

安哲鲁　那么你岂不是和你所申斥的判决同样残酷吗？

依莎贝拉　卑劣的赎罪和大度的宽赦是两件不同的事情；合法的慈悲，是不可和肮脏的徇纵同日而语的。

安哲鲁　可是你刚才却把法律视为暴君，把你兄弟的过失，认作一时的游戏而不是罪恶。

依莎贝拉　原谅我，大人！我们因为希望达到我们所追求的目的，往往发出违心之论。我爱我的弟弟，所以才会在无心中替我所痛恨的事情辩解。

安哲鲁　我们都是脆弱的。

依莎贝拉　如果你所说的脆弱，只限于我兄弟一人，其他千千万万的男人都毫无沾染，那么他倒是死得不冤了。

安哲鲁　不，女人也是同样的脆弱。

依莎贝拉　是的，正像她们所照的镜子一样容易留下影子，也一样容易碎裂。女人！愿上天帮助她们！男人若是利用她们的弱点来找便宜，恰恰是污毁了自己。不，你尽可以说我们是比男人十倍脆弱的，因为我们的心性像我们的容颜一样温柔，很容易接受虚伪的印记。

安哲鲁　我同意你的话。你既然自己知道你们女人的柔弱，我想我们谁都抵抗不住罪恶的引诱，那么恕我大胆，我要用你的话来劝告你自己：请你保持你女人的本色吧；你既然不能做一个超凡绝俗的神仙，而从你一切秀美的外表看来，都不过是一个女人，那么就该接受一个女人不可避免的命运。

依莎贝拉　我只有一片舌头，说不出两种言语；大人，请您还是用您原来的语调对我说话吧。

安哲鲁　老老实实说，我爱你。

依莎贝拉　我的弟弟爱朱丽叶，你却对我说他必须因此受死。

安哲鲁　依莎贝拉，只要你答应爱我，就可以免他一死。

依莎贝拉　我知道你自恃德行高超，无须检点，但是这样对别人漫意轻薄，似乎也有失体面。

安哲鲁　凭着我的名誉，请相信我的话出自本心。

依莎贝拉　嘿！相信你的名誉！你那卑鄙龌龊的本心！好一个虚有其表的正人君子！安哲鲁，我要公开你的罪恶，你等着瞧吧！快给我签署一张赦免我弟弟的命令，否则我要向世人高声宣布你是一个怎样的人。

安哲鲁　谁会相信你呢，依莎贝拉？我的洁白无瑕的名声，我的持躬的严正，我的振振有词的驳斥，我的秉持国政的地位，都可以压倒你的控诉，使你自取其辱，人家会把你的话当作挟嫌诽谤,我现在一不做二不休,不再控制我的情欲,你必须满足我的饥渴,放弃礼法的拘束,解脱一切的忸怩,这些对你要请求的事情是有害无利的;把你的肉体呈献给我,来救你弟弟的性命,否则他不但不能活命,而且因为你的无情冷酷,我要叫他遍尝各种痛苦而死去。明天给我答复,否则我要听任感情的支配,叫他知道些厉害。你尽管向人怎样说我,我的虚伪会压倒你的真实。(下。)

依莎贝拉　我将向谁诉说呢?把这种事情告诉别人,谁会相信我?凭着一条可怕的舌头,可以操纵人的生死,把法律供自己的驱使,是非善恶,都由他任意判断!我要去看我的弟弟,他虽然因为一时情欲的冲动而堕落,可是他是一个爱惜荣誉的人,即使他有二十颗头颅,他也宁愿让它们在二十个断头台上被人砍落,而不愿让他姊姊的身体遭受如此的污辱。依莎贝拉,你必须活着做一个清白的人,让你的弟弟死去吧,贞操是比兄弟更为重要的。我还要去把安哲鲁的要求告诉他,叫他准备一死,使他的灵魂得到安息。(下。)

第三幕

第一场 狱中一室

公爵作教士装及克劳狄奥、狱吏同上。

公爵　那么你在希望安哲鲁大人的赦免吗？

克劳狄奥　希望是不幸者的唯一药饵；我希望活，可是也准备着死。

公爵　能够抱着必死之念，那么活果然好，死也无所惶虑。对于生命应当作这样的譬解：要是我失去了你，我所失去的，只是一件愚人才会加以爱惜的东西，你不过是一口气，寄托在一个多灾多难的躯壳里，受着一切天时变化的支配。你不过是被死神戏弄的愚人，逃避着死，结果却奔进他的怀里。你并不高贵，因为你所有的一切配备，都沾濡着污浊下贱。你并不勇敢，因为你畏惧着微弱的蛆虫的柔软的触角。睡眠是你所渴慕的最好的休息，可是死是永恒的宁静，你却对它心惊胆裂。你不是你自己，因为你的生存全赖着泥土中所生的谷粒。你并不快乐，因为你永远追求着你所没有的事物，而遗忘了你所已有的事物。你并不固定，因为你的脾气像月亮一样随时变化。你即使富有，也和穷苦无异，因为你正像一头不胜重负的驴子，背上驮载着金块在旅途上跋涉，直等死来替你卸下负荷。你没有朋友，因为即使是你自己的骨血，嘴里称你为父亲尊长，心里也在咒诅着你不早早伤风发疹而死。你没有青春也没有年老，二者都只不过是你在餐后的睡眠中的一场梦景；因为你在年轻的时候，必须像一个衰老无用的人一样，向你的长者乞讨周济；到你年老有钱的时候，你的感情已经冰冷，你的四肢已经麻痹，你的容貌已经丑陋，纵有财富，也享不到丝毫乐趣。那么所谓生命这东西，究竟有什么值得宝爱呢？在我们的生命中隐藏着千万次的死亡，可是我们对于结束一切痛苦的死亡却那样害怕。

克劳狄奥　谢谢您的教诲。我本来希望活命，现在却唯求速死；我要在死亡中寻求永生，让它临到我的身上吧。

依莎贝拉　（在内）有人吗！愿这里平安有福！

狱吏　是谁？进来吧，这样的祝颂是应该得到欢迎的。

公爵　先生，不久我会再来看你。

克劳狄奥　谢谢师傅。

　　　　依莎贝拉上。

依莎贝拉　我要跟克劳狄奥说两句话儿。

狱吏　欢迎得很。瞧，先生，你的姊姊来了。

公爵　狱官，让我跟你说句话儿。

狱吏　您尽管说吧。

公爵　把我带到一个地方去，可以听见他们说话，却不让他们看见我。（公爵及狱吏下。）

克劳狄奥　姊姊，你给我带些什么安慰来？

依莎贝拉　我给你带了最好的消息来了。安哲鲁大人有事情要跟上天接洽，想差你马上就去，你可以永远住在那边；所以你赶快预备起来吧，明天就要出发了。

克劳狄奥　没有挽回了吗？

依莎贝拉　没有挽回了，除非为了要保全一颗头颅而劈碎了一颗心。

克劳狄奥　那么还有法想吗？

依莎贝拉　是的，弟弟，你可以活；法官有一种恶魔样的慈悲，你要是恳求他，他可以放你活命，可是你将终身披戴镣铐直到死去。

克劳狄奥　永久的禁锢吗？

依莎贝拉　是的，永久的禁锢；纵使你享有广大的世界，也不能挣脱这一种束缚。

克劳狄奥　是怎样一种束缚呢？

依莎贝拉　你要是屈服应承了，你的廉耻将被完全褫夺，使你毫无面目做人。

克劳狄奥　请明白告诉我吧。

依莎贝拉　啊，克劳狄奥，我在担心着你；我害怕你会爱惜一段狂热的生命，重视有限的岁月，甚于永久的荣誉。你敢毅然就死吗？死的惨痛大部分是心理上造成的恐怖，被我们践踏的一只无知的甲虫，它的肉体上的痛苦，和一个巨人在临死时所感到的并无异样。

克劳狄奥　你为什么要这样羞辱我？你以为温柔的慰藉，可以坚定我的决心吗？假如我必须死，我会把黑暗当作新娘，把它拥抱在我的怀里。

依莎贝拉　这才是我的好兄弟，父亲地下有知，也一定会这样说的。是的，你必须死，你是一个正直的人，决不愿靠着卑鄙的手段苟全生命。这个外表俨如神圣的摄政，板起面孔摧残着年轻人的生命，像鹰隼一样不放松他人的错误，却不料他自己正是一个魔鬼。他的污浊的灵魂要是揭露出来，就像是一口

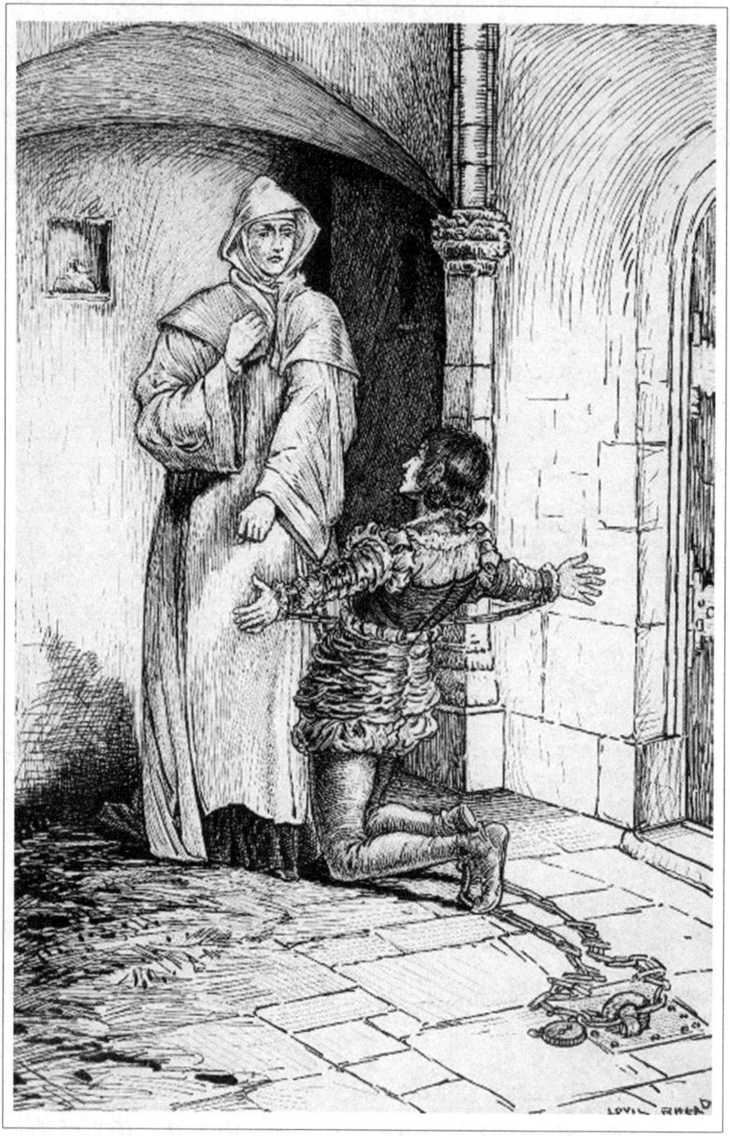

地狱一样幽黑的深潭。

克劳狄奥　正人君子的安哲鲁，竟是这样一个人吗？

依莎贝拉　啊，这是地狱里狡狯的化装，把罪恶深重的犯人装扮得像一个天神。你想得到吗，克劳狄奥？要是我把我的贞操奉献给他，他就可以把你释放。

克劳狄奥　天哪，那真太岂有此理了！

依莎贝拉　是的，我要是容许他犯这丑恶的罪过，他对你的罪恶就可以置之不顾了。今夜我必须去干那我所不愿把它说出口来的丑事，否则你明天就要死。

克劳狄奥　那你可干不得。

依莎贝拉　唉！他倘然要的是我的命，那我为了救你的缘故，情愿把它毫不介意地抛掷了。

克劳狄奥　谢谢你，亲爱的依莎贝拉。

依莎贝拉　那么克劳狄奥，你预备着明天死吧。

克劳狄奥　是。他也有感情，使他在执法的时候自己公然犯法吗？那一定不是罪恶；即使是罪恶，在七大重罪中也该是最轻的一项。

依莎贝拉　什么是最轻的一项？

克劳狄奥　倘使那是一件不可赦的罪恶，那么他是一个聪明人，怎么会为了一时的游戏，换来了终身的愧疚？啊，依莎贝拉！

依莎贝拉　弟弟你怎么说？

克劳狄奥　死是可怕的。

依莎贝拉　耻辱的生命是尤其可恼的。

克劳狄奥　是的，可是死了，到我们不知道的地方去，长眠在阴寒的囚牢里发霉腐烂，让这有知觉有温暖的、活跃的生命化为泥土；一个追求着欢乐的灵魂，沐浴在火焰一样的热流里，或者幽禁在寒气砭骨的冰山，无形的飙风把它吞卷，回绕着上下八方肆意狂吹；也许还有比一切无稽的想象所能臆测的更大的惨痛，那太可怕了！只要活在这世上，无论衰老、病痛、穷困和监禁给人怎样的烦恼苦难，比起死的恐怖来，也就像天堂一样幸福了。

依莎贝拉　唉！唉！

克劳狄奥　好姊姊，让我活着吧！你为了救你弟弟而犯的罪孽，上天不但不会责罚你，而且会把它当作一件善事。

依莎贝拉　呀，你这畜生！没有信心的懦夫！不知廉耻的恶人！你想靠着我的丑行而活命吗？为了苟延你自己的残喘，不惜让你的姊姊蒙污受辱，这不简直是伦常的大变吗？我真想不到！愿上帝保障我母亲不曾失去过贞操；可是像你这样一个下流畸形的不肖子，也太不像我父亲的亲骨肉了！从今以后，我和你义断恩绝，你去死吧！即使我只需一举手之劳可以把你救赎出来，我也宁愿瞧着你死。我要用千万次的祈祷求你快快死去，却不愿说半句话救你活命。

克劳狄奥　不，听我说，依莎贝拉。

依莎贝拉　呸！呸！呸！你的犯罪不是偶然的过失，你已经把它当作一件不足为奇的常事。对你怜悯的，自己也变成了淫媒。你还是快点儿死吧。（欲去。）

克劳狄奥　啊，听我说，依莎贝拉。

　　　　　　公爵重上。

公爵　道妹，许我跟你说句话儿。

依莎贝拉　请问有何见教？

公爵　你要是有工夫，我有些话要跟你谈谈；我所要向你探问的事情，对你自己也很有关系。

依莎贝拉　我没有多余的工夫，留在这儿会耽误其他的事情；可是我愿意为你稍驻片刻。

公爵　（向克劳狄奥旁白）孩子，我已经听到了你们姊弟俩的谈话。安哲鲁并没有向她图谋非礼的意思，他不过想试探试探她的品性，看看他对于人性的评断有没有错误。她因为是一个冰清玉洁的女子，断然拒绝了他的试探，那正是他所引为异常欣慰的。我曾经监临安哲鲁的忏悔，知道这完全是事实。所以你还是准备着死吧，不要抱着错误的希望，使你的决心动摇。明天你必须死，赶快跪下来祈祷吧。

克劳狄奥　让我向我的姊姊赔罪。现在我对生命已经毫无顾恋，但愿速了此生。

公爵　打定这个主意吧，再会。（克劳狄奥下。）

　　　　狱吏重上。

公爵　狱官，跟你说句话儿。

狱吏　师傅有什么见教？

公爵　你现在来了，可是我希望你去。让我和这位姑娘谈一会儿话，你可以相信我的内心和我的道袍，我不会加害于她。

狱吏　我就去。（下。）

公爵　造物给你美貌，也给你美好的德性；没有德性的美貌，是转瞬即逝的；可是因为在你的美貌之中，有一颗美好的灵魂，所以你的美貌是永存的。安哲鲁对你的侮辱，已经被我偶然知道了；倘不是他的堕落已有先例，我一定会对他大感不解。你预备怎样满足这位摄政，搭救你的兄弟呢？

依莎贝拉　我现在就要去答复他，我宁愿让我的弟弟死于国法，不愿有一个非法而生的孩子。唉！我们那位善良的公爵是多么受了安哲鲁的欺骗！等他回来以后，我要是能够当着他的面，一定要向他揭穿安哲鲁的治绩。

公爵　那也好，可是照现在的情形看来，他仍旧可以有辞自解，他可以说，那不过是试试你罢了。所以我劝你听我的劝告，我因为欢喜帮助人家，已经想出了一个办法。我相信你可以对一位受委屈的、可怜的小姐做一件光明正大的好事，从愤怒的法律下救出你的兄弟，不但不使你冰清玉洁的身体白璧蒙玷，而且万一公爵回来后知道了这件事情，也一定会十分高兴的。

依莎贝拉　请你说下去。只要是无愧良心的事，我什么都敢去做。

公爵　有德必有勇，正直的人决不胆怯。你知道溺海而死的勇士弗莱德里克有一个妹妹名叫玛利安娜吗？

依莎贝拉　我曾经听人说起过这位小姐，提起她名字的时候人家总是称赞她的好处。

公爵　她和这个安哲鲁本来已经缔下婚约，婚期也已选定了，可是就在订婚以后举行婚礼以前，她的哥哥弗莱德里克在海中遇难，他妹妹的嫁奁就在那艘失事的船上也一起同归于尽。这位可怜的小姐真是倒霉透顶，她既然失去了一位高贵知名的哥哥，他对她是一向爱护备至的；而且她的嫁奁，她的大部分的财产，也随着他葬身鱼腹；这还不算，她又失去了一个已经订婚的丈夫，这个假道学的安哲鲁。

依莎贝拉　有这种事？安哲鲁就这样把她遗弃了吗？

公爵　他把她遗弃不顾，让她眼泪洗面，也不向她说半句安慰的话儿；故意说他发现了她的品行不端，把盟约完全撕毁。她直到如今，还在为他的薄幸而哀伤泣血，可是他却像一块大理石一样，眼泪洗不软他的硬心肠。

依莎贝拉　这位可怜的姑娘活着还不如死去，可是让这个家伙活在人世，那真是毫无天理了！可是我们现在怎么能够帮助她呢？

公爵　这一个裂痕你可以很容易把它修补；你要是能够成全这一件好事，不但可以救活你的兄弟，也可以保全你的贞节。

依莎贝拉　好师傅，请你指点我。

公爵　我所说起的这位姑娘，始终保持着专一的爱情；他的薄情无义，照理应该使她斩断情丝，可是像一道受到阻力的流水一样，她对他的爱反而因此更加狂烈。你现在可以去见安哲鲁，屈意应承他的要求，可是必须提出这样的条件：你和他约会的时间不能过于长久，而且必须在黄昏人静以后便于来往的地方。他答应了这样的条件，我们就可以去劝这位受屈的姑娘顶替着你如约前往。这次的幽会将来暴露出来，他不能不设法向她补偿。这样你的兄弟可以救出，你自己的清白不受污损，可怜的玛利安娜因此重圆破镜，淫邪的摄政也可以得到教训。我会去向这位姑娘说，叫她依计而行。你要是愿意这样做，那么虽然是一种骗局，可是因为它有这么多重的好处，尽可问心无愧。你的意思怎样？

依莎贝拉　想象到这一件事，已经使我感觉安慰，我相信它一定会得到美满的结果。

公爵　那可全仗你的出力。快到安哲鲁那边去，他即使要在今夜向你求欢，你也一口答应他。我现在就要到圣路加教堂去，玛利安娜所住的田庄就在它的附近，你可以在那边找我，事情要干得愈快愈妙。

依莎贝拉　谢谢你的好主意。再见，好师傅。（各下。）

第二场　　监狱前街道

公爵作教士装上；爱尔博、庞贝及差役等自对方上。

爱尔博　嘿，要是你们不肯改邪归正，一定要把男人女人像牲畜一样买卖，那么这世界上要碰来碰去都是私生子了。

公爵　天哪！又是什么事情？

庞贝　真是一个煞风景的世界！咱们放风月债的倒够了霉，他们放金钱债的，法律却让他穿起皮袍子来，怕他着了凉；那皮袍子是外面狐皮里面羊皮，因为狡猾的狐狸比善良的绵羊值钱，这世界到处是好人吃苦，坏人出头！

爱尔博　走吧，朋友。您好，师傅！

公爵　您好，大哥。请问这个人所犯何事？

爱尔博　不瞒师傅说，他冒犯了法律，而且我们看他还是个贼，因为我们在他身上搜到了一把撬锁的东西，已经送到摄政老爷那里去了。

公爵　好一个不要脸的王八！你靠着散播罪恶，做你活命的根本。你肚里吃的，身上穿的，没有一件不是用龌龊的造孽钱换来。你自己想一想，你喝着肮脏，吃着肮脏，穿着肮脏，住着肮脏，你还能算是一个人吗？快去好好地改过自新吧。

庞贝　不错。肮脏是有些肮脏，可是我可以证明——

公爵　哼，如果魔鬼给罪恶出过证明，你当然也可以证明了。官差，把他带到监狱里去吧。重刑和教诲必须同时并用，才可以叫这畜生畏法知过。

爱尔博　我们要把他带去见摄政老爷，他早就警告过他了。摄政老爷最恨的是这种王八羔子；一个乌龟要是来到摄政老爷面前，那就是该他回老家的日子了。

公爵　我们要是大家都能像有些人在表面看来那样立身无过，犯了过错又能不加掩饰，那就好了！

爱尔博　他的脖子就要到您的腰上啦——成了一根绳索，师傅。

庞贝　谢天谢地，救命的人来了。

　　　路西奥上。

路西奥　啊，尊贵的庞贝！你给恺撒捉住了吗？他们奏凯归来，把你拖在车轮上面游行吗？难道你现在已经没有姑娘们应市，可以让你掏空人家的钱袋吗？你怎么说？哈，这个调门儿、这场把戏、这个办法不坏吧？上次下大雨没淹着吗？你怎么说，老丈？世界已经换了样子变得沉默寡言了吗？是怎么一回事？

公爵　世界永远是这样，向着堕落的路上跑！

路西奥　你那宝贝女东家好不好？她现在还在干那老活儿吗？

庞贝　不瞒您说，大爷，她已经坐吃山空，连裤子都当光了。

路西奥　啊，那很好，俏姐儿、骚鸨儿，免不了有这么一天。你现在到监狱里去吗，庞贝？

庞贝　是的，大爷。

路西奥　啊，那也很好，庞贝，再见！你去对他们说是我叫你来的。是为了欠了人家的钱吗，庞贝？还是为了什么？

庞贝　他们因为我是个王八才抓我。

路西奥　好，那么把他关起来吧。他是个道地的王八，而且还是个世袭的哩。再见，好庞贝，给我望望坐牢的朋友们。这回你可以安分守己了，庞贝；因为你只好大门不出、二门不迈了。

庞贝　好大爷，我想请您把我保出来。

路西奥　不，那不成，庞贝，我是不干那行的。我可以为你祈祷，求上天把你关长久一些。要是你没有耐性，在牢里惹是生非，那正说明你是个好样的。回头见，好庞贝。——祝福你，师傅。

公爵　祝福你。

路西奥　布利吉姑娘还那么爱打扮吗，庞贝？

爱尔博　走吧，朋友，走吧。

庞贝　那么您不肯保我吗？

路西奥　不保，庞贝。师傅，外面有什么消息？

爱尔博　走吧，朋友，快走。

路西奥　庞贝，钻到狗洞里去吧。（爱尔博、庞贝及差役等下）师傅，关于公爵你知道有什么消息？

公爵　我不知道。你可以告诉我一些吗？

路西奥　有人说他去看俄罗斯皇帝，有人说他在罗马，可是你想他到底在哪里？

公爵　我不知道。可是无论他在什么地方，我愿他平安。

路西奥　他这样悄悄溜走，不在朝里享福，倒去做一个云游的叫花子，简直是在发疯。安哲鲁大人代理他把地方治得很好，犯罪的都逃不过他。

公爵　是的，他代理得很好。

路西奥　其实他对于犯奸淫的人稍为放松一点，也是不碍什么的，像他这样子，未免太苛了。

公爵　这种罪恶太普遍了，必须用严刑方才能够矫正过来。

路西奥　对啊，这种罪恶是人人会犯的；可是师傅，你要是想把它完全消灭，那你除非把吃喝也一起禁止了。他们说这个安哲鲁不是像平常人那样爷娘生下来的，你想这话真不真？

公爵　那么他是怎么生下来的呢？

路西奥　有人说他是女人鱼产下的卵，有人说他的父母是两条风干的鲞鱼。可是我的的确确知道他撒下的尿都冻成了冰，我也的的确确知道他是个活动的木头人。

公爵　先生，你太爱开玩笑了。

路西奥　嘿，人家的鸡巴不安分，他就要人家的命，这还成什么话儿！公爵倘使还在这儿，他也会这样吗？哼，他不但不因为人家养了一百个私生子而把他吊死，他还要自己拿出钱来抚养一千个私生子哩。他自己也是喜欢逢场作戏的，所以他不会跟别人苦苦作对。

公爵　我可从来不知道公爵也是喜欢玩女人的，他不是那样一个人吧。

路西奥　那你可受了人家的欺了，师傅。

公爵　不见得吧。

路西奥　嘿，他看见了一个五十岁的老乞婆，也会布施她一块钱呢；他这人是有些想入非非的。告诉你知道吧，他还是个爱喝酒的。

公爵　你把他说得太不成话了。

路西奥　我跟他非常熟悉。这位公爵是一个不可貌相的人，他这次离开的原因我是知道的。

公爵　请问是什么原因呢？

路西奥　对不起，这是一个不能泄露的秘密；可是我可以让你知道，一般人都认为这位公爵很有智慧。

公爵　啊，他当然是很有智慧的。

路西奥　他是个浅薄愚笨、没有头脑的家伙。

公爵　也许是你妒忌他，也许是你自己愚蠢，也许是你看错了人，所以才会这样信口胡说。他的立身处世和他的操劳国事，都可以证明你所说的话完全不对。只要按照他的言行来检验，那么即使妒忌他的人，也不得不承认他是一个学者、一个政治家和一个军人。你这样诽谤他，足见你自己的无知；或者，即使你略有所知，也是由于心怀恶意而故意掩盖真相。

路西奥　我认识他，我跟他很有交情哩。

公爵　有交情就不会说这种话；真有交情，谈话里就会体现出更真挚的友情。

路西奥　算了吧，我可不会随便瞎说的。

公爵　这我可不相信，因为你不知道你自己在说些什么话。可是公爵倘使有一天回来——这是我们众人都馨香祷祝的——我要请你当着他的面回答我的问话；你现在说的倘是老实话，那时候一定不会否认。我们后会有期；请教尊姓大名？

路西奥　鄙人名叫路西奥，公爵是很熟悉我的。

公爵　要是我有机会向他谈起你的话，他一定会更加熟悉你的。

路西奥　你去谈好了，我不怕。

公爵　啊，你希望公爵永远不会回来，也许你以为我是个无足轻重的对手。当然，我的话恐怕伤害不了你，因为你准会矢口否认的。

路西奥　我要是否认就不得好死，你别看错人了。可是这些话不必多说。你知道克劳狄奥明天会不会死？

公爵　他为什么要死？

路西奥　为什么？为了把一只漏斗插进人家的瓶子里去。但愿我们刚才所说的那位公爵早点儿回来，这个绝子绝孙的摄政要叫大家不许生男育女，好让维也纳将来死得不剩一个人。就是麻雀在他的屋檐下做窠，他也要因为它们的淫荡而把它们赶掉呢。公爵在这里的时候，对于这种不干不净的事情是不闻不问的，他决不会把它们在光天化日之下揭露出来，要是他回来了就好了！这个克劳狄奥就是因为松了松裤带，才给判了死罪。再见，好师傅，请你给我祈祷祈祷。我再告诉你吧，公爵在持斋的日子会偷吃羊肉。他人老心不老，看见个女叫花子也会拉住亲个嘴儿，尽管她满嘴都是黑面包和大蒜的气味。你就说我这样告诉你。再见。（下。）

公爵　人间的权力尊荣，总是逃不过他人的讥弹；最纯洁的德性，也免不了背后的诽谤。哪一个国王有力量堵塞住谗言的唇舌呢？可是有谁来了？

　　　　　爱斯卡勒斯、狱吏及差役等牵咬弗动太太上。

爱斯卡勒斯　去，把她送到监狱里去！

咬弗动太太　好老爷，饶了我吧；您是一个慈悲的好人，我的好爷爷！

爱斯卡勒斯　再三告诫过你，你还是不知道悔改吗？无论怎样慈悲的人，看见像你这种东西，也会变做铁面阎罗的。

狱吏　禀大人，她当鸨妇已经当了十一年了。

咬弗动太太　老爷，这都是路西奥那家伙跟我作对信口胡说的。公爵老爷在朝的时候，他把一个姑娘弄大了肚皮，他答应娶她，那孩子到今年五月一日就该有一岁多了，我一直替他养着，现在他反而到处说我的坏话！

爱斯卡勒斯　那家伙是个淫棍，去把他找来。把她送到监狱里去！走吧，别多说了。（差役推咬弗动太太下）狱官，我的同僚安哲鲁意见已决，克劳狄奥明天必须处决。给他请好神父；预备好一切身后之事。安哲鲁不肯发半点怜悯之心，我也没有办法。

狱吏　禀大人，这位师傅曾经去看过克劳狄奥，跟他谈论过死生的大道理。

爱斯卡勒斯　晚安，神父。

公爵　愿大人有福！

爱斯卡勒斯　你是从哪儿来的？

公爵　我不是本国人，只是由于偶然的机缘，目前在这里居留；我是一个以慈悲为事的教门的僧侣，新近奉教皇之命，从教廷来办一些公务。

爱斯卡勒斯　外边有什么消息没有？

公爵　没有，可是我知道过于热衷为善，需要一服解热的药剂；只有新奇的事物是众人追求的目标；习见既久，即成陈腐；常道一成不变，持恒即为至德；人心不可测，择交当谨慎。世间的事情，大抵就像这几句哑谜。虽然是老生常谈，可是每天都可以发现类似的例子。请问大人，公爵是个何等之人？

爱斯卡勒斯　他是一个重视自省工夫甚于一切纷争扰攘的人。

公爵　他有些什么嗜好？

爱斯卡勒斯　他欢喜看见人家快乐，甚于自己追寻快乐，他是一个淡泊寡欲的君子。可是我们现在不用说他，但愿他平安如意吧。请你告诉我你看见克劳狄奥自知将死以后，有些什么准备？我听说你已经去访问过他了。

公爵　他承认他所受的判决是情真罪当，愿意俯首听候法律的处分；可是他也抱着几分侥幸免死的妄想，我已经替他把这种妄想扫除，现在他已经安心待死了。

爱斯卡勒斯　你已经对上天尽了你的责任，也替这罪犯做了一件好事。我曾经多方设法营救他，可是我的同僚是这样的铁面无私，我不能不承认他是个严明的法官。

公爵　他自己做人倘使也像他判决他人一样严正，那就很好了；要是他也有失足的一天，那么他现在已经对他自己下过判决了。

爱斯卡勒斯　我还要去看看这个罪犯。再会。

公爵　愿您平安！（爱斯卡勒斯及狱吏下。）

　　　　欲代上天行惩，
　　　　先应玉洁冰清；
　　　　持躬唯谨唯慎，
　　　　孜孜以德自绳；
　　　　诸事扪心反省，
　　　　待人一秉至公；
　　　　决不滥加残害，
　　　　对己放肆纵容。
　　　　安哲鲁则反之，
　　　　实乃羊皮虎质；
　　　　严谴他人小过，
　　　　自身变本加厉！

貌似正人君子，
企图一手遮天；
使尽狡猾伎俩，
索得名誉金钱。
何不以诈易诈，
令其弄假成真？
弱女虽遭遗弃，
亦可旧约重申；
即以其人之道，
还治其人之身。（下。）

第四幕

第一场　圣路加教堂附近的田庄

　　玛利安娜及童儿上；童儿唱歌：

童儿

　　莫以负心唇，

　　　婉转弄辞巧；

　　莫以薄幸眼，

　　　颠倒迷昏晓。

　　定情密吻乞君还，

　　当日深盟今已寒！

玛利安娜　别唱下去了，你快去吧，有一个可以给我安慰的人来了，他的劝告常常宽解了我的怨抑的情怀。（童儿下。）

　　公爵仍作教士装上。

玛利安娜　原谅我，师傅，我希望您不曾看见我在这里好像毫没有心事似的听着音乐。可是相信我吧，音乐不能给我快乐，我只是借它抒泄我的愁怀。

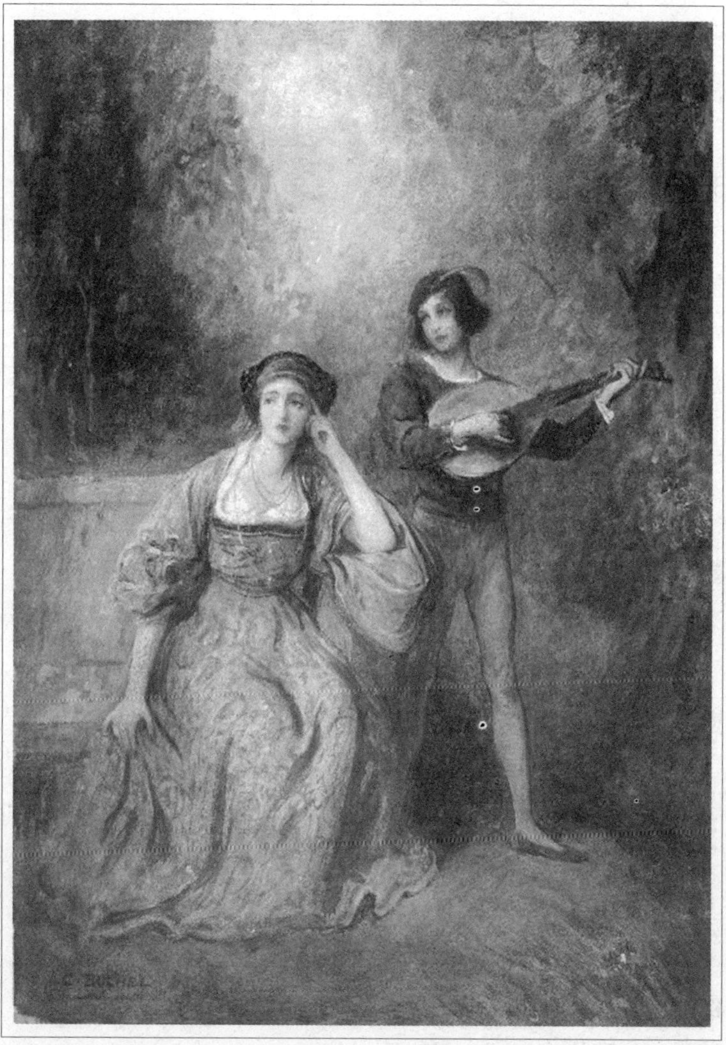

公爵　那很好，虽然音乐有一种魔力，可以感化人心向善，也可以诱人走上堕落之路。请你告诉我，今天有人到这儿来探问过我吗？我跟人家约好要在这个时候见面。

玛利安娜　我今天一直坐在这儿，不见有人问起过您。

公爵　我相信你的话。现在时候就要到了，请你进去一会儿，也许随后我还要来跟你谈一些和你有切身利益的事。

玛利安娜　谢谢师傅。（下。）

　　　　　依莎贝拉上。

公爵　你来得正好，欢迎欢迎。你从这位好摄政那边带了些什么消息来？

依莎贝拉　他有一个周围砌着砖墙的花园，在花园西面有一座葡萄园，必须从一道板门里进去，这个大钥匙便是开这板门的；从葡萄园到花园之间还有一扇小门，可以用这一个钥匙去开。我已经答应他在今夜夜深时分，到他花园里和他相会。

公爵　可是你已经把路认清了吗？

依莎贝拉　我已经把它详详细细地记在心头；他曾经用不怀好意的殷勤，用耳语低声给我指点，领我在那条路上走了两趟。

公爵　你们有没有约定其他应注意的事项必须叫他遵守？

依莎贝拉　没有，我只对他说我们必须在黑暗中相会，我也告诉他我不能久留，因为我假意对他说有一个仆人陪着我来，他以为我是为了我弟弟的事情而来的。

公爵　这样很好。我还没有对玛利安娜说知此事。喂！出来吧！

　　　　　玛利安娜重上。

公爵　让我介绍你跟这位姑娘认识，她是来帮助你的。

依莎贝拉　我愿意能够为您效劳。

公爵　你相信我是很尊重你的吧？

玛利安娜　好师傅，我一直知道您对我是一片诚心。

公爵　那么请你把这位姑娘当作你的好朋友,她有话要对你讲。你们进去谈谈,我在外面等着你们;可是不要太长久,苍茫的暮色已经逼近了。

玛利安娜　请了。(玛利安娜、依莎贝拉同下。)

公爵　啊,地位!尊严!无数双痴愚的眼睛在注视着你,无数种虚伪矛盾的流言在传说着你的行动,无数个说俏皮话的人把你奉若神明,在幻想中把你讥讽嘲弄!

　　　　玛利安娜及依莎贝拉重上。

公爵　欢迎!你们商量得怎样了?

依莎贝拉　她愿意干那件事,只要你以为不妨一试。

公爵　我不但赞成,而且还要求她这样做。

依莎贝拉　你和他分别的时候,不必多说什么,只要轻轻地说:"别忘了我的弟弟。"

玛利安娜　都在我身上,你放心好了。

公爵　好孩子,你也不用担心什么。他跟你已有婚约在先,用这种诡计把你们牵合在一起,不算是什么罪恶,因为你和他已经有了正式的名分了,这就使欺骗成为合法。来,咱们去吧,要收获谷实,还得等待我们去播种。(同下。)

第二场　狱中一室

　　　　狱吏及庞贝上。

狱吏　过来,小子,你会杀头吗?

庞贝　老爷,他要是个光棍汉子,那就好办;可是他要是个有老婆的,那么人家说丈夫是妻子的头,叫我杀女人的头,我可下不了这个手。

狱吏　算了吧，别胡扯了，痛痛快快回答我。明儿早上要把克劳狄奥跟巴那丁处决。我们这儿的刽子手缺少一个助手，你要是愿意帮他，就可以脱掉你的脚镣；否则就要把你关到刑期满了，再狠狠抽你一顿鞭子，然后放你出狱，因为你是一个罪大恶极的王八。

庞贝　老爷，我做一个偷偷摸摸的王八也不知做了多少时候了，可是我现在愿意改行做一个正正当当的刽子手。我还要向我的同事老前辈请教请教哩。

狱吏　喂，阿伯霍逊！阿伯霍逊在不在？

　　　　　阿伯霍逊上。

阿伯霍逊　您叫我吗，老爷？

狱吏　这儿有一个人，可以在明天行刑的时候帮助你。你要是认为他可用，就可以和他订一年合同，让他在这儿跟你住在一起；不然的话，暂时让他帮帮忙，再叫他去吧。他不能假借什么身份来推托，他本来是一个王八。

阿伯霍逊　是个王八吗，老爷？他妈的！他要把咱们干这行巧艺的脸都丢尽了。

狱吏　算了吧，你也比他高不了多少；完全是半斤八两。（下。）

庞贝　大哥，请您赏个脸——您的脸长得倒真是不错，就是有点杀气腾腾的味道——给我解释解释：您是管您这一行叫什么巧艺吗？

阿伯霍逊　不错，老弟，称得起是巧艺。

庞贝　我听人说调脂涂色算是巧艺；可是，大哥，您知道窑姐儿们都很拿手，她们是我的同僚，这就证明我干的那行也是巧艺；可是绞死人有何巧可言，不瞒您说，就是绞死我，我也想不出来。

阿伯霍逊　老弟，那确是巧艺。

庞贝　有何为证？

阿伯霍逊　良民的衣服，贼穿上蛮合适。要是贼穿着小点，良民会认为是够大的；要是贼穿着大点，他自己会认为是够小的。所以，良民的衣服，贼穿上永远合适。

　　　　狱吏重上。

狱吏　你们说定了没有？

庞贝　老爷，我愿意给他当下手；因为我发现当刽子手确实是比当王八更高尚的职业；每逢杀人之前，他总得说一声："请您宽恕。"

狱吏　你记着点；明天早上四点钟把斧头砧架预备好。

阿伯霍逊　来吧，王八，让我传授给你一点手艺；跟我来。

庞贝　我很愿意领教，要是您有一天用得着我，我愿意引颈而待，报答您的好意。

狱吏　去把克劳狄奥和巴那丁叫来见我。（庞贝、阿伯霍逊同下）我很替克劳狄奥可惜，可是那个杀人犯巴那丁，却是个死不足惜的家伙。

　　　　克劳狄奥上。

狱吏　瞧，克劳狄奥，这是执行你死刑的命令，现在已经是午夜，明天八点钟你就要与世永辞了。巴那丁呢？

克劳狄奥　他睡得好好的，像一个跋涉长途的疲倦的旅人一样，叫都叫不醒。

狱吏　对他有什么办法呢？好，你去准备着吧。（内敲门声）听，什么声音？——愿上天赐给你灵魂安静！（克劳狄奥下）且慢。这也许是赦免善良的克劳狄奥的命令下来了。

　　　　公爵仍作教士装上。

狱吏　欢迎，师傅。

公爵　愿静夜的良好气氛降临到你身上，善良的狱官！刚才有什么人来过没有？

狱吏　熄灯钟鸣以后，就没有人来过。

公爵　依莎贝拉也没有来吗？

狱吏　没有。

公爵　大概他们就要来了。

狱吏　关于克劳狄奥有什么好消息没有？

公爵　也许会有。

狱吏　我们这位摄政是一个忍心的人。

公爵　不，不，他执法的公允，正和他立身的严正一样；他用崇高的克制工夫，屏绝他自己心中的人欲，也运用他的权力，整饬社会的风纪。假如他明于责人，暗于责己，那么他所推行的诚然是暴政；可是我们现在却不能不称赞他的正直无私。（内敲门声）现在他们来了。（狱吏下）这是一个善良的狱官，像他这样仁慈可亲的狱官，倒是难得的。（敲门声）啊，谁在那里？门敲得这么急，一定有什么要事。

　　　　狱吏重上。

狱吏　他必须在外面等一会儿，我已经把看门的人叫醒，去开门让他进来了。

公爵　你没有接到撤回成命的公文，克劳狄奥明天一定要死吗？

狱吏　没有，师傅。

公爵　天虽然快亮了，在破晓以前，大概还会有消息来的。

狱吏　也许你对内幕有所了解，可是我相信撤回成命是不可能的；因为这种事情毫无先例，而且安哲鲁大人已经公开表示他决不徇私枉法，怎么还会网开一面？

　　　　一使者上。

狱吏　这是他派来的人。

公爵　他拿着克劳狄奥的赦状来了。

使者　（以公文交狱吏）安哲鲁大人叫我把这公文送给你，他还要我吩咐你，叫你依照命令行事，不得稍有差池。现在天差不多亮了，再见。

狱吏　我一定服从他的命令。（使者下。）

公爵　（旁白）这是用罪恶换来的赦状，赦罪的人自己也变成了犯罪的人；身居高位的如此以身作则，在下的还不翕然从风吗？法官要是自己有罪，那么为了同病相怜的缘故，犯罪的人当然可以逍遥法外。——请问这里面说些什么？

狱吏　告诉您吧，安哲鲁大人大概以为我有失职的地方，所以要在这时候再提醒我一下。奇怪得很，他从来不曾有过这样的事情。

公爵　请你读给我听。

狱吏　"克劳狄奥务须于四时处决，巴那丁于午后处决，不可轻听人言，致干未便。克劳狄奥首级仰于五时送到，以凭察验。如有玩忽命令之处，即将该员严惩不贷，切切凛遵毋违。"师傅，您看这是怎么一回事？

公爵　今天下午处决的这个巴那丁是个怎么样的人？

狱吏　他是一个在这儿长大的波希米亚人，在牢里已经关了九年了。

公爵　那个公爵为什么不放他出去或者把他杀了？我听说他惯常是这样的。

狱吏　他有朋友们给他奔走疏通；他所犯的案子，直到现在安哲鲁大人握了权，方才有了确确凿凿的证据。

公爵　那么现在案情已经明白了吗？

狱吏　再明白也没有了，他自己也并不抵赖。

公爵　他在监狱里自己知道不知道忏悔？他心里感觉怎样？

狱吏　在他看来，死就像喝醉了酒睡了过去一样没有什么可怕，对于过去现在或未来的事情，他毫不关心，毫无顾虑，也一点没有忧惧；死在他心目中不算怎么一回事，可是他却是一个彻头彻尾的凡人。

公爵　他需要劝告。

狱吏　他可不要听什么劝告。他在监狱里是很自由的，给他机会逃走，他也不愿逃；一天到晚喝酒，喝醉了就一连睡上好几天。我们常常把他叫醒了，假装要把他拖去杀头，还给他看一张假造的公文，可是他却无动于衷。

公爵　我们等会儿再说他吧。狱官，我一眼就知道你是个诚实可靠的人，我的老眼要是没有昏花，那么我是不会看错人的，所以我敢大着胆子，跟你商量一件事。你现在奉命执行死刑的克劳狄奥，他所犯的罪并不比判决他的安哲鲁所犯的罪更重。为了向你证明我这一句话，我要请你给我四天的时间，同时你必须现在就帮我做一件危险的事情。

狱吏　请问师傅要我做什么事？

公爵　把克劳狄奥暂缓处刑。

狱吏　唉！这怎么办得到呢？安哲鲁大人有命令下来，限定时间，还要把他的首级送去验明，我要是稍有违背他的命令之处，我的头也要跟克劳狄奥一样保不住了。

公爵　你要是听我吩咐，我可以保你没事。今天早上你把这个巴那丁处决了，把他的头送到安哲鲁那边去。

狱吏　他们两人安哲鲁都见过，他认得出来。

公爵　啊，人死了脸会变样子，你可以再把他的头发剃光，胡子扎起来，就说犯人因为表示忏悔，在临死之前要求这样，你知道这是很通行的一种习惯，假如你因为干了这事，不但得不到感激和好处，反而遭到责罚，那么凭我所信奉的圣徒起誓，我一定用我的生命为你力保。
狱吏　原谅我,好师傅,这是违背我的誓言的。
公爵　你是向公爵宣誓呢,还是向摄政宣誓的?
狱吏　我向他也向他的代理人宣誓。
公爵　要是公爵赞许你的行动,那么你总不以为那是一件错事吧?
狱吏　可是公爵怎么会赞许我这样做呢?
公爵　那不仅是可能的,而且是一定的。可是你既然这样胆小,我的服装、我的人格和我的谆谆劝诱,都不能使你安心听从我,那么我可以比原来打算的更进一步,替你解除一切忧虑。你看吧,这是公爵的亲笔签署和他的印信,我相信你认识他的笔迹,这图章你也看见过。
狱吏　我都认识。
公爵　这里面有一通公爵就要回来的密谕,你等会儿就可以读它,里面说的是公爵将在这两天内到此。这件事情安哲鲁也不知道,因为他就在今天会接到几封古怪的信,也许是说公爵已经死了,也许是说他已经出家修行了,可是都没有提起他就要回来的话。瞧吧,晨星已经从云端里出现,召唤牧羊人起来放羊了。你不用惊奇事情会如此突兀,真相大白以后,一切的为难都会消释。把刽子手喊来,叫他把巴那丁杀了;我就去劝他忏悔去。来,不用惊讶,你马上就会明白一切的。天差不多已经人亮了。(同下。)

第三场　狱中另一室

庞贝上。

庞贝　我在这里倒是很熟悉,就像回到妓院里一样。人们很可能错认这是咬弗动太太开的窑子，因为她的许多老主顾都在这儿。头一个是纨绔少爷，他借了人家一笔债，是按实物付给的——全是些废纸和生姜——折合一百九十七镑；可是脱手的时候才卖了五马克现钱；这也是没办法的事，因为当时生姜赶上滞销，爱吃姜的老婆子们全都死了。还有一个舞迷少爷，是让锦绣商店的老板告下来的，前后共欠桃红色缎袍四身，这会儿他可成为衣不蔽体的叫花子了。还有傻大爷，风流哥儿，贾黄金，喜欢拿刀动剑的雌公鸡，专给人闭门羹吃的浪荡子，在演武场上显手段的快马先生，周游列国、衣饰阔绰的鞋带先生，因为醉酒闹事把白干扎死的烧酒大爷……此外还有不知多少；原来都是挥金如土的阔少，这会儿只能向囚窗外面的过路人哀求施舍了。

　　　　阿伯霍逊上。

阿伯霍逊　小子，去把巴那丁带来！
庞贝　巴那丁大爷！您现在应该起来杀头了，巴那丁大爷！
阿伯霍逊　喂，巴那丁！
巴那丁　（在内）他妈的！谁在那儿大惊小怪？你是哪一个？
庞贝　是你的朋友刽子手。请你好好地起来，让我们把你杀死。
巴那丁　（在内）滚开！混账东西，给我滚开！我还要睡觉呢。
阿伯霍逊　对他说他非赶快醒来不可。
庞贝　巴那丁大爷，请你醒醒吧，等你杀过了头，再睡觉不迟。
阿伯霍逊　跑进去把他拖出来。
庞贝　他来了，他来了，我听见他的稻草在响了。
阿伯霍逊　斧头预备好了吗，小子？
庞贝　预备好了。

　　　　巴那丁上。

巴那丁　啊，阿伯霍逊！你来干吗？

阿伯霍逊　老实对你说，我要请你赶快祈祷，因为命令已经下来了。

巴那丁　混账东西，老子喝了一夜的酒，现在怎么能死去？

庞贝　啊，那再好没有了，因为你喝了一夜的酒，到早上杀了头，你就可以痛痛快快睡他一整天了。

阿伯霍逊　瞧，你的神父也来了，你还以为我们在跟你开玩笑吗？

　　　　公爵仍作教士装上。

公爵　闻知尊驾不久就要离开人世，我因为被不忍之心所驱使，特地前来向你劝慰一番，我还愿意跟你一起祈祷。

巴那丁　师傅，我还不想死哩；昨天晚上我狂饮了一夜，他们要我死，我可还要从容准备一下，尽管他们把我脑浆打出都没用。无论如何，要我今天就死我是不答应的。

公爵　哎哟，这是没有法想的，你今天一定要死，所以我劝你还是准备走上你的旅途吧。

巴那丁　我发誓不愿在今天死，什么人劝我都没用。

公爵　可是你听我说。

巴那丁　我不要听，你要是有话，到我房间里来吧，我今天一定不走。（下。）

　　　　狱吏上。

公爵　不配活也不配死，他的心肠就像石子一样！你们快追上去把他拖到刑场上去。（阿伯霍逊、庞贝下。）

狱吏　师傅，您看这犯人怎样？

公爵　他是一个毫无准备的家伙，现在还不能就让他死去；叫他在现在这种情形之下糊里糊涂死去，是上天所不容的。

狱吏　师傅，在这儿监狱里有一个名叫拉戈静的著名海盗，今天早上因为发着厉害的热病而死了，他的年纪跟克劳狄奥差不多，须发的颜色完全一样。我看我们不如把这无赖暂时放过，等他头脑明白一点的时候再把他处决，至于克劳狄奥的首级，

347

可以把拉戈静的头割下来顶替,您看好不好?

公爵　啊,那是天赐的机会!赶快动手,安哲鲁预定的时间快要到了。你就依此而行,按照命令把首级送去验看,我还要去劝这个恶汉安心就死。

狱吏　好师傅,我一定就这么办。可是巴那丁必须在今天下午处死,还有克劳狄奥却怎样安置呢?假使人家知道他还活着,那我可怎么办?

公爵　就这么吧,你把巴那丁和克劳狄奥两人都关在秘密的所在,在太阳对世界的另一半照临两次之前,你就可以平安无事。

狱吏　我一切都信托着您。

公爵　快去吧,首级割了下来,就去送给安哲鲁。(狱吏下)现在我要写信给安哲鲁,叫狱官带去给他;我要对他说我已经动身回来,进城的时候要让全体人民知道;他必须在城外九哩的圣泉旁边接我,在那边我要不动声色,一步一步去揭露安哲鲁的罪恶。

　　　　狱吏重上。

狱吏　首级已经取来,让我亲自送去。

公爵　那再好没有。快些回来,我还要告诉你一些不能让别人听见的事情。

狱吏　我决不耽搁时间。(下。)

依莎贝拉　(在内)有人吗?愿你们平安!

公爵　依莎贝拉的声音。她是来打听她弟弟的赦状有没有下来;可是我要暂时把实在的情形瞒过她,让她在绝望之后,突然发现她的弟弟尚在人世,而格外感到惊喜。

　　　　依莎贝拉上。

依莎贝拉　啊,师傅请了!

公爵　早安,好孩子!

依莎贝拉　多谢师傅。那摄政有没有颁下我弟弟的赦令？

公爵　依莎贝拉，他已经使他脱离烦恼的人世了；他的头已经割下，送去给安哲鲁了。

依莎贝拉　啊，那是不会有的事。

公爵　确有这样的事。你是个聪明人，事已如此，也不用悲伤了。

依莎贝拉　啊，我要去挖掉他的眼珠。

公爵　他会不准你去见他的。

依莎贝拉　可怜的克劳狄奥！不幸的依莎贝拉！万恶的世界！该死的安哲鲁！

公爵　你这样于他无损，于你自己也没有什么益处，所以还是平心静气，一切信任上天做主吧。听好我的话，你会发现我的每一个字都没有虚假。公爵明天要回来了；——把你的眼泪揩干了，——我有一个同道是他的亲信，是他告诉我的。他已经送信去给爱斯卡勒斯和安哲鲁，他们预备在城外迎接他，就在那边归还他们的政权。你要是能够遵照我所指点给你的一条大道而行，就可以向这恶人报复你心头的仇恨，并且还可以得到公爵的眷宠，享受莫大的尊荣。

依莎贝拉　请师傅指教。

公爵　你先去把这信送给彼得神父，公爵要回来就是他通知我的；你对他说，我要请他今晚在玛利安娜的家里会面。我把你和玛利安娜的事情详细告诉他以后，他就可以带你们去见公爵，你们可以放胆指着安哲鲁控告他。我自己因为还要履行一个神圣的誓愿，不能亲自出场。这信你拿去吧，不要再伤心落泪了。我决不会误你的事的。谁来了？

　　　　路西奥上。

路西奥　您好，师傅！狱官呢？

公爵　他出去了，先生。

路西奥　啊，可爱的依莎贝拉，我见你眼睛哭得这样红肿，我心里真是疼，你要宽心忍耐。这会儿一天两顿饭我只能喝水吃糠，根本不敢把肚子喂饱，一顿盛餐就可以要我的命。可是他们说公爵明天就要回来了。依莎贝拉，令弟是我的好朋友；那个惯会偷偷摸摸的疯癫公爵要是在家，他就不会送了命。（依莎贝拉下。）

公爵　先生，听你说起来，好像你很不满意这位公爵；可是幸而他并不是像你所说的那样一个人。

路西奥　师傅，你知道他哪里有我知道他那样仔细；你瞧不出他倒是一个猎艳的好手呢。

公爵　嘿，有一天他会跟你算账的。再见。

路西奥　不，且慢，咱们一块儿走；我要告诉你关于公爵的一些有趣的故事。

公爵　你的话倘使是真的，那么你已经告诉我太多了；倘使你说的都是假话，那么你一辈子也编造不完，我可没有工夫听你。

路西奥　有一次我因为跟一个女人有了孩子，被他传去问话。

公爵　你干过这样的事么？

路西奥　是的，亏得我发誓说没有这样的事，否则他们就要叫我跟那个烂婊子结婚了。

公爵　你不是个老实人，再见。

路西奥　不，我一定要陪你走完这条小巷。你要是不欢喜听那种下流话，我就不说好了。师傅，我就像是一根芒刺一样，钉住了人不肯放松。（同下。）

第四场　安哲鲁府中一室

安哲鲁及爱斯卡勒斯上。

爱斯卡勒斯　他每一次来信，都跟上回所说的不同。

安哲鲁　他的话说得颠颠倒倒。他的行动也真有点疯头疯脑的。求上天保佑他不要真的疯了才好！他为什么要我们在城门外迎接他，就在那边把我们的政权交还他呢？

爱斯卡勒斯　我猜不透他的意思。

安哲鲁　他为什么又要我们在他进城以前的一小时内，向全体人民宣告，倘有什么冤枉的事，可以让他们拦道告状呢？

爱斯卡勒斯　他的理由大概是他以为这么一来，人家有不满意我们的可以当场控诉，当场发落，免得在我们归政之后，再有谁想来暗中算计我们。

安哲鲁　好，那么就请你这样宣布出去吧。明天一早我就到你家里来，各色人等需要他们一同去迎接的，都请你通告他们一声。

爱斯卡勒斯　是，大人，下官失陪了。

安哲鲁　再见。（爱斯卡勒斯下）这件事情害得我心神无主，做事也变成毫无头脑。一个失去贞操的女子，奸污她的却是禁止他人奸污的堂堂执法大吏！倘不是因为她不好意思当众承认她的失身，她将会怎样到处宣扬我的罪恶！可是她知道这样做是不聪明的，因为我的地位威权得人信仰，不是任何诽谤所能摇动；攻击我的人，不过自取其辱罢了。我本来可以让他活命，可是我怕他年轻气盛，假如知道他自己的生命是用耻辱换来的，一定会图谋报复。现在我倒希望他尚在人世！

唉！我们一旦把羞耻放在脑后，所作所为，就没有一件事情是对的；又要这么做，又要那么做，结果总是一无是处。（下。）

第五场　郊外

公爵作本来装束及彼得神父同上。

公爵　这几封信给我在适当的时候送出去。（以信交彼得神父）我们的计划，狱官是知道的。事情一着手以后，你就谨记我的吩咐做去，虽然有时看着情形的需要，你自己也可以变通一下。现在你先去看弗来维厄斯，告诉他我耽搁在什么地方；然后你再去通知伐伦提纳斯、罗兰特和克拉苏，叫他们把喇叭手召集起来，在城门口集合。可是你先去叫弗来维厄斯来。

彼得　是，我马上就去。（下。）

凡里厄斯上。

公爵　谢谢你，凡里厄斯，你来得很快。来，我们一路走去吧，还有别的朋友们就会来迎接我。（同下。）

第六场　城门附近的街道

依莎贝拉及玛利安娜上。

依莎贝拉　我喜欢说老实话，要我这样绕圈子说话可真有点不高兴。可是他这样吩咐我，说是事实的真相必须暂时隐瞒，方才可以达到全部的目的。他要叫你告发安哲鲁所干的事。

玛利安娜　你就听他的话吧。

依莎贝拉　而且他还对我说，假如他有时对我说话不客气，仿佛站在反对的一方，那也不用惊疑，因为良药的味道总是苦的。
玛利安娜　我希望彼得神父——
依莎贝拉　啊，别吵！神父来了。

　　　　彼得神父上。

彼得　来，我已经给你们找到一处很好的站立的地方，公爵经过那里的时候，一定会看见你们。喇叭已经响了两次了；有身份的士绅们都已恭立在城门口，公爵就要进来了；快去吧。（同下。）

第五幕

第一场　城门附近的广场

　　玛利安娜蒙面纱及依莎贝拉、彼得神父各立道旁；公爵、凡里厄斯、众臣、安哲鲁、爱斯卡勒斯、路西奥、狱吏、差役及市民等自各门分别上。

公爵　贤卿，久违了！我的忠实的老友，我很高兴看见你。

安哲鲁　爱斯卡勒斯　殿下安然归来，臣等不胜雀跃！

公爵　多谢两位。我在外面听人说起你们治理国政是怎样的公正严明，为了答谢你们的勤劳，让我在没有给你们其他的褒奖之前，先向你们表示我的慰劳的微意。

安哲鲁　蒙殿下过奖，使小臣感愧万分。

公爵　啊，你的功绩是有口皆碑的，它可以刻在铜柱上，永垂万世而无愧，我怎么可以隐善蔽贤呢？把你的手给我，让士民众庶知道表面上的礼遇，正可以反映出发自中心的眷宠。来，爱斯卡勒斯，你也应当在我的身旁一块儿走，你们都是我的良好的辅弼。

　　彼得神父及依莎贝拉上前。

彼得　现在你的时候已经到了,快去跪在他的面前,话说得响一些。

依莎贝拉　公爵殿下申冤啊！请您低下头来看一个受屈含冤的——唉,我本来还想说,处女！尊贵的殿下！请您先不要瞻顾任何其他事务,直到您听我说完我没有半句谎言的哀诉,给我主持公道,主持公道啊！

公爵　你有什么冤枉？谁欺侮了你？简简单单地说出来吧。安哲鲁大人可以给你主持公道,你只要向他诉说好了。

依莎贝拉　哎哟殿下,您这是要我向魔鬼求救了！请您自己听我说,因为我所要说的话,也许会因为不能见信而使我受到责罚,也许殿下会使我申雪奇冤。求求您,就在这儿听着我吧！

安哲鲁　殿下,我看她有点儿疯头疯脑的；她曾经替她的兄弟来向我求情,她那个兄弟是依法处决的——

依莎贝拉　依法处决的！

安哲鲁　所以她怀恨在心,一定会说出些荒谬奇怪的话来。

依莎贝拉　我要说的话听起来很奇怪,可是的的确确是事实。安哲鲁是一个背盟毁约的人,这不奇怪吗？安哲鲁是一个杀人的凶手,这不奇怪吗？安哲鲁是一个淫贼,一个伪君子,一个踩躏女性的家伙,这不是奇之又奇的事情吗？

公爵　唔,那真是太奇怪了。

依莎贝拉　奇怪虽然奇怪,真实却是真实,正像他是安哲鲁一样无法抵赖。真理是永远蒙蔽不了的。

公爵　把她撵走了吧！可怜的东西,她因为失去了理智才说出这样的话来。

依莎贝拉　啊！殿下,假使您希望来世能得到超度,请不要以为我是个疯子而不理我。似乎不会有的事,不一定不可能。世上最恶的坏人,也许瞧上去就像安哲鲁那样拘谨严肃,正直无私；安哲鲁在庄严的外表、清正的名声、崇高的位阶的重

355

重掩饰下，也许就是一个罪大恶极的凶徒。相信我，殿下，我绝不是诬蔑他，要是我有更坏的字眼可以用来形容他，也绝不会把他形容得过分。

公爵　她一定是个疯子，可是她疯得这样有头有脑，倒是奇怪得很。

依莎贝拉　啊！殿下，请您别那么想，不要为了枉法而驱除理智。请殿下明察秋毫，别让虚伪掩盖了真实。

公爵　有许多不疯的人，也不像她那样说得头头是道。你有些什么话要说？

依莎贝拉　我是克劳狄奥的姊姊，他因为犯了奸淫，被安哲鲁判决死刑。立愿修道、尚未受戒的我，从一位路西奥的嘴里知道了这个消息——

路西奥　禀殿下，我就是路西奥，克劳狄奥叫我向她报信，请她设法运动安哲鲁大人，宽恕她弟弟的死刑。

公爵　我没有叫你说话。

路西奥　是，殿下，可是您也没有叫我不说话。

公爵　我现在就叫你不说话。等我有事情要问到你的时候，我倒希望你能说得动听一点。

路西奥　请您放心，绝对没错。

公爵　这话用不着对我说；你自己当心点吧。

依莎贝拉　这位先生已经代我说出一些情况了——

路西奥　不错。

公爵　她虽然不错，你不该说话而开了口，却是大错了。说下去吧。

依莎贝拉　我就去见这个恶毒卑鄙的摄政——

公爵　你又在说疯话了。

依莎贝拉　原谅我，可是我说的是事实。

公爵　好，就算是事实；那么你说下去吧。

依莎贝拉　我怎样向他哀求恳告，怎样向他长跪泣请，他怎样拒绝我,我又怎样回答他,这些说来话长,也不必细说。最后的结果,一提起就叫人羞愤填膺,难于启口。他说我必须把我这清白的身体,供他发泄他的兽欲,方才可以释放我的弟弟。在无数次反复思忖以后,手足之情,使我顾不得什么羞耻,我终于答应了他。可是到了下一天早晨,他的目的已经达到,却下了一道命令要我可怜的弟弟的首级。

公爵　哪会有这等事!

依莎贝拉　啊,那是千真万确的!

公爵　无知的贱人!你不知道你自己在说些什么话,也许你受了什么人的指使,有意破坏安哲鲁大人的名誉。第一,他的为人的正直,是谁都知道的;第二,他这样迫不及待地惩治自己也有的过错,在道理上是完全说不通的;要是他自己也干了那一件坏事,那么他推己及人,怎么会一定要把你的兄弟处死?一定是有人在背后指使着你,快给我从实招来,谁叫你到这儿来呼冤的?

依莎贝拉　竟是这样吗?天上的神明啊!求你们给我忍耐吧!天理昭彰,暂时包庇起来的罪恶,总有一天会揭露出来。愿上天保佑殿下,我只能含冤莫诉,就此告辞了。

公爵　我知道你现在想要逃走了。来人!给我把她关起来!难道可以让这种恶意的诽谤诬蔑我所亲信的人吗?这一定是一种阴谋。是谁给你出的主意,叫你到这儿来的?

依莎贝拉　是洛度维克神父,我希望他也在这儿。

公爵　是一个教士吗?有谁认识这个洛度维克?

路西奥　殿下,我认识他,他是一个爱管闲事的教士。我一见他就讨厌,要是他不是出家人,我一定要把他痛打一顿,因为他曾经在您的背后说过您的坏话。

公爵　说过我的坏话!好一个教士!还要教唆这个坏女人来诬告

我们的摄政！去把这教士找来！

路西奥　就在昨天晚上，我看见她和那个教士都在监狱里；他是一个放肆的教士，一个下流不堪的家伙。

彼得　上帝祝福殿下！我方才始终在旁边听着，发现他们都在欺骗您。第一，这个女人控告安哲鲁大人的话都是假的，他碰也没有碰过她的身体。

公爵　我相信你的话。你认识他所说起的那个教士洛度维克吗？

彼得　我认识他，他是一个道高德重的人，并不像这位先生所说的那么下贱，那么爱管闲事，我可以担保他从来没有说过殿下一句坏话。

路西奥　殿下，相信我，他把您说得不堪入耳呢。

彼得　好，他总会有一天给自己洗刷清楚的，可是禀殿下，他现在害着一种奇怪的毛病。他知道有人要来向您控告安哲鲁大人，所以他特意叫我前来，代他说一说他所知道的是非真相；这些话将来如果召他来，他都能宣誓证明。第一，关于这个女人对这位贵人的诬蔑之词，我可以当着她的面证明她的话完全不对，并且迫使她自己承认。

公爵　师傅，你说吧。（差役执依莎贝拉下，玛利安娜趋前）安哲鲁，你对于这一幕戏剧觉得可笑吗？天哪，无知的人们是多么痴愚！端几张座椅来。来，安哲鲁贤卿，我对这件案子完全处于旁观者的地位，你自己去作审判官吧。师傅，这个是证人吗？先让她露出脸来再说话。

玛利安娜　恕我，殿下；我要得到我丈夫的准许，才敢露脸。

公爵　啊，你是一个有夫之妇吗？

玛利安娜　不，殿下。

公爵　你是一个处女吗？

玛利安娜　不，殿下。

公爵　那么是一个寡妇吗?

玛利安娜　也不是,殿下。

公爵　咦,这也不是,那也不是;既不是处女,又不是寡妇,又不是有夫之妇,那么你究竟是什么?

路西奥　殿下,她也许是个婊子,许多婊子都是既不是处女,又不是寡妇,又不是有夫之妇。

公爵　叫那家伙闭嘴!但愿有朝一日他犯了案,那时候有他说话的分儿。

路西奥　是,殿下。

玛利安娜　殿下,我承认我从来没有结过婚;我也承认我已经不是处女。我曾经和我的丈夫发生过关系,可是我的丈夫却不知道他曾经和我发生过关系。

路西奥　殿下,那时他大概喝醉了酒,不省人事。

公爵　你要是也喝醉了酒就好了,免得总这样唠唠叨叨。

路西奥　是,殿下。

公爵　这妇人不能做安哲鲁大人的证人。

玛利安娜　请殿下听我分说。刚才那个女子控告安哲鲁大人和她通奸,同时也就控告了我的丈夫;可是她说他和她幽叙的时间,他正在我的怀抱里两情缱绻呢。

安哲鲁　她所控告的不仅是我一个人吗?

玛利安娜　那我可不知道。

公爵　不知道?你刚才不是说起你的丈夫吗?

玛利安娜　是的,殿下,那就是安哲鲁;他以为他所亲近的是依莎贝拉的肉体,却不知道他所亲近的是我的肉体。

安哲鲁　这一派胡言,说得太荒谬离奇了。让我们看一看你的脸吧。

玛利安娜　我的丈夫已经吩咐我,现在我可以露脸了。(取下面纱)狠心的安哲鲁!这就是你曾经发誓说它是值得爱顾的脸;

这就是你在订盟的当时紧紧握过的手；这就是在你的花园里代替依莎贝拉的身体。

公爵　你认识这个女人吗？

路西奥　据她说，不仅认识，还发生过关系哩。

公爵　不准你再开口！

路西奥　遵命，殿下。

安哲鲁　殿下，我承认我认识她；五年以前，我曾经和她有过婚姻之议，可是后来未成事实，一部分的原因是她的嫁奁不足预定之数，主要的原因却是她的名誉不大好。从那时起直到现在，五年以来，我可以发誓我从来不曾跟她说过话，从来不曾看见过她，也从来不曾听到过她的什么消息。

玛利安娜　殿下，天日在上，我已经许身此人，无可更移，而且在星期二晚上，我们已经在他的花园里行过夫妇之道。倘使我这样的话是谎话，让我跪在地上永远站不起来，变成一座石像。

安哲鲁　我刚才还不过觉得可笑，现在可再也忍耐不住了；殿下，给我审判他们的权力吧。我看得出来这两个无耻的妇人，都不过是给人利用的工具，背后都有有力的人在那儿操纵着。殿下，让我把这种阴谋究问出来吧。

公爵　很好，照你的意思把她们重重地处罚吧。你这愚蠢的教士，你这刁恶的妇人，你们跟那个妇人串通勾结，你们以为指着一个个神圣的名字起誓，就可以破坏一个大家公认的正人君子的名誉吗？爱斯卡勒斯，你也陪着安哲鲁坐下来，帮助他推究出谁是这件事的主谋。还有一个指使他们的教士，快去把他抓来。

彼得　殿下，他要是也在这儿，那就再好也没有了，因为这两个女人正是因为受他的怂恿，才来此呼冤的。他住的地方狱官知道，可以叫他去召他来。

公爵　快去把他抓来。（狱吏下）贤卿，这件案子与你有关，你可以全权听断，照你所认为最适当的办法，惩罚这一辈中伤你名誉的人。我且暂时离开你们，可是你们不必起座，把这些造谣诽谤之徒办好了再说吧。

爱斯卡勒斯　殿下，我们一定要彻底究问。（公爵下）路西奥，你不是说你知道那个洛度维克神父是个坏人吗？

路西奥　他只是穿扮得像个学道修行之人，心里头可是千刁万恶。他把公爵骂得狗血喷头呢。

爱斯卡勒斯　请你在这儿等一等，等他来了，把他向你说过的话和他当面对质。这个神父大概是一个很刁钻的人。

路西奥　正是，大人，他的刁钻在维也纳可以首屈一指。

爱斯卡勒斯　把那依莎贝拉叫回来，我还要问她话。（一侍从下）大人，请您让我审问她，您可以看看我怎样对付她。

路西奥　听她方才的话，您未必比安哲鲁大人更对付得了她吧。

爱斯卡勒斯　你认为这样吗？

路西奥　我说，大人，您要是悄悄地对付她，她也许就会招认一切；当着众人的面，她会怕难为情不肯说的。

爱斯卡勒斯　我要暗地里想些办法。

路西奥　那就对了，女人在光天化日之下是一本正经的，到了半夜三更才会轻狂起来。

　　　　差役等拥依莎贝拉上。

爱斯卡勒斯　（向依莎贝拉）来，姑娘，这儿有一位小姐说你的话完全不对。

路西奥　大人，我所说的那个坏蛋，给狱官找了来了。

爱斯卡勒斯　来得正好。你不要跟他说话，等我问到你的时候再说。

　　　　公爵化教士装，随狱吏上。

361

路西奥　禁声！

爱斯卡勒斯　来，是你叫这两个女人诽谤安哲鲁大人吗？她们已经招认是受你的主使。

公爵　没有那回事。

爱斯卡勒斯　怎么！你不知道你现在是在什么地方吗？

公爵　尊重你的地位！让魔鬼在他灼热的火椅上受人暂时的崇拜吧！公爵在哪里？他应该在这里听我说话。

爱斯卡勒斯　我们就代表公爵，我们要听你怎样说话，你可要说得小心一点。

公爵　我可要大胆地说。唉！你们这批可怜的人！你们要想在这一群狐狸中间找寻羔羊吗？你们的冤屈是没有申雪的希望了！公爵去了吗？那么还有谁给你们做主？这公爵是个不公的公爵，把你们事实昭彰的控诉置之不顾，却让你们所控告的那个恶人来审问你们。

路西奥　就是这个坏蛋，我说的就是他。

爱斯卡勒斯　怎么，你这无礼放肆的教士！你嗾使这两个妇人诬告好人，难道还不够，还敢当着他的面，这样把他辱骂吗？你居然还敢把公爵也牵连在内，批评他审案不公！来，给他上刑！我们要敲断你的每一个骨节，好叫你老老实实招认出来。哼！不公！

公爵　别发这么大的脾气。就是公爵自己也不敢弯一弯我的手指，正像他不敢弯痛他自己的手指一样。我不是他的子民，也不是这地方的人。因为有事到此，使我有机会冷眼旁观这里的一切；我看见维也纳教化废弛，政令失修，各项罪恶虽然在法律上都有处罚的明文，可是因为当局的纵容姑息，严厉的法律反而像是牙科郎中门口挂起的一串碎牙，只能让人指点当笑话。

爱斯卡勒斯　你竟敢毁谤政府！把他抓进监狱里去！

安哲鲁　路西奥，你有什么话要告发他的？他不就是你向我们说起的那个人吗？

路西奥　正是他，大人。过来，好秃老头儿，你认识我吗？

公爵　我听见你的声音，就记起你来了。公爵没有回来的时候，我们曾经在监狱门口会面过。

路西奥　啊，你还记得吗？那么你记不记得你说过公爵什么坏话？

公爵　我记得非常清楚哩。

路西奥　真的吗？你不是说他是一个色鬼、一个蠢货、一个懦夫吗？

公爵　先生，你要是把那样的话当作我说的，那你一定把你自己当作我了。你才真这样说过他，而且还说过比这更厉害、更不堪的话呢。

路西奥　哎呀，你这该死的家伙！我不是因为你出言无礼，曾经扯过你的鼻子吗？

公爵　我可以发誓，我爱公爵就像爱我自己一样。

安哲鲁　这坏人到处散布大逆不道的妖言，现在倒又想躲赖了！

爱斯卡勒斯　这种人还跟他多讲什么。把他抓进监狱里去！狱官在哪里？把他抓进监狱里去，好好地关起来，让他不再搬嘴弄舌。那两个淫妇跟那另外一个同党也都给我一起抓起来。（狱吏欲捕公爵。）

公爵　且慢，等一会儿。

安哲鲁　什么！他想反抗吗？路西奥，你帮他们捉住他。

路西奥　好了，师傅，算了吧。哎呀，你这撒谎的贼秃，你一定要戴着你那顶头巾吗？让我们瞧瞧你那奸恶的尊容吧。他妈的！我们倒要看看你是怎样一副豺狼面孔，然后再送你的终。你不愿意脱下来吗？（扯下公爵所戴的教士头巾，公爵现出本相。)

公爵　你是第一个把教士变成公爵的恶汉。狱官,这三个无罪的好人,先让我把他们保释了。(向路西奥)先生,别溜走啊;那个教士就要跟你说两句话儿。把他看起来。

路西奥　糟糕,我的罪名也许还不止杀头呢!

公爵　(向爱斯卡勒斯)你刚才所说的话,不知不罪,你且坐下吧。我要请他起身让座。(向安哲鲁)对不起了。你现在还可以凭藉你的口才、你的机智和你的厚颜来为你自己辩护吗?如果你自认为还能,就请辩护吧;等一会儿我开口的时候,你就没得可讲了。

安哲鲁　啊,我的威严的主上!您像天上的神明一样炯察到我的过失,我要是还以为可以在您面前掩饰过去,那岂不是罪上加罪了吗?殿下,请您不用再审判我的丑行,我愿意承认一切。求殿下立刻把我宣判死刑,那就是莫大的恩典了。

公爵　过来,玛利安娜。你说,你是不是和这女子订过婚约?

安哲鲁　是的,殿下。

公爵　那么快带她去立刻举行婚礼。神父,你去为他们主婚吧;完事以后,再带他回到这儿来。狱官,你也同去。(安哲鲁、玛利安娜、彼得及狱吏下。)

爱斯卡勒斯　殿下,这事情虽然出人意表,可是更使我奇怪的是他会有这种无耻的行为。

公爵　过来,依莎贝拉。你的神父现在是你的君王了;可是我的外表虽然有了变化,内心却仍是一样,当初我顾问着你的事情,现在我仍旧愿意为你继续效劳。

依莎贝拉　草野陋质,冒昧无知,多多劳动殿下,还望殿下恕罪!

公爵　恕你无罪,依莎贝拉,今后你不用拘礼吧。我知道你为了你兄弟的死去,心里很是悲伤;你也许会不懂为什么我这样隐姓埋名，设法营救他，却不愿直截爽快运用我的权力，阻止他的处决。啊，善良的姑娘！我想不到他会这样快就被处死了，以致破坏了我原来的目的。可是愿他死后平安！他现在可以不用忧生怕死，比活着心怀恐惧快乐得多了，你也用这样的思想宽慰你自己吧。

依莎贝拉　我也是这样想着，殿下。

　　　　　安哲鲁、玛利安娜、彼得神父及狱吏重上。

公爵　这个新婚的男子，虽然他曾经用淫猥的妄想侮辱过你的无瑕的贞操，可是为了玛利安娜的缘故，你必须宽恕他。不过他既然把你的兄弟处死，自己又同时犯了奸淫和背约的两重罪恶，那么法律无论如何仁慈，也要高声呼喊出来，"克劳狄奥怎样死，安哲鲁也必须照样偿命！"一个死得快，一个也不能容他缓死，用同样的处罚抵销同样的罪，这才叫报应循环！所以，安哲鲁，你的罪恶既然已经暴露，你就是再想抵赖，也无从抵赖，我们就判你在克劳狄奥授首的刑台上受死，也像他一样迅速处决。把他带去！

玛利安娜　啊，我的仁慈的主！请不要空给我一个名义上的丈夫！

公爵　给你一个名义上的丈夫的，是你自己的丈夫。我因为顾全你的名誉，所以给你做主完成了婚礼，否则你已经失身于他，你的终身幸福要受到影响。至于他的财产，按照法律应当由公家没收，可是我现在把它全部判给你，你可以凭着它去找一个比他好一点的丈夫。

玛利安娜　啊，好殿下，我不要别人，也不要比他更好的人。

公爵　不必为他求情，我的主意已经打定了。

玛利安娜　（跪下）求殿下大发慈悲——

公爵　你这样也不过白费唇舌而已。快把他带下去处死！（向路西奥）朋友，现在要轮到你了。

玛利安娜 哎哟,殿下!亲爱的依莎贝拉,帮助我,请你也陪着我跪下来吧,生生世世,我永不忘记你的恩德。

公爵 你请她帮你求情,那岂不是笑话!她要是答应了你,她的兄弟的鬼魂也会从坟墓中起来,把她抓了去的。

玛利安娜 依莎贝拉,好依莎贝拉,你只要在我一旁跪下,把你的手举起,不用说一句话,一切由我来说。人家说,最好的好人,都是犯过错误的过来人;一个人往往因为有一点小小的缺点,将来会变得更好。那么我的丈夫为什么不会也是这样?啊,依莎贝拉,你愿意陪着我下跪吗?

公爵 他必须抵偿克劳狄奥的性命。

依莎贝拉 (跪下)仁德无涯的殿下,请您瞧着这个罪人,就当作我的弟弟尚在人世吧!我想他在没有看见我之前,他的行为的确是出于诚意的,既然是这样,那么就恕他一死吧。我的弟弟犯法而死,咎有应得;安哲鲁的用心虽然可恶,幸而他的行为并未贻害他人;只好把他当作图谋未遂看待,应当减罪一等。因为思想不是具体的事实,居心不良,不能作为判罪的根据。

玛利安娜 对啊,殿下。

公爵 你们的恳求都是没用的,站起来吧。我又想起了一件错误。狱官,克劳狄奥怎么不在惯例的时辰处死?

狱吏 这是命令如此。

公爵 你执行此事有没有接到正式的公文?

狱吏 不,卑职只接到安哲鲁大人私人的手谕。

公爵 你办事这样疏忽,应当把你革职。把你的钥匙交出来。

狱吏 求殿下开恩,卑职一时糊涂,干下错事,后来仔细一想,非常懊悔,所以还有一个囚犯,本来也是奉手谕应当处死的,我把他留下来没有执行。

公爵　他是谁?

狱吏　他名叫巴那丁。

公爵　我希望你把克劳狄奥也留下来就好了。去,把他带来,让我瞧瞧他是怎样一个人。(狱吏下。)

爱斯卡勒斯　安哲鲁大人,像您这样一个人,大家都看您是这样聪明博学,居然会堕落到一至于此;既然克制不住自己的情欲,事后又是这么鲁莽灭裂,真太叫人失望了!

安哲鲁　我真是说不出的惭愧懊恼,我的内心中充满了悔恨,使我愧不欲生,但求速死。

　　　　狱吏率巴那丁、克劳狄奥及朱丽叶上;克劳狄奥以布罩首。

公爵　哪一个是巴那丁?

狱吏　就是这一个,殿下。

公爵　有一个教士曾经向我说起过这个人。喂,汉子,他们说你有一个冥顽不灵的灵魂,你的一生都在浑浑噩噩中过去,不知道除了俗世以外还有其他的世界。你是一个罪无可逭的人,可是我赦免了你的俗世的罪恶,从此洗心革面,好好为来生作准备吧。神父,你要多多劝导他,我把他交给你了。——那个罩住了头的家伙是谁?

狱吏　这是另外一个给我救下来的罪犯,他本来应该在克劳狄奥枭首的时候受死,他的相貌简直就跟克劳狄奥一模一样。(取下克劳狄奥的首罩。)

公爵　(向依莎贝拉)要是他真和你的兄弟生得一模一样,那么我为了你兄弟的缘故赦免了他;为了可爱的你的缘故,我还要请你把你的手给我,答应我你是属于我的,那么他也将是我的兄弟。可是那事我们等会儿再说吧。安哲鲁现在也知道他的生命可以保全了,我看见他的眼睛里似乎突然发出光来。好吧,安哲鲁,你的坏事干得不错,好好爱着你的妻子吧,她是值得你敬爱的。可是我什么人都可以饶恕，只有一个人却不能饶恕。（向路西奥）你说我是一个笨伯、一个懦夫、一个穷奢极侈的人、一头蠢驴、一个疯子；我究竟什么地方得罪了你，你竟这样辱骂我？

路西奥　真的，殿下，我不过是说着玩玩而已。您要是因此而把我吊死，那也随您的便；可是我希望您还是把我鞭打一顿算了吧。

公爵　先把你抽一顿鞭子，然后再把你吊死。狱官，我曾经听他发誓说过他曾经跟一个女人相好有了孩子，你给我去向全城宣告，有哪一个女子受过这淫棍之害的，叫她来见我，我就叫他跟她结婚；婚礼完毕之后，再把他鞭打一顿吊死。

路西奥　求殿下开恩，别让我跟一个婊子结婚。殿下刚才还说过，您本来是一个教士，是我把您变成了一个公爵，那么好殿下，您就是为了报答我起见，也不该叫我变成一个乌龟呀。

公爵　你必须和她结婚。我赦免了你的诽谤，其余的罪名也一概宽免。把他带到监狱里去，好好照着我的意思执行。

路西奥　殿下，跟一个婊子结婚，那可要了我的命，简直就跟压死以外再加上鞭打、吊死差不多。

公爵　侮辱君王，应该得到这样的惩罚。克劳狄奥，你应当好好补偿你那位为你而受苦的爱人。玛利安娜，愿你从此快乐！安哲鲁，你要待她好一点，我曾经听过她的忏悔，知道她是一位贤淑的女子。爱斯卡勒斯，我的好朋友，谢谢你的贤劳，我以后还要重重酬答你。狱官，因为你的谨慎机密，我要给你一个好一点的官职。安哲鲁，他把拉戈静的首级冒充做克劳狄奥的，把你蒙混过去，你不要见怪于他，这完全是出于好意。亲爱的依莎贝拉，我心里有一种意思，对于你的幸福大有关系；你要是愿意听我的话，那么我的一切都是你的，你的一切也都是我的,来,打道回宫,我还要慢慢地把许多未了之事让你们大家知道。(同下。)